Composition du livre : Valentine Flork / Agence A&L
Direction éditoriale : Corinne Gili

Distribution : Immatériel

ISBN papier : 9782385332365
ISBN numérique : 9782385332372

1ère édition

Dépôt légal : mars 2025

Éditeur : Les éditions d'Avallon
342 rue du Boulidou
34980 Saint-Clément-de-Rivière

LITTERATURE CONTEMPORAINE

De la même autrice

Que nos amours durent toujours, AE, 2021
Des Raisons du cœur, AE, 2022
Après toi, City éditions, 2023

Camille Gallard

Comme une intime évidence

ROMAN

« T'as remarqué qu'à une lettre près autiste ça fait artiste ? »
Virginie Grimaldi dans *Il est grand temps de rallumer les étoiles.*

« Pour être irremplaçable, il faut être différent. »
Coco Chanel

À mes fils qui me font grandir,
À leur père, qui ne lâche jamais ma main.

Jeanne

J'ouvre grand les yeux dans le noir. Mes mains entourent déjà mon ventre. C'est le moment. Je n'ai aucun doute. À côté de moi, ton père ronfle comme un bienheureux, confiant dans ses rêves, sûr de son avenir. C'est fou cette capacité qu'il a à s'endormir n'importe où d'un sommeil profond et inatteignable.

Je me lève doucement, sans faire de bruit, pour ne pas le réveiller. Ce qui est idiot parce qu'il faudrait un orchestre de trompettes pour qu'il ouvre un œil. Et qu'il y a des chances pour que je ne tarde pas à l'appeler à pleins poumons pour partir à la clinique.

Mais là tout de suite, je veux garder cet instant précieux pour moi. Être toute seule, être égoïste. Juste moi et ta première impulsion pour venir au monde.

Je marche vite jusqu'aux toilettes. Je tâtonne pour trouver l'interrupteur : nous avons emménagé il y a deux semaines à peine, la maison sent encore la peinture fraîche. Bientôt, elle débordera de biberons et de couches sales. Je baisse ma culotte.

On m'avait prévenue.

Mais tout de même, quand on perd les eaux c'est impressionnant. On dirait un seau qu'on déverse d'un coup, d'un seul.

J'avoue, je panique.

Je vais devenir maman.

J'attends que ça passe. Je ne sais pas pourquoi j'ai pensé à Austin Powers, et son pipi sans fin quand il sort d'hibernation. Je ricane assise sur mon trône. Puis une fois qu'il n'y a plus rien à vider, je réveille ton père.

Est-ce qu'un homme qu'on sort de son sommeil profond et qui va devenir père a toujours la même réaction ? Si je n'avais pas ressenti ma première contraction au moment où il se prenait les pieds dans le tapis, je crois que j'aurais explosé de rire.

Les heures passent. J'ai eu ma péridurale. Que Dieu bénisse l'invention des anesthésiants. Je suis fatiguée, mais je peux compter sur ton père pour me distraire du temps qui passe bien trop lentement. Quand est-ce que tu vas naître ?

– Oh celle-là, elle est forte !

Il contemple, hilare, la courbe de mes contractions sur le moniteur. Je m'en fous, je ne sens plus rien !

Il fait une sieste sur le fauteuil que le staff de l'hôpital a gentiment accepté de lui prêter. J'ai si souvent entendu parler des accouchements longs et douloureux, des heures de travail... Mais chez nous, c'est le calme plat, enfin si on ne compte pas les courbes que le moniteur continue de tracer.

Changement de sage-femme. *Équipe de jour. Celle-ci est moins aimable que la première. Elle entre, écarte mes jambes avec la délicatesse d'un sumo en plein combat :*

– 4. *Vous n'avancez pas beaucoup.*

Son ton *est celui d'une maîtresse mécontente de son élève. Elle étudie mon dossier, puis quitte la pièce en claquant la porte. Bruno se réveille en sursaut. Sa tête chiffonnée me fait rire, même si un pincement au cœur me chuchote que quelque chose ne se déroule pas comme prévu.*

La porte s'ouvre. La sage-femme et le médecin. Sans un mot, il met sa tête entre mes jambes. Il farfouille, ressort, les sourcils froncés.

– On va faire un prélèvement. Surtout, ne bougez pas, sinon c'est le crâne du bébé qui prend.

Je voudrais refermer les jambes sur lui, l'étouffer lui et son manque de tact. Au lieu de ça, je bloque ma respiration, broie la main de ton père.

Quand il a fini de faire la révision des 10 000 dans mon utérus, l'homme ressort accompagné de son bouledogue. La péridurale perd de son efficacité. J'ai mal.

– Tu lui as pissé dessus, me murmure Bruno, les yeux mouillés de rire.

Il ne s'écoule que quelques minutes avant que l'équipe médicale revienne. Sans gants.

– Le bébé perd de la vigueur. On pourrait attendre encore, mais votre col ne se dilate pas. Il vaut mieux partir en césarienne.

Piqûre, délire, douleur, nausées.

Un couloir aux lumières aveuglantes, je suis devenue l'héroïne d'une série médicale de TF1.

J'appelle Bruno, mais ma voix ne sort pas de ma gorge. Je suis asséchée, aphone, muette.

Pourtant, il est là. Il me tient la main.

Ses yeux dans les miens : « tout va bien se passer. »

Je n'y crois pas.

Je sens tout et pourtant je ne ressens rien. C'est comme si les mains qui ouvraient mon ventre étaient bruyantes. Elles emplissent mes oreilles du claquement des instruments chirurgicaux. Cela n'a rien d'un moment de béatitude. Elles fourragent, elles écartent, elles soulèvent, elles tirent.

– Comment voulez-vous l'appeler ?

Ils t'ont sorti de mon ventre. Ils t'ont expulsé de ton cocon. Ils t'enlèvent. Je ne sais même pas si tu es une fille ou un garçon.

– Vous pouvez nous le montrer ?

La voix de ton père gronde. Il est furieux. Il n'a pas lâché ma main. Tout ce temps. Vite ils te passent au-dessus de ma tête. Mon fils. Je voudrais tendre les mains, ouvrir les bras, t'accueillir au chaud contre moi. Maman est là.

– Baptiste.

C'est tout ce que j'arrive à dire. Tu n'es déjà plus là. Ils t'emportent. J'entends ton cri. Le cri du nouveau-né qu'on arrache à sa mère.

– Va avec lui…

Je ne veux pas que tu sois seul pour affronter tes premières minutes dans ce monde. Il te faut l'amour, les mots de ton père, mon bébé…

– Il va bien. Ils s'en occupent. Toi tu as besoin de moi.

Si ton père savait à quel point je lui en veux. Ce dont j'ai besoin c'est qu'il soit avec toi, qu'il te rassure, qu'il t'aime.

1

— Vous ne voulez même pas essayer ?

La voix de l'infirmière était dure et méprisante. Jeanne, encore chamboulée par son accouchement et la chute des hormones, avait la gorge serrée et se laissa envahir par un mélange de culpabilité et de rage. Son bébé arrimé sur son ventre, épuisée, elle avait réclamé à la nurse un biberon pour lui. Elle avait récolté, en échange, un chapelet de reproches : elle ne songeait pas à allaiter ? Mais quelle mère de nos jours pouvait prétendre ne pas être au courant des bienfaits du lait maternel ? Elle pouvait au moins tenter.

— Non…

Jeanne voulait le putain de médicament censé arrêter la montée de lait et donner un biberon à son fils. Et surtout, elle souhaitait qu'on lui foute la paix. Devant elle, la femme large au visage rouge et transpirant. Comme si elle n'était qu'une enfant récalcitrante à qui il fallait donner une bonne leçon.

— Je n'ai pas à me justifier, commença-t-elle d'une voix mal assurée.

Bruno entra à ce moment-là. Il jaugea la situation d'un coup d'œil et alla se poster auprès de sa femme. Il se pencha pour les embrasser elle et le petit Bapt. Puis, sans laisser le temps au dragon rouge de reprendre sa diatribe, il rappela qu'il avait déjà eu cette conversation avec le médecin et que ni sa femme ni lui ne changeraient d'avis.

— Elle l'a porté neuf mois. Elle a eu des nausées, pris presque trente kilos rien qu'en regardant du chocolat, elle a vu sa poitrine devenir si grosse qu'elle ne trouvait pas sa taille même dans les magasins spécialisés, elle l'a mis au monde et je sais qu'elle l'aime, mais si elle ne veut pas allaiter, vous n'avez pas à l'obliger.

La femme avait haussé les épaules et bougonné une phrase sur les nouveaux parents inconscients. Jeanne explosa en larmes. Elle n'avait pas accouché depuis vingt-quatre heures qu'on ne cessait de lui répéter qu'elle était une mauvaise mère.

Installé contre elle, Baptiste remua, leur peau à peau laissait une marque de transpiration entre ses seins. Elle se sentait épuisée de le garder ainsi lové sur son ventre. Une douleur lancinante sur le côté l'empêchait de respirer, mais, malgré tout, elle ne pouvait se résoudre à se séparer de lui. Elle revivait en boucle les deux heures où il lui avait été arraché, cent vingt minutes pendant lesquelles il avait été seul. Elle imaginait sa terreur d'avoir été extrait de force du ventre de sa mère et de se retrouver seul au monde, sans chaleur ni amour, sans l'odeur rassurante de ses parents pour lui souhaiter la bienvenue sur Terre. Et ces images qui la hantaient la plongeaient encore et encore dans une angoisse culpabilisante.

Bruno se pencha pour attraper leur fils. Elle fut aussi soulagée qu'effrayée. Est-ce que cette boule qui oppressait sa gorge partirait un jour ? Aurait-elle un jour fini d'avoir peur et de craindre pour son enfant ? Elle observait le bébé enfoui dans les bras de son père. Ils étaient si beaux. Elle les aimait tant. Sur ses joues, elle devina le sel de ses larmes. Maudites hormones qui transformaient chaque émotion en grand huit !

Bruno

Elle te tient dans ses bras, elle refuse de te lâcher. Elle a eu si peur pour toi lorsqu'on t'a enlevé à la naissance. Elle m'en veut encore de l'avoir choisie elle, de ne pas être resté avec toi. Elle ne se rend pas compte du poids qu'elle me fait porter. Je t'aime. Tu es ma chair, tu es mon sang, tu es né de notre amour. Elle ne t'a pas désiré plus que moi. Je t'ai autant voulu qu'elle. Mais elle est mon socle et mon pilier, mon âme sœur et mon avenir. Elle était si fragile allongée sur la table d'opération, ce drap bleu la coupant en deux, elle avait les traits creusés et le front ridé. Elle pleurait, elle était muette. Comment aurais-je pu la laisser ? C'est elle qui avait besoin de moi à cet instant.

Mon fils, tu es si beau ! Je ne cesse de m'extasier sur la finesse de tes traits, malgré la rondeur de ton visage, sur l'immensité du bleu que tes yeux nous offrent à chaque fois que tu poses ton regard sur nous. J'ai beau savoir que pour le moment tu vois encore le monde en flou, je me sens si petit face à ton sérieux, comme si déjà tu me jaugeais et m'interrogeais sur le sens de la vie.

2

Jeanne, installée sous le cerisier de la cour, nourrissait Baptiste, après une nuit encore presque blanche. Du haut de ses trois semaines, il dirigeait les heures de sommeil de sa mère à la manière d'un dictateur. Au fur et à mesure des jours, épuisée, elle repoussait toutes les échéances, reportait au lendemain tout ce qu'elle pouvait. Apprivoiser son fils dévorait toute son énergie. Elle avait tout de même eu gain de cause sur la tétine que Bruno refusait : « C'est moche tous ces bébés avec leur teteute dans la bouche ! ». « Peut-être, mais au moins je peux dormir un peu. »

Elle fut tirée de ses réflexions par le bruit de la sonnette. Elle sursauta ce qui réveilla aussi Baptiste. Elle se redressa, attendant la confirmation que c'était bien sa sonnette de sa porte d'entrée de sa maison qui émettait ce bruit. Elle cala confortablement le nourrisson contre elle, se leva, puis grimpa les marches vers la cuisine, traversa cette dernière, le couloir, le salon et, enfin, arriva dans la petite entrée. À travers la vitre, elle distingua une silhouette derrière le portail bleu.

Jeanne ouvrit la porte.

— Oui ? demanda-t-elle en se dirigeant vers l'inconnue.

— Bonjour, je m'appelle Marie, je suis votre voisine !

La jeune mère ne pouvait pas encore distinguer clairement la personne qui lui parlait, mais elle apprécia la voix chaude et enjouée. Elle ouvrit le portail. Une femme, d'une soixantaine d'années, les cheveux courts argentés, le visage rond et les yeux gris, vêtue d'un tablier de jardinage, tenait devant elle un gros panier rempli de légumes. Le sourire de Marie provoqua une étincelle dans le cœur de Jeanne. Elle n'eut plus aucun doute. Cette maison était le bon choix. C'était LEUR endroit.

— Bonjour, entrez, je suis désolée, je... bafouilla-t-elle en désignant d'un mouvement de menton le bébé dont les yeux grands ouverts scrutaient aussi l'inconnue.

— Je ne veux pas vous déranger, reprit la dame, mais j'ai vu que la maison était de nouveau habitée. Je voulais vous souhaiter la bienvenue dans le quartier.

Jeanne insista pour que sa voisine entre et lui proposa un thé tandis qu'elle installait Baptiste dans son transat. La femme aux cheveux d'argent se pencha sur lui et le chatouilla. Il se laissa faire et attrapa son doigt. Pendant quelques secondes, le monde s'arrêta de tourner pour la sexagénaire. Elle eut le cœur traversé de décharges électriques. Entre regrets et bonheur immense de revivre une rencontre.

— Comment s'appelle-t-il ?

— Baptiste, un véritable petit despote ! répondit Jeanne en riant.

— Il a un regard magnifique.

La jeune mère s'arrêta un instant sur les mots de Marie. Il y avait quelque chose dans sa voix qui hésitait entre sincérité et tristesse infinie.

Elles passèrent un long moment à faire connaissance. Le bébé finalement installé dans les bras de la voisine, Jeanne se sentait libre et plus légère. Elle avait honte de ressentir cela, elle aimait son fils, mais leur lien fusionnel avait quelque chose d'éreintant.

Jeanne

La nuit est douce, nous pouvons laisser les fenêtres ouvertes. Je crois que je n'ai jamais été aussi heureuse de ma vie. Ton père me couve d'un regard amoureux qui me ravit, et ta chaleur me comble d'un bonheur indescriptible. Ce soir, tout est perfection.

Dans mes bras, tu engloutis ton biberon comme si tu n'avais pas mangé depuis plusieurs jours. La crise de coliques suivra, mais cela m'angoisse un peu moins chaque jour. J'essaye de faire durer le plaisir, de te forcer à avaler moins vite ton lait. Sur mon épaule, tu fais ton rot, puis je te cale bien au creux de mon coude. Cesserais-je un jour de t'admirer ? Tu es l'être le plus extraordinaire que je connaisse, tu es né de notre amour, tu as grandi dans mon ventre, pris tout l'espace de mes entrailles et de mon cœur. Parfois quand tu ouvres les yeux, je suis certaine que tu comprends ce que je ressens, que tu le devines. J'espère tant être à ta hauteur, être une bonne mère, t'apporter tout ce dont tu as besoin, et même ce que tu ne sais pas.

Je n'ai pas envie de finir la soirée, je voudrais traîner encore et encore pour que cette sensation de joie dure toujours, mais je suis épuisée et ton père aussi. Nous montons les quelques marches vers la cuisine, nous éteignons les lampes. Au fond de moi s'installe une boule. Je vérifie la porte d'entrée, tu es toujours dans mes bras.

Dans ta chambre, la guirlande lumineuse offre une ambiance tamisée et rassurante. Je m'y sens bien. Je te dépose sur la table à langer, dans le couloir j'entends ton père qui ferme les volets de notre chambre.

– Mon cœur, mon petit cœur, te dis-je, penchée vers toi.

Tu me fixes. Tes grands yeux bleus qui mangent tout ton visage sont ouverts et me regardent intensément. Je te prépare lentement, je hume ton odeur de bébé, mélange de talc et du savon pour bébé. J'embrasse ton ventre, tu émets un petit bruit que je prends pour un rire.

Après un dernier bisou, un dernier câlin, un dernier shoot de toi, je te couche sur le dos, un doudou de chaque côté de ton visage, j'éteins les lumières, je ferme la porte. Je ne me sens pas bien d'un coup. Notre séparation est trop brutale, et je t'imagine seul, dans le noir, apeuré, sans repères, sans moi. Je reviens en arrière, allume la veilleuse et ne referme pas entièrement la porte. Tu ne bouges pas. Je colle une oreille, espérant presque un pleur pour avoir raison et calmer cette boule qui ne cesse de grandir dans ma gorge.

Rien. Silence.

Je rejoins ton père. J'ai honte de mon corps encore gonflé de la grossesse, je sais que nous ne ferons pas l'amour, je ne suis pas en état, mais j'appréhende de me montrer nue à lui.

– Il dort ? me demande-t-il en fermant la porte de notre chambre.

Je secoue la tête. J'ai envie de pleurer. Je suis ridicule. Tu es juste à côté, il ne peut rien t'arriver.

– Tu veux que je laisse ouvert ?

Bruno a compris. Il me rejoint, me prend dans ses bras.

– Ça va aller.

Je tombe dans un sommeil si profond, j'ai l'impression de ne pas avoir dormi ainsi depuis des siècles. C'est un sommeil lourd, presque douloureux, mon corps pèse une tonne.

Un bruit me parvient, il traverse mon subconscient. Il vient réveiller ma conscience. Mon cerveau prend possession de l'information, mais il se bat avec moi, je refuse de la traiter et de la comprendre.

Un cri. Strident. Puissant. Venant de ta chambre.

Mon corps se réveille, je peux bouger. La boule ne m'a pas quittée, elle m'empêche presque de respirer. Je quitte ma chambre comme un automate, je traverse le petit couloir, j'ouvre ta porte. Je n'allume pas pour ne pas t'éblouir, mais je te devine. Le corps tendu à l'extrême, tes petits bras repliés autour de ton visage, tes poings fermés, ta bouche ouverte dans un cri.

– Chut, chut, maman est là.

Je te prends dans mes bras, tu cesses de hurler. Calé sur mon épaule, tes sanglots se calment, et nous faisons ensemble les cent pas sur le parquet de ta chambre. Plus tard, je m'assieds dans ce fauteuil à bascule inconfortable que je trouve d'un coup si inutile. J'essaye tant bien que mal de trouver une position qui nous convienne à tous les deux. Lorsque je te sens tout à fait apaisé, je me lève et te repose dans ton lit.

Cri.

J'ai envie de dormir. Je suis épuisée. Pourquoi ton père ne t'entend-il pas et ne vient-il pas prendre le relais ?

3

Lorsqu'il rentrait le soir, Bruno trouvait souvent sa femme épuisée, et s'il n'en revenait pas qu'un petit bout de quelques semaines puisse se révéler aussi exigeant, il n'en montrait rien et tentait de prendre le relais pour s'occuper de leur fils.

— Je suis désolé, je voudrais pouvoir faire plus.

Jeanne lui souriait et dans le ventre de Bruno, des milliers de papillons s'envolaient.

Ils s'étaient rencontrés un peu plus de cinq ans auparavant et il restait amoureux comme au premier jour. C'était à deux qu'ils avaient désiré fonder une famille. Mais lorsque l'épuisement faisait place à la joie d'être parents, Bruno ne pouvait s'empêcher de constater que depuis la naissance de Baptiste, les choses avaient changé et qu'il lui arrivait souvent de se sentir inutile et d'être jaloux du lien qui existait entre la mère et le fils.

— J'ai hâte d'être demain !

Ce soir-là, il était rentré plus tôt pour faire les courses et préparer leur pendaison de crémaillère. Le lendemain, tous leurs amis venaient rencontrer Baptiste et voir leur nouvelle maison.

Il faudrait certainement se serrer un peu, mais s'amuser et recevoir ne pouvait pas leur faire de mal !

— Marie a proposé de venir nous aider.

— Qui ?

Jeanne se retourna vers son mari et lui fit les gros yeux.

— Marie… la voisine !

Puis elle lui donna une bourrade dans le bras, comprenant en souriant qu'il se moquait d'elle.

— Marie, oui. Ta nouvelle meilleure amie.

— Tu es jaloux ?

— Du moment que son mari ne te drague pas !

Jeanne rit. Qu'il aimait ce son ! Encouragé par la bonne humeur de sa femme, il passa le reste de la soirée à plaisanter, tandis que bien installé sur la poitrine de sa mère, Baptiste dormait du sommeil du juste.

Au moment de se coucher, la séparation et l'absence de chaleur réveillèrent en sursaut le bébé qui se mit à hurler et à se tordre dans tous les sens avec tant de vigueur que Jeanne n'arrivait pas à le tenir. Ce n'était pas la première fois qu'il avait des réactions aussi violentes au réveil, mais cette fois, Bruno était présent pour intervenir, et il se précipita à la rescousse de sa femme. Il prit Baptiste dans ses bras, et le tenant fermement contre lui pour transmettre sa chaleur, se promena dans la pièce tout en lui chantant une berceuse. Calmé par le sang-froid de son père et le son de sa voix, le petit s'adoucit aussitôt.

— Je vais gérer, va te coucher.

Bruno sourit à sa femme. Sans doute, était-ce égoïste de sa part, mais il se sentait utile et voulait profiter le plus longtemps possible de cet instant unique où le nourrisson, rassuré, avait posé la tête sur son torse, se laissant aller à un sommeil profond.

Au réveil, le jeune père eut la nuque douloureuse. L'enfant gigotait, il commençait à avoir faim. Jeanne, déjà levée, vint lui donner le biberon.

— Merci, dit-elle dans un murmure.

Sa voix s'enroua d'émotion. Elle n'avait pas bien dormi, inquiète malgré elle : passeraient-ils une bonne nuit ? Bruno n'allait-il pas faire tomber Baptiste ? Et demain, il serait fatigué, alors qu'ils recevaient du monde !

Mais, même si le repos n'avait pas été optimal, il n'en laissa rien paraître, trop heureux d'avoir joué plus que le rôle de figurant : il avait trouvé sa place, et créé un lien différent avec son enfant. Et pour cela, il avait suffi de quelques heures de sommeil.

Marie

Te tenir dans mes bras. Me shooter de ton odeur de poupon. Repartir en arrière. Me souvenir.

Je trouve toutes les excuses du monde pour sonner à la porte de chez toi. Apporter des légumes, donner les horaires de la bibliothèque, proposer une tisane contre les maux de ventre. Jeanne ne se rend sans doute compte de rien, sinon elle appellerait la police. Vieille folle que je suis. Armand m'a fait les gros yeux.

« Tu vas te faire du mal. Ils ne sont pas de notre famille. » Il me connaît si bien, toutes ces décennies que nous avons déjà vécues ensemble. Il devine le mal qui me ronge.

Mais tu me rends heureuse. Tu me soulages de mon arthrose, tu me fais oublier les articulations douloureuses, les rides au front et les vieilles rancunes.

Hier, Jeanne nous a invités à leur pendaison de crémaillère. Armand est fâché : j'ai dit qu'on irait. Finalement, quand il a rencontré ton père, lui aussi, il a trouvé que ce nouveau voisinage était agréable. Il faut dire que Bruno lui a demandé un conseil de jardinage. Et le jardinage, cela le connaît, mon Armand. C'est sa vie depuis... C'est sa vie quoi.

4

Lucie fut la première avec son mari, Charles. Jeanne ne l'avait pas revue depuis la naissance de Bapt, lorsque son amie était venue la féliciter, s'étonner qu'elle n'allaite pas, « c'est mieux pour le système immunitaire, mais après tout Jeanne faisait bien comme elle voulait », et accepter d'être la marraine de cet enfant aussi blond que sa mère était brune. Lucie avait des idées précises sur tout un tas de choses, et une façon tout aussi directe de le faire savoir. Elles s'étaient souvent disputées jeunes, mais la rondeur de Jeanne et l'autorité de Lucie faisaient bon ménage et elles étaient inséparables malgré toutes leurs différences. Chacune avait été témoin de mariage de l'autre, et maintenant marraine de leur premier enfant respectif.

À peine arrivée, Lucie exigea une visite guidée pour elle seule, tandis que Charles tapait dans le dos de Bruno, lui tendant une bouteille de champagne déjà fraîche :

— Pas facile de se garer dans votre coin !

Les deux femmes s'éclipsèrent, Baptiste toujours bien au chaud, l'oreille collée au cœur de sa mère. Lucie approuva, posa des questions, s'étonna :

— Tout de même c'est bien dommage de quitter Paris et de ne même pas avoir un vrai jardin.

Puis jetant un œil à Marie et Armand qui arrivaient :

— Au moins tu ne seras pas embêtée par les fêtes de voisinage.

Jeanne ne répondit rien et sourit. Au fond Lucie ne pensait pas à mal. Les autres invités rappliquèrent, tous ensemble et tout en bruit et en exclamations :

— Mais que c'est mignon ici !

— Alors elle est où la merveille ?

Ils parlaient en même temps, les hommes se donnaient des accolades, les femmes embrassaient avec leur rouge à lèvres. L'ambiance paisible de la maison devint électrique. Dans son écharpe, Baptiste s'agitait. Bruno fit exploser les bouchons de champagne.

— À vous !

— À Baptiste !

— Oh, Jeanne, laisse-nous le voir un peu !

Soudain, dans le petit salon de leur petite maison, Jeanne se sentit à l'étroit. Ils riaient trop fort, parlaient trop fort. Elle capta à travers la pièce le regard bienveillant de Marie qui semblait l'encourager. Elle s'en voulait, c'était si ridicule de sa part, ces amis étaient leurs proches, elle s'obligea donc à répondre à leurs demandes. Elle défit son écharpe de portage et libéra le nourrisson de sa chaleur. Lucie, en tant que marraine, tendit les bras pour le prendre, sûre et fière d'elle. Mais il se mit à hurler.

— Ouh, mais dis donc il a de la voix ce petit.

Elle dut renoncer quand, au bout de plusieurs minutes, il devint évident que le bruit fatiguait le bébé et qu'il braillait tout ce qu'il pouvait. Le garder dans le salon au milieu des invités s'avérait impossible. Jeanne le reprit dans ses bras et quitta la pièce avec précipitation. Elle monta les escaliers en direction de la chambre de l'enfant. Elle le garda contre elle un temps qui lui parut infini pour qu'il se calme, mais lorsque, enfin, elle pensa y être parvenue et qu'elle le posa dans son lit, les cris de son fils lui déchirèrent les tympans. Elle s'agaçait. Elle voulait profiter de la soirée ! Depuis un mois, elle n'avait vu personne, cantonnée au rôle de mère nourricière et de changeuse de couches sales. Elle avait mérité de passer un peu de temps tranquille ! Mais chaque fois qu'elle quittait la pièce, les hurlements de Baptiste l'obligeaient à revenir.

Lucie la rejoignit.

— Ça va ? Je peux t'aider ?

Jeanne souffla, tentant de camoufler les sanglots dans sa voix.

— Je ne sais pas ce qu'il a.

— Oh, laisse-le pleurer. Ce n'est rien.

Son amie était la mère de trois enfants magnifiques, tous parfaits et bien élevés, elle savait donc de quoi elle parlait, elle en connaissait déjà un rayon sur l'éducation et sur les nourrissons. Bien plus que Jeanne, c'était évident ! Cette dernière avait envie de lui faire confiance, d'écouter les conseils de cette experte, même si à chaque braillement de son fils, une lame trop bien aiguisée s'enfonçait un peu plus dans son cœur.

— C'est toujours difficile au début, c'est normal, on ne nous donne pas de mode d'emploi.

D'une main rassurante, mais ferme, Lucie la poussa gentiment hors de la chambre. Jeanne céda, elle ne voulait pas passer pour une mère surprotectrice, après tout pleurer faisait partie de la vie des bébés. Dans le salon, Bruno l'interrogea du regard. Elle haussa les épaules et attrapa un verre, l'oreille tendue vers la chambre du petit. Ses vociférations redoublèrent, et avec, les commentaires.

— Tu ne penses pas que c'est un caprice ?

L'idée venait d'un père de famille, pantalon de velours et chemise impeccable qui n'avait jamais changé une couche.

— Il est un peu jeune non ? suggéra un autre, baba cool.

— Non il doit avoir des coliques, affirma une des femmes, venue avec sa fille qui, du haut de sa première année, marchait déjà et collait de la morve sur tous les meubles des Morel.

— Tu ne l'allaites pas ?

La sentence tomba au milieu d'un silence, déchiré par la voix stridente de Baptiste. Sans un mot, Jeanne courut le chercher. Elle fulminait.

Arrivée sur le palier de la chambre, elle hésita une seconde. Il n'y avait plus un bruit. Mais poussée par son instinct, elle poussa légèrement la porte et fut prise de remords : dans son berceau, le corps tendu à l'extrême, ses minuscules poings refermés autour de son visage tordu par les cris et les larmes, Baptiste avait la bouche grande ouverte dans un hurlement silencieux. Elle se précipita pour le prendre dans ses bras. Dès que les mains de sa mère se refermèrent sur son corps et qu'elles l'enveloppèrent dans l'écharpe de portage, le nourrisson libéra son dernier pleur, puis encore secoué par de gros sanglots, commença à apaiser son chagrin réfugié dans l'odeur rassurante de sa mère et l'oreille collée aux battements de son cœur. Jeanne se sentait cruelle et idiote : en vouloir à un si petit être, si vulnérable, dépendant d'elle alors que c'était à elle d'en prendre soin ! Elle caressa doucement le sommet de son crâne et lui murmura des excuses et des mots rassurants, puis descendit les escaliers pour rejoindre leurs amis. Elle se moquait bien de ce qu'ils penseraient !

— Vous allez vous faire avoir par cet enfant dès qu'il sera en âge de parler ! lança Charles, enfoncé dans un fauteuil confortable, son verre à la main.

Jeanne lui sourit, s'avança dans le salon et attendit la prochaine sentence en serrant la mâchoire.

Les heures passèrent et les conseils prodigués avec une cruelle générosité pesaient plus lourd sur son cœur de maman que l'angoisse de Baptiste. Ce dernier, au chaud et rassuré de l'avoir avec lui, s'était endormi d'un sommeil lourd.

De temps en temps, elle s'échappait dans la cuisine. Marie l'accompagnait.

— Ça va ?

— Je ne comprends pas ce qui lui est arrivé. C'est un bébé si calme d'habitude.

— Oui et il ne faut pas prêter attention aux commentaires…

— Comme si j'avais le choix.

Marie posa une main réconfortante sur le bras de la jeune mère qui tressauta.

— Le petit est perturbé par le monde. Il n'a pas l'habitude.

— À un mois ? Comment peut-on déjà avoir des habitudes à cet âge-là ?

Jeanne

Le bain. C'est le meilleur moment de ta journée. Quand tu entends le bruit de l'eau qui coule dans la baignoire, tu te détends, tu relâches ton corps. Je remplis ce qu'il faut pour que tu puisses avoir tout le corps recouvert, mais sans risquer de boire la tasse. Je te dépose dans l'eau tiède, les deux mains solides sous ton corps. Tu tapes une fois des pieds, à la recherche du fond, et tu pousses pour « nager ». J'accompagne ton mouvement. C'est si beau de te voir remuer la tête que tu laisses un peu en arrière. Tes cheveux remuent dans l'eau, tu bouges tes bras. Tu ne dis rien. Tu savoures.

Le bain. C'est ton heure, ton moment. Et je crois que c'est là aussi que je t'aime le plus, parce que tu es toi, simplement toi. Tu oublies le monde, tu es dans ton élément, tu es bien, heureux.

5

Baptiste avait un an.

C'était un petit bonhomme vif, attentif et très observateur. Son rire ne résonnait dans la maison que lorsqu'il jouait à cache-cache avec son père ou dans son bain avec Jojo, un lapin bleu qui parlait et faisait des pets dans l'eau. Il ne marchait pas encore seul, mais refusait la poussette. Arrimé au doigt solide de sa mère, il parcourait la distance jusqu'au parc, montait et descendait sans relâche les escaliers de la maison, dedans, dehors. Sur ses petites jambes mal assurées de bébé, il allait chaque jour à la boulangerie, attendant que la vendeuse lui tende une chouquette, puis au parc, où il glissait sans se lasser sur le toboggan, acceptant avec une patience inédite pour son âge de faire la queue lorsqu'il y avait du monde. Il avait une fascination pour les bouches d'égout, sur lesquelles il passait et repassait. Et recommençait.

À la maison, sa mère toujours à ses côtés, Baptiste peignait pendant des heures. Il mélangeait les couleurs, faisait des cercles pas très ronds et des lignes pas très droites, mais jamais il n'en mettait à côté ou ne portait la main à sa bouche. Mais ce qu'il préférait par-dessus tout, c'était écouter les histoires que Jeanne lui racontait. Il prenait ses livres dans la bibliothèque, les tendait à sa mère, écoutait avec attention, posait son doigt sur les images, tournait la page, fermait le livre et passait au suivant. Les mêmes histoires, dans le même ordre, à la même heure. Il n'aimait pas que les choses changent.

Tous les soirs, après son bain et son dîner, Baptiste attendait le retour de son père. C'était alors leur moment à eux : Bruno montait à l'étage avec le garçonnet, puis c'était la folie. Chatouilles, cache-cache, rire, jeux. Ensuite, il nettoyait ses premières dents, devant, de haut en bas, il suivait le rythme appris par Jeanne, Bruno lui changeait sa couche et continuait les chatouilles sur le ventre, puis venait enfin l'heure de l'histoire à trois. « *Devine combien je t'aime* »[1] : Petit lièvre brun et Grand lièvre brun se disent combien ils s'aiment. Plus large que leurs bras grands ouverts, plus haut que la branche de l'arbre, plus loin que la colline derrière le chemin, jusqu'à la Lune… ET RETOUR !

Bruno et Jeanne alternaient les voix, mais leurs intonations restaient invariablement les mêmes, et ils accompagnaient le texte avec des gestes identiques. Ils devaient lire au moins deux fois. Jamais plus de trois. Puis, son père déposait un baiser sur son front et Jeanne avait le droit à un gros câlin. Malgré l'habitude, le cœur de Bruno se serrait. Lui n'avait pas droit à ce câlin. Mais il se consolait autrement de cette distance physique qui lui était imposée.

Une fois dans son lit, Baptiste s'allongeait, attrapait ses doudous qu'il calait sous son menton, puis il tendait sa petite main à travers les barreaux de son lit, il attrapait le majeur de son père, qui, installé contre le mur, entonnait alors les ritournelles de soir. Il chantonnait, d'une voix tendre et si basse que seul son fils pouvait l'entendre. Des chansons douces pour un enfant récalcitrant. Parfois, il

---

[1] *Devine combien je t'aime* de Sam McBratney et illustré par Anita Jeram ; ed. L'école des Loisirs

devait recommencer le cycle entier avant que le petit garçon ne lâche son doigt, les yeux fermés sur son sommeil. Il ne quittait jamais la chambre sans vérifier que la veilleuse était bien allumée, et la porte restait entrebâillée.

C'était son privilège de père. Il était le gardien des rêves, le maître du sommeil.

Chaque jour ressemblait à celui d'avant. Leur vie était une routine rassurante, tendre, quoique parfois un peu ennuyeuse.

Jeanne

Mes parents fêtent leur anniversaire de mariage. Quarante ans. Déjà. C'est si long quarante années passées avec la même personne. Est-ce que ton père et moi nous réussirons à tenir le coup aussi longtemps ?

Depuis ta naissance et notre emménagement, nous n'avons pas souvent fait le chemin pour rendre visite à la famille qui vit en province, c'est une belle occasion. Je devrais être heureuse, mais une fois encore quelque chose au fond de moi – je n'arrive pas à mettre le doigt sur cette sensation désagréable – m'empêche de savourer ce futur plaisir avec sérénité. Je me dis que c'est sans doute parce que je ne suis pas très proche de ma sœur et qu'elle va encore m'abreuver de conseils non réclamés. Elle a le don de me taper sur les nerfs. Ton père trouve que j'exagère. Ça ou autre chose, j'ai tendance à dramatiser. C'est toujours ma faute.

Pendant tout le trajet en voiture, tu es sage, tu babilles, tu ris. J'ai le cœur qui s'allège de te voir si tranquille. Mon petit homme aux yeux océan. Puis nous arrivons à Tours. Lentement et de manière insidieuse, ma poitrine se serre, je n'ai pas envie. Pas envie de répondre aux reproches muets de ma mère « vous ne venez pas assez souvent », « je ne vois pas mon petit-fils grandir ». Pas envie non plus de lire sur le visage de ta tante que « je ne sais pas y faire » et que je devrais être plus ceci ou plus cela avec toi. Au détour de l'allée, la maison apparaît. Je laisse échapper un soupir. Ton père se saisit de ma main.

– Chérie...

Son ton est las. Je l'agace avec mes états d'âme. Toi, dans ton siège auto, tu regardes par la fenêtre. C'est fou comme tu as le sens de l'observation. Tu passes des heures à contempler la nature, un arbre, un nuage. Le bruit de la voiture sur les graviers a attiré ma mère. Suivie de mon père qui ouvre déjà grand ses bras, ma sœur, mon frère, leurs conjoints. Le perron est envahi.

– Ah, enfin vous voilà ! On a cru devoir commencer l'apéro sans vous, me dit ma mère en m'embrassant du bout des lèvres avant de se précipiter vers la portière arrière de notre voiture.

– Vous auriez dû suivre l'itinéraire que je vous avais envoyé, c'est plus court, enchaîne ma sœur.

– C'est ce qu'on a fait.

Elle lève un sourcil.

– Ah. Tu es sûre ?

J'ai du mal à respirer. Tu as les yeux grands ouverts sur la dame au parfum sirupeux et aux cheveux si bien coiffés qui t'embrasse dans le cou. Ma mère tente de te détacher de ton siège.

– Attends...

Je n'ai pas le temps de finir ma phrase. Tu te mets à hurler. Tu es en colère. Je me précipite.

– Je vais le faire.

Elle se pousse, l'air pincé. Je sens dans mon dos le regard condescendant de ma sœur. Je te prends dans mes bras, mais personne ne semble comprendre qu'il faut te laisser du temps, que tu dois reprendre ton calme. Ma mère revient à la charge, suivie du reste de la famille.

– Qu'il est beau.

– Oh, mais c'est fini le gros chagrin.

– Donne-le-moi.

Nous sommes encerclés. J'aperçois Bruno qui serre la main de mon père. Il ne fait pas attention. Baptiste se remet à crier de plus belle.

– Vous êtes trop nombreux, dis-je en sortant du cercle.

Ma mère a son visage fermé. Je l'ai blessée. Je suis coupable. Tandis que j'entre dans la maison, ta tante me fait part de tous les reproches qu'ils ont tous à mon égard.

– Si tu couves trop cet enfant, c'est certain qu'il va rester peureux.

Ce sont les trois jours les plus longs de ma vie, un enfer. Dans ma propre famille, je suis une étrangère. Ils tournent autour, ils s'agitent comme des mouches autour de sucreries.

Tu ne dors pas la nuit, tu refuses d'aller dans les bras de ta grand-mère, tu sors à quatre pattes de toutes les pièces où il y a plus de trois personnes. Lorsque ma sœur tente de te donner à manger, tu te tords dans tous les sens, tu te détournes.

L'ambiance est pesante. Ton père n'arrive même plus à détendre l'atmosphère. Je les entends qui parlent dans mon dos. Finalement, ils envoient mon frère en messager.

– C'est pas facile pour les parents. Ils ne voient jamais Baptiste et ils ont le sentiment que tu envenimes les choses. Il faut que tu fasses un effort. C'était un week-end important pour eux.

Pendant ce temps-là, tu es assis dans l'herbe. Il n'y a que nous. Tu es calme, tu regardes les insectes, tu joues avec tes cubes, tu souris. Que puis-je répondre à leurs accusations ?

6

C'était l'été, mais Jeanne décida de ne rien changer à sa routine.

Le matin, après le petit-déjeuner et la promenade pour acheter le pain, ils se rendaient chez Marie et Armand. Le vieil homme prenait en charge l'enfant et ensemble, ils jardinaient, arrosaient les parterres de fleurs que Marie avait soigneusement plantées, et débusquaient les colonies de gendarmes que Baptiste adorait observer. Souvent, juste avant le déjeuner, ils cueillaient une grosse tomate et le petit garçon croquait dans des radis en grimaçant, le goût piquant lui donnant des frissons de plaisir. Les deux femmes discutaient, buvaient un thé, parlaient littérature, du travail de relectrice correctrice de Jeanne. Elle se sentait bien dans cet environnement un peu démodé. Il y régnait une atmosphère de douceur et de nostalgie. Presque mélancolique, comme un décor inutilisé depuis trop longtemps, mais qui n'avait besoin que d'un coup de frais pour retrouver ses couleurs d'antan. Jeanne avait remarqué sur le buffet du salon des cadres photos. Marie, Armand et un garçon. L'enfant grandissant au rythme des clichés : nourrisson, bambin, petit gars édenté, jeune adolescent. Mais sa voisine n'y faisait jamais allusion, n'évoquait jamais sa maternité et Jeanne n'osait pas poser de questions. Elle se serait sentie intrusive, elle qui avait bien du mal à supporter les réflexions de leur entourage sur son fils. Et si Marie devina les coups d'œil, elle n'en montra rien et même parfois s'empressa de détourner l'attention de son invitée.

La journée continuait avec le déjeuner. Un repas qui ne comportait jamais de vert : Baptiste recrachait les haricots, petits pois, concombre, tandis qu'il n'acceptait que la soupe au goût de brocolis et épinards. À l'heure de la sieste, pas question d'aller dans son lit, il s'allongeait sur le canapé avec ses livres d'histoires préférés dont il tournait les pages consciencieusement avant de se laisser aller au sommeil. Il n'y avait que le week-end que le petit garçon acceptait de dormir avec son père, dans la chambre parentale. Un doudou dans une main, l'autre enfermée dans celle, immense, de son père, il se laissait aller, rassuré, aux pays des rêves.

L'après-midi, ils allaient au parc. Baptiste y était tombé amoureux d'une jeune maman, Samantha. Une brune très fine à la peau mate, aux grands yeux chocolat, aux cheveux longs et d'un noir brillant. Dès qu'elle apparaissait, l'enfant attrapait le doigt de sa mère et venait se planter devant la jeune femme. Il la contemplait comme un amoureux d'art pouvait admirer *La Joconde* des heures et des heures. La première fois avait mis Jeanne dans un embarras profond, car le petit refusait de bouger d'un centimètre, mais Sam avait succombé à son charme et, finalement, elles étaient devenues « copines de parc » et se donnaient des rendez-vous réguliers. Leurs enfants avaient le même âge et si la fille de Sam était une petite brunette vive et sociable, Bapt restait assis tranquillement en contemplation devant la mère.

Bruno et Jeanne improvisèrent, un soir, un barbecue auquel ils convièrent Lucie et Charles. Dans leur cour, l'ambiance était légère, portée par la musique d'une petite enceinte, la guirlande d'ampoules multicolores que Jeanne avait installée pour donner un air de guinguette à leur extérieur, et la bonne odeur des saucisses grillées.

Elles n'étaient pas nombreuses ces soirées, et les invités encore moins nombreux : Jeanne prétextait qu'ils n'avaient pas l'espace, que ce ne serait pas agréable de devoir se serrer, mais Bruno devinait qu'elle protégeait leur fils, du monde et du bruit, des questions et des regards en coin. Elle portait encore en elle les blessures de leur pendaison de crémaillère.

Lucie n'avait pas caché sa joie de revenir après tant de temps et de voir ce filleul qu'elle connaissait si mal. Mais Baptiste, concentré sur ses jeux de tapis, l'avait ignorée lorsqu'elle était arrivée. Ses parents, d'un accord tacite, préféraient le laisser vivre sa vie sans exiger de lui qu'il soit sociable et avaient décidé de ne pas tenter de le coucher afin de s'éviter le long rituel du soir. Ils entraînèrent leurs amis dans la cour derrière, le laissant assis dans le salon avec ses livres, ses mini-dinosaures.

Sa marraine s'inquiéta : « *Tu le laisses seul ?* ». Il suffit d'une intonation, un regard à peine suspicieux pour que Jeanne se sente jugée et coupable. Elle imagina ce qu'ils pensaient d'elle : « Elle est une mère inconsciente qui laisse son fils sans surveillance ». Elle aurait voulu répliquer qu'il était si prudent qu'il ne lui viendrait aucunement à l'idée de mettre les doigts dans la prise, il pouvait rester des heures à contempler une image ! Mais elle lisait sur le visage des invités qu'elle était irresponsable, indigne.

— Vous devriez le mettre dans un parc, lança Charles, sûr de son bon droit.

Bruno, silencieux jusqu'à présent, ne put s'empêcher de répondre.

— Ce n'est pas un animal ! Et puis, franchement, il est sage comme une image.

Les sourcils se haussèrent.

— Après tout… C'est votre fils… Mais s'il était avec nous, au moins il pourrait interagir… Parce que là…

Lucie regarda son mari, avec cet air ennuyé de quelqu'un qui ne savait pas comment énoncer une vérité fondamentale.

— Il n'est pas très… sociable.

Bruno devinait sans les voir les larmes qui perlaient aux yeux de sa femme.

— En effet, mais au moins, il ne court pas dans tous les sens et il ne casse rien, répondit-il d'un ton sec. Qui veut du rosé ?

Charles lui tendit son verre et se fendit d'une blague à propos de « l'éducation positive » en trinquant avec trop d'extravagance au « bonheur d'être parents ! ». Jeanne se tassa un peu plus et se demanda pourquoi leurs amis étaient si prompts à les critiquer dans leur parentalité, elle-même n'avait pas le souvenir d'avoir été intrusive avec eux.

— Vous n'en voyez que les mauvais côtés. Baptiste aime la routine et a du mal avec les gens qu'il ne connaît pas.

Elle n'avait pas terminé sa phrase, qu'elle regrettait d'avoir relancé le débat. Lucie, son amie, oui son amie, avec qui elle avait partagé l'adolescence, les secrets et les premières amours, les déceptions et les ambitions, cette même amie qui fut la première à comprendre qu'avec Bruno c'était du sérieux, cette amie qu'elle prenait pour une sœur, la fixait un sourire un peu coincé accroché à son joli visage, puis prit le temps d'avaler une gorgée de ce délicieux rosé qui leur montait tous à la tête par cette chaleur d'été :

— Oui enfin c'est certain que si chaque fois qu'on vient vous acceptez qu'il ne dise pas bonjour ou qu'il reste enfermé, on ne va pas le connaître.

Jeanne eut un haut-le-cœur. Elle fut prise de tremblements. Trahie. Agressée sous son propre toit.

— On ne peut pas tous avoir la famille parfaite.

Le silence régna quelques secondes. Bruno cherchait comment désamorcer la situation. Il déglutit, et fut soulagé d'entendre son copain reprendre la parole :

— Eh les filles, passons à autre chose. Ce n'est qu'un bébé après tout.

Puis il éclata d'un rire gras et forcé. Les deux hommes changèrent alors de sujet, parlant bricolage, isolation de toit. Jeanne eut le sentiment que la terre venait de se craqueler comme si la sécheresse de l'été avait creusé un fossé entre elles.

Au bout d'un moment, Baptiste les rejoignit, une armée de dinosaures dans les bras qu'il déposa en bas des marches de la terrasse. Une fois alignés comme il le souhaitait, il vint à la table des adultes et s'acquitta d'un sourire pour les invités.

— Il n'est pas si sauvage que ça !

Lucie chuchota presque ses derniers mots, avec un regard, que Jeanne, dans sa colère, trouva condescendant. Son fils, alors, s'approcha d'elle, grimpa sur ses genoux et s'installa en position koala. Son doudou contre le nez, il ne tarda pas à s'endormir. Son poids et sa chaleur la consolèrent. Elle pardonnait au monde, à son amie, elle se fondit dans l'odeur de la transpiration de son fils et tout redevint douceur. Elle devait apprendre à encaisser les ingérences, les remarques gentilles, mais mal placées, les conseils envahissants, et les regards faussement compatissants. Avec le temps, elle anticiperait les besoins de son fils, ses propres angoisses, elle deviendrait une acrobate de l'apparence, elle érigerait un mur invisible entre les bonnes paroles et sa vérité, elle poserait un masque d'indifférence.

— Il est mignon.

Debout dans l'entrée, son amie tendit la main pour caresser les cheveux de Baptiste toujours calé dans les bras de sa mère. Jeanne sourit.

7

Pour les vacances d'été, des copains d'enfance de Bruno, Agathe et Timothée, proposèrent de louer ensemble une villa sur la côte Atlantique, proche des plages. Le couple était parent de trois enfants, dont un de l'âge de Baptiste.

Jeanne avait longuement hésité. Elle appréhendait déjà les soirées difficiles, les remarques, l'exigence de Baptiste, Bruno qui aurait envie de faire la fête avec son pote, elle qui serait épuisée.

— Cela va nous faire du bien ! insista Bruno.

Il trouva les arguments pour la convaincre : il lui décrivit sans relâche les bienfaits de la socialisation pour Baptiste et de la nécessité de se préparer dans les meilleures conditions possibles à la vie en communauté qui l'attendait avec une entrée en crèche en septembre. Et parce qu'ils avaient avant tout besoin de repos, il déplia aussi la carte farniente, plage et soleil. Jeanne ne put dire non, à son tour contaminée par l'enthousiasme de son mari.

Le temps était magnifique, la chaleur idéale, et la location proche d'une plage sans danger pour la baignade des enfants. Dès le premier jour, à peine arrivé sur le sable et malgré l'incertitude de ses petites jambes, Baptiste lâcha le doigt de sa mère pour aller seul vers le bord de l'eau et toucher du bout des pieds l'océan devant ses parents émus de le voir faire ainsi ses premiers pas sans aide.

— Sa passion pour l'eau se confirme, commenta Bruno emmenant son fils plus amont.

Champion de natation à l'adolescence, il avait dû renoncer à son sport fétiche à la suite d'une rupture du biceps. Il n'avait jamais entièrement recouvré ses capacités, mais constater qu'il partageait avec son fils le même plaisir de la baignade, et surtout que ce dernier ne craignait pas le mouvement continu de l'océan, lui offrit une occasion de se rapprocher de l'enfant. Ces vacances à la mer furent comme une nouvelle rencontre entre le père et le fils : ils s'arrosèrent, firent des châteaux de sable, dans les bras de son père, Baptiste pataugea, désigna l'horizon pour aller toujours plus loin. Il rit aux éclats, découvrit le sable mouillé et l'écume, tapa l'eau, toussa lorsqu'il but la tasse, mais surtout il rayonna d'un bonheur absolu que rien ne pouvait gâcher. L'appareil photo en bandoulière, Jeanne les mitrailla : elle emplissait l'album de leurs souvenirs.

Après les vagues et le soleil, fatigué par ses journées, Baptiste restait toujours à l'écart de leurs amis et la vie en communauté se révélait difficile : l'ambiance et le bruit, les bains et les repas des enfants qui s'enchaînaient, partager son espace, voir ses livres dans les mains des autres ou retrouver un dinosaure caché sous un coussin, tous ces petits événements sans importance prenaient une tout autre dimension pour lui, et il se braquait. Personne n'avait le droit de l'approcher. Jeanne elle-même avait bien du mal à gérer l'humeur de son fils. Elle hésitait toujours entre le prendre dans les bras et le protéger de ce monde qui ne le comprenait pas, et l'espoir, vain, qu'il se fondrait dans la masse, qu'il sourirait à Agathe si gentille et si patiente, qu'il jouerait avec le garçon de son âge. Mais

Baptiste restait sur le côté ou derrière et se cachait, sauvage. Dans sa frustration, elle en oubliait parfois qu'il n'avait pas encore dix-huit mois : bout de chou submergé par des émotions qu'il ne savait nommer, comment aurait-il pu comprendre les besoins de sa mère ?

Malgré tout, le séjour était agréable. Leurs amis étaient respectueux de leurs difficultés, et laissèrent à Baptiste le temps de venir à eux. Jeanne leur en fut reconnaissante, car leur patience paya quelques jours plus tard, lorsque le blondinet vint s'installer sur le canapé pendant que Timothée lisait une histoire à ses enfants. Elle eut du mal à cacher son émotion quand les deux plus grands s'écartèrent pour lui faire une place, entre eux au milieu.

Fort de ce premier succès inattendu, le couple leur suggéra de s'offrir une soirée en amoureux tandis qu'il garderait Baptiste : maintenant que l'enfant s'était laissé apprivoiser, et qu'il avait même prêté son jouet préféré, il n'y avait pas de raison que cela se passe mal. Jeanne et Bruno avaient besoin de ce break, de cet espace à deux. Une soirée rien qu'à eux, pour se regarder dans les yeux et ne pas oublier l'amour qui les unissait. Lui était de plus en plus agacé par ce lien fusionnel que Jeanne semblait entretenir plus que nécessaire. Elle anticipait les émotions de leurs fils, et exacerbait ce qu'elle croyait que Baptiste ressentait. Bruno trouvait qu'elle exagérait. Il reconnaissait que leur enfant n'avait pas le caractère extraverti et tranquille de beaucoup d'autres, qu'il fallait respecter son rythme pour qu'il fût épanoui et serein, mais les craintes de sa femme n'arrangeaient rien : ni dans les relations sociales de Baptiste ni dans leur couple centré autour de son seul bien-être.

Il désirait juste passer du temps à deux, un tête à tête, comme avant, un moment suspendu dans leur vie casanière de parents extra-vigilants…

Une fois encore, Jeanne se rendit aux arguments de son époux. Toutefois, elle n'accepta de quitter la maison qu'une fois le petit garçon couché et après avoir répété plusieurs fois ses instructions à Agathe et Timothée :

— Du balai, allez profiter ! Au pire, il ne dort pas et il passe la soirée avec nous !

Balayant du revers de leur bonne humeur les appréhensions maternelles, Véronique et Timothée riaient.

Bruno avait réservé une table dans un restaurant de bord de plage. Ambiance tamisée, embruns et coupe de champagne. Jeanne se laissa aller au bonheur d'être à deux. Elle se sentait amoureuse et pleine de gratitude d'avoir un mari qui la soutenait et l'aimait tant, des amis compréhensifs qui leur offraient cette escapade, et un petit garçon si intelligent, si beau. Ses yeux bleus, billes immenses au milieu de son visage rond d'enfant, s'imposèrent à son esprit. Une forte émotion s'empara d'elle, qu'elle ne sut cacher à Bruno qui, d'un geste tendre, recouvrit sa main.

— Chérie, profite s'il te plaît.

— Mais il est seul.

C'était une petite phrase, une parmi des milliers qu'elle prononcerait encore, qui ne savait pas dire tout l'amour qu'elle avait pour Baptiste et la peur abyssale de ne pas être à la hauteur de son rôle de mère.

— Baptiste va bien, nos amis s'en occupent. Ils ont trois enfants, ils ont l'habitude.

Elle hocha la tête, elle voulait croire son mari, mais elle avait l'impression d'être reliée presque de manière surnaturelle aux émotions de son enfant.

— Et s'il se réveille ?

Bruno n'avait pas envie de parler de leur fils, il n'avait pas envie de mettre au centre de la table leur rôle de parents, ce qu'ils faisaient de bien et de mal, s'ils savaient y faire ou pas ; il avait juste envie d'admirer sa femme, de lui répéter à quel point il la trouvait belle, et de rentrer lui faire l'amour.

— Eh bien, il se réveillera, et il ne sera pas seul. Il faut qu'on apprenne à le laisser de temps en temps, non ?

Elle hocha la tête pour dire oui, mais son cœur lui hurlait non. Elle allait faire semblant. Parce que Bruno méritait qu'elle lui consacrât cette précieuse parenthèse, parce que son amour était le pilier qui lui permettait de rester debout.

Après leur dîner et un dernier cocktail les pieds dans le sable, ils rentrèrent à la villa. Aucun bruit. Le calme régnait. Dans le salon, Agathe et Timothée, installés confortablement dans le canapé, lisaient et buvaient un digestif. Ils n'attendirent pas que Jeanne leur posât des questions pour partager leur enthousiasme.

— Quand sa maman n'est pas là, ce petit est un chou !

Jeanne déglutit. Bruno évita de la regarder. Lui, il se sentait soulagé. C'était une étape importante franchie et qu'il souhaitait renouveler assez vite. Leur amie résuma la soirée : Baptiste s'était réveillé une fois, mais il n'avait rien dit quand elle était venue le récupérer et lui lire une histoire. Il avait ensuite pris un biberon et s'était rendormi sans souci.

— J'ai éteint la lumière et fermé la porte, c'est quand même plus facile de s'endormir dans le noir, non ?

Jeanne se précipita pour constater par elle-même les dires d'Agathe. Elle demeura muette, une boule coincée dans sa gorge : aucune de ses recommandations n'avait été respectée, son amie n'avait suivi aucune de ses demandes, et malgré cela, Baptiste dormait. On l'avait reniée dans son rôle de mère, mettant encore une fois ses capacités en doute, et même son propre fils l'avait trahie, en acceptant d'une inconnue ce qu'il lui refusait toujours.

Ce qu'elle ne pouvait pas savoir, c'était la peur de son fils quand il avait fait le cauchemar et qu'au réveil, à la place du visage rassurant de sa mère, il avait vu celui de l'autre maman. Il savait qu'elle était gentille, mais elle n'était pas sa maman, elle n'avait pas la même odeur et il ne connaissait pas ses battements de cœur à cette dame. Ce que Jeanne ne savait pas, c'est qu'il n'avait pas écouté l'histoire, car il se demandait où étaient papa et maman, qu'il avait pris le biberon parce qu'il avait trop peur de dire non, et que quand la maman des autres enfants avait éteint la lumière et fermé la porte, il avait fait pipi dans sa couche. Ce qu'elle ne saurait jamais, parce qu'il était trop petit pour le dire c'est qu'il s'était endormi, étouffé par son angoisse.

— Tu vois… Il va bien.

Bruno vint se serrer contre sa femme, la réconforter et l'entraîner loin du lit de leur fils. Il prit le temps, de la serrer dans ses bras, de chuchoter l'amour qu'il ressentait, de passer une main délicate sur le contour de son visage. Elle soupira, ferma les yeux à recherche d'une paix intérieure, puis elle laissa le désir de son mari devenir sien. Elle répondit à ses baisers, à ses caresses. Alors avec beaucoup de délicatesse, Bruno redécouvrit le corps chaud de celle qui le bouleversait.

Bruno

Ta petite main dans la mienne. La chambre est plongée dans la pénombre. Il fait chaud, tu portes un body blanc, ta tétine repose à côté de ta bouille endormie. À droite, ton doudou, le dinosaure Petit Pied, ton préféré.

Ces heures silencieuses sont des trésors que je veux garder au fond de moi. Elles n'appartiennent qu'à nous. Je demeure le maître du sommeil.

Dans cette chambre, il n'y a que toi et moi. Un père et son fils. Juste nous.

Jeanne

Le tapis de feuilles crisse sous tes pas. Tu ris et tu sautes à pieds joints dedans comme s'il s'agissait d'une flaque d'eau. Tu aimes ce bruit, cela provoque une onde de plaisir qui te chatouille et te rend heureux. Je reste toujours un ou deux pas derrière toi. Ainsi je peux t'observer et me gaver de ces images qui constituent le bonheur d'être ta mère. Et j'ai le temps de réagir si jamais tu franchis la distance raisonnable de ton autonomie si fraîchement acquise. Depuis que tu marches seul, depuis tes premiers pas dans l'océan, tu refuses ma main. Sauf pour traverser, sauf s'il y a trop de monde sur le trottoir, sauf si la rue est bruyante, sauf à l'entrée de la crèche. J'en viens parfois à espérer tout cela à la fois, cette distance physique que tu as instaurée me brûle de l'intérieur, et ne cesse de me rappeler qu'élever un enfant c'est l'aider à partir.

Je suis l'adulte, mais c'est toi qui me fais grandir.

8

Après un automne aux couleurs du soleil, le froid qui s'installait annonçait la rudesse de l'hiver et Baptiste approchait de ce que les nouveaux prédicateurs de la petite enfance appelaient « the terrible two ». Bruno plaisantait toujours en disant que pour eux c'était plutôt « the terrible tout court. »

Samantha avait convaincu Jeanne d'inscrire Baptiste à la crèche parentale du quartier « Le petit bateau ».

— Dans un milieu adapté à son âge, je suis certaine que ce petit mec va très bien s'en sortir ! Et puis qui dit crèche parentale dit investissement associatif et engagement des parents ! Ce qui veut dire que tu seras toujours présente pour lui ! Tu ne l'abandonnes pas !

Bruno avait applaudi à cette idée, soulagé que Jeanne accepte de confier leur fils à un environnement qui aide à la vie en communauté. Il voyait aussi là l'opportunité pour elle de reprendre goût à une vie sociale et retravailler à un rythme plus soutenu. Il savait à quel point elle aimait son métier de correctrice et le sacrifice que c'était pour elle de réduire ses contrats.

L'adaptation fut longue. Il fallut prendre le temps d'intégrer de nouvelles habitudes, de nouveaux visages, un nouveau cadre. Puis avec les jours et les semaines, ils trouvèrent le rythme qui convenait au garçonnet : après le petit-déjeuner tous les trois, ils quittaient ensemble la maison. Devant la porte, Bruno embrassait sa femme, et tendait son poing au garçonnet pour un *check* qui leur était propre. Puis il partait au travail en RER tandis que Jeanne et Baptiste continuaient à pied vers la crèche.

L'enfant s'arrêtait sur la bouche d'égout, en faisait le tour, une, deux, trois fois, dans le même sens ; ils repartaient, il passait derrière l'arbre par la gauche, puis à la porte de la crèche, arrêt sur image. Il attrapait la main de sa mère et Jeanne visualisait la petite boule d'angoisse qui se formait dans le ventre et remontait à la gorge du petit. Même lorsqu'elle était pressée, elle lui accordait cette seconde de battement avant d'ouvrir la porte. Une toute petite seconde qui faisait une grande différence. Une fois à l'intérieur, ils vérifiaient que le siège de Baptiste était libre. Dans le cas contraire, ils attendaient sagement. Puis c'était le moment d'ôter son manteau, ses chaussures, de récupérer dans le casier attitré les chaussons spécialement achetés pour la crèche, de les enfiler, le droit puis le gauche, de remettre le panier à sa place avec les chaussures bien rangées dedans, de prendre la photo de Baptiste – ce portrait pris à la plage et sur lequel il riait aux éclats – de la coller sous l'humeur du jour. Même lorsqu'il était grincheux, le petit garçon posait son sourire en papier sous celui dessiné de « content ». Ensuite, Jeanne l'accompagnait au tapis de jeux, il choisissait une boîte de jouets, ils s'installaient et Baptiste entrait dans sa coquille, il n'était plus dans le même espace que les autres. Mais Jeanne devait attendre encore un peu avant de pouvoir le quitter. C'était sans doute imperceptible pour le commun des mortels, mais il y avait un détail, un geste, qui lui indiquait que c'était le bon moment.

Les seuls jours où tout cela ne comptait plus, c'est lorsque Samantha était là. Baptiste s'avançait alors vers elle et restait debout à l'admirer, laissant au reste du monde le soin de tourner sur lui-même.

Il y eut pourtant un incident qui faillit remettre en question ce fragile équilibre.

Jeanne venait d'enfiler les chaussons aux pieds de Baptiste, qui, une fois son casier rangé, s'empressa de coller son portrait à la même place que d'habitude. Une nouvelle stagiaire s'avança vers lui :

— Bonjour, toi tu es… Baptiste ! Eh bien, on dirait que tu es de bonne humeur !

Le petit garçon ne répondit pas. Il prit la main de sa mère pour aller sur son tapis, mais la jeune fille les suivit. Toutes les autres puéricultrices étaient alors occupées, et ce n'était pas un jour « Sam ». Jeanne tenta de l'éloigner :

— Pardon, vous savez nous avons quelques habitudes avec lui…

Elle se détesta de s'excuser. La stagiaire ne comprit pas et s'assit en face de Baptiste sur le tapis. Quand ce dernier lui tourna le dos, sa boîte de jeux toujours dans les mains, elle fit alors le tour et se saisit d'un jouet dans la même caisse.

— Oh, il ne faut pas être timide !

Jeanne décida d'intervenir avec plus de fermeté.

— Excusez-moi, insista-t-elle en s'interposant entre eux. Comme je viens de vous l'expliquer, Baptiste a certaines habitudes et…

L'inconnue ne tint compte ni d'elle ni de sa remarque, et s'imposa de nouveau dans l'espace du petit garçon. Vaincue, incomprise, et la boule au ventre, Jeanne se leva pour trouver la directrice. Elle n'était pas certaine que ce fut la bonne marche à suivre, mais la colère la faisait trembler et elle voyait bien que son fils avait l'humeur sombre et volcanique. Au moment où elle quitta le tapis, il s'accrocha à ses jambes en criant.

La jeune assistante se précipita pour le défaire de sa mère.

— Oh c'est vilain de faire un caprice !

— S'il vous plaît, vous pouvez nous laisser ?

Jeanne avait crié. Le silence se fit dans la pièce, tous les regards tournés vers eux.

— Oh, mais je voulais…

— S'il vous plaît. Vous voyez bien que vous lui faites peur !

La jeune fille recula, choquée par le ton agressif de Jeanne. La directrice arriva au même moment et comprit la situation d'un coup d'œil. Elle entraîna la novice à part, tandis que la mère calmait le fils et qu'ils reprenaient tant bien que mal leur rituel. Baptiste regardait sans cesse par-dessus son épaule, inquiet. Quand il s'apaisa et qu'il fut prêt à laisser partir Jeanne, la directrice et la stagiaire revinrent avec précaution. La plus âgée se mit à genoux devant l'enfant, capta son attention et demanda à son employée de faire de même.

— Baptiste ? Je te présente Angélique.

Il leva les yeux, puis se remit à jouer avec son avion. La directrice continua les présentations, sans se formaliser.

— Angélique est nouvelle ici, et tu vas la voir tous les jours maintenant. Elle a été maladroite avec toi, parce qu'elle ne sait pas encore tout. Il ne faut pas lui en vouloir.

Le petit garçon continua à les ignorer. Au bout de quelques minutes, elles se levèrent devant Jeanne qui présenta ses excuses pour avoir crié et parce qu'elle voyait bien que la communication avec son fils n'était pas des plus aisées.

— Comme tous les enfants, Baptiste a besoin d'avoir confiance en son environnement, commença la directrice.

Dorénavant, je ferai attention à ce que personne ne vous interrompe dans votre routine et que les nouvelles ne se présentent à Baptiste qu'avec moi à leurs côtés.

Le timbre de sa voix était empreint d'une bienveillance qui bouleversa Jeanne.

Elle quitta la crèche. Épuisée. Quelque chose de noir poussait dans sa tête, une ombre, des doutes, une rancœur. Elle se persuadait que le monde la toisait, la jugeait, la considérait comme une mère incompétente dotée d'un fils inapte à la vie en société. Elle captait les regards lorsque son fils faisait un caprice, quand il refusait de donner un jouet ou qu'il se mettait dans un coin pour que personne ne puisse lui parler, et le noir dans son âme devenait plus grand.

La colère s'amoncelait. Comme un tas de fumier malodorant. Colère qu'elle aurait tant voulu cracher à ces visages : pourquoi les jugeait-on sans arrêt ? Qu'avaient-ils fait de mal ? Colère qu'elle s'empêchait de retourner contre Baptiste, contre son caractère exclusif et passif, intérieur et hermétique au monde. Colère qu'elle croisait le matin dans le miroir et qu'elle délestait contre un mur lorsqu'elle se retrouvait seule : sa tête contre le placo, résonance d'un vide qu'elle avait tant de mal à maîtriser.

Marie

J'ai dit à Armand qu'il y avait un trou dans la haie qui sépare nos deux maisons : il s'en moque, il préfère son potager. Il marmonne quelque chose à propos de « c'est pas mon problème ». C'est vrai, ce n'est pas vraiment un problème.

Plus rien ne paraît être un souci depuis que tu es entré dans nos existences. Tu y as remis tant de vie, de rires, de joie ! Tu soulages la solitude de nos vieux jours. Une solitude que nous ne voulions pas trahir. Encombrante et cruelle, elle était devenue, avec le fil des années qui passent, une compagne dont on n'est pas certain de vouloir se débarrasser. On craint de ne plus savoir faire sans elle. Et puis, tu es arrivé.

Comment te résister ?

J'adore quand tu viens avec ta mère, toujours un ou deux pas devant elle, que tu t'arrêtes net, que tu me tends ton front pour un baiser léger et qu'après tu appelles « Mand ! » d'un ton autoritaire pour jardiner avec lui. Tu es bien trop jeune pour comprendre les enjeux de ce que tu lui offres à chaque moment partagé avec lui. Un sursaut de jeunesse, un écart dans la courbe de la vieillesse, un dos qui se redresse, un sourire qui soulage la blessure. Si petit et si important. Tu es si petit et si important pour nous.

Je l'avais prévenu « il y a un trou », mais il a tout de même frôlé la crise cardiaque quand tu as débarqué recouvert de terre et de branches, les mains et le visage sales : il était en train de récolter les radis, ceux que tu aimes tant, pensant être seul quand tu lui as parlé.

– Adis Mand.

Tu peux te vanter de lui avoir fichu une sacrée trouille.

Il ne nous a pas fallu longtemps pour comprendre comment tu avais réussi à venir jusqu'à nous sans la présence habituelle de Jeanne. Cette dernière était paniquée et te cherchait partout. Elle s'inquiète tant pour toi, si tu savais mon Baptou comme elle t'aime !

J'ai sauté sur l'occasion de ta fugue pour lui proposer de venir te garder chez vous de temps en temps. Je crois bien que ta mère aurait aimé me sauter au cou de joie et de reconnaissance. Elle a du mal à accorder sa confiance aux autres, mais elle sait qu'on t'aime comme tu es, et qu'on t'a apprivoisé petit sauvageon que tu es.

Après, c'est Armand qui m'a fait la tête : il trouve que je m'attache trop. « C'est l'hôpital qui se moque de la charité », lui ai-je rétorqué, presque furieuse qu'il ose me faire la morale alors qu'il ne jardine plus que pour être avec toi !

Et comment pourrait-on te résister avec ta bouille ronde aux yeux immenses dont le bleu ferait chavirer n'importe quel tyran ?

9

— Tu es heureuse ?

La question était abrupte, inattendue. Alors qu'ils dînaient en tête à tête loin de leur quotidien.

Le trou de Baptiste avait officialisé l'amitié entre les retraités et les jeunes parents. Marie avait proposé de devenir baby-sitter et les Morel profitaient donc de l'opportunité pour sortir en amoureux avec plus de régularité. Cela avait nécessité une nouvelle organisation. Bruno ne s'en rendait pas compte, mais Jeanne portait tant sur ses épaules que, parfois, elle n'avait plus ni force ni envie et que l'idée de sortir la fatiguait plus qu'autre chose. Mais elle ne disait rien, elle aimait trop son mari pour lui reprocher quoi que ce soit, et puis, comme lui disaient les copines, elle était si chanceuse ! Il était un père et un conjoint présent, qui s'occupait de Baptiste, qui faisait les courses, la cuisine… Non vraiment, elle aurait été folle de se plaindre.

Ce soir-là, Bruno lui avait fait la surprise de l'emmener au théâtre. À Paris. Elle ne se rappelait pas la dernière fois qu'elle avait mis les pieds dans une salle de spectacle. L'attention de son mari la touchait plus que de raison. Parfois, non souvent si elle était honnête, elle se regardait dans le miroir et elle ne se reconnaissait plus, elle contemplait une inconnue devenue mère, qui tremblait au moindre cri de son fils, qui anticipait tout, même le fait d'aller faire des courses, et pour qui le mot imprévu était la définition de crise d'angoisse. Et lorsqu'elle regardait ce visage, elle était si lasse qu'elle ne croyait plus mériter l'amour de Bruno, ses cadeaux, son désir qui l'encombrait au milieu de sa fatigue, de cette culpabilité qui l'écrasait et l'empêchait de rire et de vivre. Bruno voulait partager avec elle, et elle se sentait idiote, mais pouvait-il comprendre son quotidien alors qu'il se contentait de travailler et de revenir profiter d'un moment de détente ?

Avant la pièce, ils dînaient dans une brasserie de quartier simple et typiquement parisienne : au bar, bois et zinc se mélangeaient avec la fierté de leur passé. Le carrelage rappelait l'époque des Années folles et les grands lustres éclairaient bien trop fort une salle défraîchie, mais charmante. Assis en face d'elle, Bruno attendait sa réponse.

— Pourquoi tu me demandes ça ?

Il lui sourit. Il l'aimait, sans compromis ni concession. Il craignait toujours de la perdre, de ne jamais être à la hauteur de ce qu'il savait d'elle, de sa force et de son courage, de sa beauté douce et de l'éclatante intériorité qu'elle dissimulait derrière sa timidité. Il n'imaginait pas être sans elle. Il n'imaginait pas une vie où elle n'existerait pas. Il percevait aussi à quel point son rôle de mère la fragilisait. Elle adorait leur enfant, ce n'était pas la question, mais avait-elle conscience de s'éteindre comme une bougie qui se consume trop vite ?

— Je ne veux pas que tu sois malheureuse.

L'émotion rendit sa voix rauque. Elle lui prit la main. Leurs peaux qui se touchaient, qui se retrouvaient.

— Non ! Comment pourrais-je être malheureuse ?

— Il y a toujours un espace à remplir entre ce qu'on espérait et ce qu'on a.

Jeanne secoua la tête.

— Je t'aime.

Il rit.

— Tu détournes la conversation.

Elle rit à son tour.

Dans la maison du jeune couple, Marie sortit de la chambre de Baptiste sur la pointe des pieds. Après un cauchemar, il s'était endormi dans ses bras. « Mani, Mani », avait-il répété, la voix cahotée par les sanglots. Armand l'attendait dans le salon de leurs voisins.

— Ça va ?

Elle hocha la tête.

— Oui, il s'est calmé.

— Je ne parlais pas de lui.

Armand avait les yeux noirs. D'un noir brillant qui reflétait les ampoules du salon. Ce soir, son regard la pénétra. Elle ne pourrait pas s'échapper.

— Mais oui ! Pourquoi ça n'irait pas ?

Il lui fit une place sur le canapé, ouvrit ses bras. Elle vint s'y blottir. Ils avaient beau avoir soixante ans passés, ils s'aimaient comme au premier jour. Elle n'a jamais trouvé mieux que lui, et il n'avait jamais regardé ailleurs. Même au pire moment de leur histoire.

— Ne t'inquiète pas pour moi.

— Chérie, jusqu'à ce que la mort nous sépare et même après, je m'inquiéterai de toi et pour toi.

Ils laissèrent un silence familier passer entre eux.

— Je ne veux pas qu'ils vivent la même chose que nous… Tu comprends ?

Armand prit son visage entre ses mains calleuses de jardinier.

— Ils ne sont pas nous, et Baptiste n'est pas…

Après tout ce temps, il ne réussissait toujours pas à prononcer le nom.

— Je sais. Mais parfois, je la vois qui craque. Elle pleure et je me dis que…

— Non Marie. Leur histoire n'est pas la nôtre.

Il se défit de leur étreinte. Il suffisait de si peu pour que leur souffrance remontât à la surface.

La pièce de théâtre était drôle, sur scène les deux acteurs principaux, Cristiana Réali et Pierre Cassignard virevoltaient, enchaînaient les répliques drôles et cinglantes. Pendant deux heures, Bruno et Jeanne se mirent entre parenthèses. Ils oublièrent leur quotidien, les petits tracas et les grandes questions, ils se laissèrent aller au rire et à la joie d'un spectacle vivant. Jeanne refoula la pointe de doute que Bruno avait inséré dans son cœur en lui demandant de se pencher sur elle et ses sentiments. Il avait insisté pour qu'elle ne refoule pas la colère et la peur.

— Je vois bien que tu n'es pas toujours au top…

Ces quelques mots avaient ravivé cette culpabilité qu'elle portait sans cesse. La maternité ne ressemblait en rien à l'idéal qu'elle s'était imaginé. La réalité était bien plus difficile.

— Baptiste a un caractère particulier, insista Bruno. Je sais que tous les enfants sont différents, mais…

Il avait laissé sa phrase en suspension, tendant sa carte bleue au serveur. La sonnerie du théâtre allait retentir, il ne fallait pas être en retard. Les mots resteraient coincés entre les murs du vieux bistrot.

Ils rentrèrent après la pièce de bonne humeur et l'esprit plus léger, emportés par le jeu formidable des acteurs et la comédie vaudeville. Jeanne se fit la promesse intérieure de ne pas se laisser submerger, de faire attention au bonheur de ses hommes, qui comptait tant pour elle. À leur arrivée, ils furent accueillis par un Armand endormi et une Marie nostalgique. Le couloir était bien allumé, la porte bien entrouverte, les peluches bien alignées…

Bruno

« Je veux un autre enfant. »

J'ai le cœur qui fait un bond, remonte dans ma gorge, redescend au fond du ventre et tente une sortie explosive. Je ne comprends pas pourquoi cette petite phrase me rend si euphorique. Enfin si, je comprends.

Parce qu'elle est synonyme de bonheur, de bien-être, parce que ta mère, quand elle me dit ça, n'a jamais été aussi belle qu'à cet instant. Elle rayonne. Sous l'ombre de la paillote où nous sommes installés pour le déjeuner, ses yeux noisette brillent. Elle m'éblouit et je suis encore plus amoureux.

Au début du printemps, après notre sortie au théâtre, elle m'a demandé de partir en vacances. Sur un coup de tête, comme ça, sans réfléchir, elle voulait qu'on soit fous, qu'on redevienne les jeunes gens imprévisibles que nous étions avant ta naissance. Et nous voilà à Formentera, tous les trois, bronzés, reposés. On célèbre tes deux ans dans un paysage que tu adores : le sable, la mer, le soleil. Toi aussi tu rayonnes et tu parais plus heureux que jamais. Même le soir tu t'endors facilement, repu de fatigue, après avoir joué dans l'eau, construit des châteaux de sable, dévoré des tonnes de crevettes : « Encore ! » ne cesses-tu de demander.

Le bonheur est entré chez nous. Engouffré avec le sel de mer et les coups de soleil. Enfin.

– Mais…

C'est la seule chose que j'arrive à bafouiller. J'hésite entre sauter par-dessus la table et laisser toute l'émotion qui m'envahit me dégouliner des yeux. Assis sur les genoux de ta mère, tu captes l'ambiance. Tu as un don pour ça, tu saisis chaque mouvement d'humeur. Je te souris, tu me renvoies le même, ton regard bleu devenu presque transparent dit ta joie, tu tends la main pour attraper une gamba que tu dégustes avec gourmandise. Nous sommes seuls au monde ici, rois évanescents de ce paradis blanc et bleu.

Depuis plusieurs mois, ta mère fournit des efforts considérables pour prendre du recul. Elle accepte de te laisser aux voisins, qui, je l'avoue avec plaisir, jouent le rôle de grands-parents de substitution avec talent ! Tu les adores et tu ne cesses de t'échapper de la maison par le trou que tu as creusé dans la haie. Plus personne ne s'en formalise.

Elle me tend la main par-dessus la table :

– Être enceinte, sentir de nouveau la vie, tenir un bébé dans mes bras, lui offrir un amour inconditionnel…

Elle marque une pause, caresse ta chevelure blondie par le soleil, y dépose un baiser qui te fait grogner. Elle sourit.

– Pour Baptiste ce serait bien aussi.

Cette fois, mon cœur explose pour de bon. De joie, d'envie, de ces promesses érotiques que me renvoie son regard couleur gourmandise, de tout ce que j'ai imaginé de notre vie future et de tout ce que j'imagine à nouveau. Je fais mine de me jeter sur ta mère :

– Et on commence quand ?

Son éclat de rire est un feu d'artifice de bonheur ! Étonné et fasciné, tu lèves la tête vers elle. Tu touches sa bouche pour tenter d'attraper son rire, et finalement, tu ris avec elle.

J'enregistre dans mon cœur la perfection de cet instant. Il existe des éphémères que l'on souhaite capturer pour l'éternité.

10

Jeanne demanda d'une voix assurée :

— Un test de grossesse s'il vous plaît.

Depuis quelques jours, elle se sentait différente. Les seins tendus, une fatigue plus importante en fin de journée, elle ne possédait plus l'énergie habituelle pour jouer avec son fils après le bain et peinait à garder les yeux ouverts pendant qu'il dînait. Il ne fallait pas qu'elle s'emballe, mais c'était plus fort qu'elle, une petite voix lui chuchotait qu'elle pouvait y croire. Pendant qu'elle attendait au comptoir de la pharmacie, elle visualisa la scène à venir : pour réaliser le test, il fallait avoir envie de faire pipi, mais pas trop pour ne pas avoir un jet trop important, puis bien viser l'embout et ne pas inonder le reste du test et ses mains… À moins d'uriner au préalable dans un récipient plus large… mais la problématique du confort et de viser juste restait la même. Et quand les obstacles logistiques avaient été franchis, l'attente restait le dernier rempart avant… La joie ou la déception. Elle espérait tant le petit « plus » qui confirmerait qu'elle ne rêvait pas ses symptômes !

— Euh pardon, vous pouvez m'en donner deux s'il vous plaît ? ajouta-t-elle.

Au cas où elle le noierait ou qu'il soit négatif…

La fine croix bleue. Un peu pâle, pas encore très sûre d'elle, mais elle était là. Jeanne posa une main sur son ventre. Son corps frissonnait d'excitation. Des petites bulles de bonheur pur.

— Salut toi, bienvenue.

Elle l'aimait déjà ce bébé. Elle savait qu'il illuminerait leur vie. Elle ne pouvait pas l'expliquer, mais elle avait la conviction intime qu'il serait celui qui équilibrerait leur famille. « L'élu qui équilibrera la force ». Elle rit seule de sa blague, oubliant un instant Bruno qui attendait derrière la porte. Il était aussi impatient qu'elle, mais elle ressentait le besoin impérieux, pendant encore quelques précieux instants, d'être seule au monde avec son embryon de vie au creux d'elle. Sans un mot, avec le cœur, elle lui fit de belles promesses. Elle ne craignait plus d'être maman ni de commettre des erreurs. Elle lui parla de son grand frère, ce petit sauvage qui serait son meilleur ami, de son papa, qui lui chanterait des berceuses, jouerait au foot et ferait même des gâteaux au chocolat.

— Alors ?

Le papa en question piétinait, toujours cantonné à l'extérieur des W.-C. Elle sortit enfin de sa cachette et ne put s'empêcher d'éclater de rire. Devant elle, plantés sur leurs pieds, bras croisés sur leurs poitrines, la mine sévère et les sourcils froncés, Bruno et Baptiste. Elle hocha la tête. Les yeux de son mari brillèrent. Son sourire dit tout l'amour qu'il avait pour elle, pour eux, pour leur famille.

Il s'accroupit.

— Baptiste, tu veux bien me regarder ?

Le petit se tourna vers lui.

— Baptiste… dans le ventre de maman, il y a un petit bébé qui pousse.

L'enfant regarda son père, tourna la tête vers le ventre de sa mère, perplexe.

— Il faut l'arroser ?

Ils éclatèrent de rire, il ne comprenait pas très bien pourquoi, mais il était fier de les rendre joyeux.

— Non mon chéri. Le bébé va pousser tout seul. Et bientôt tu auras un petit frère ou une petite sœur.

— Y a un bébé pousse dans le ventre de maman.

C'était un après-midi ensoleillé, le garçonnet et sa mère prenaient le goûter chez leurs voisins. Marie se tourna vers la jeune mère et l'interrogea du regard. Le sourire et la rougeur des joues de la jeune femme lui confirmèrent la nouvelle. Elle était heureuse pour sa voisine, elle avait constaté par elle-même à quel point Jeanne était une mère investie, et elle méritait ce nouveau bonheur. La retraitée se concentra de nouveau sur le petit garçon :

— Oh, mais dis donc c'est une très grande nouvelle ! Es-tu content ? lui demanda-t-elle.

Il prit la question très au sérieux, et réfléchit quelque temps avant de répondre d'un ton sans équivoque :

— Oui ! Je suis content du petit frère. Mais il a pas droit à mes dinosaures !

Les deux femmes éclatèrent de rire, ce qui le vexa, car il ne plaisantait pas. Ses dinosaures c'était son trésor. Il n'aimait pas que quelqu'un les touche. Même le bébé. Il se renfrognait, mais Armand lui proposa d'aller chercher des gendarmes.

— Tu n'es pas trop fatiguée ?

— Non, pas trop. Et c'est facile en ce moment avec Bapt. Il est épanoui, il rit tout le temps, il est content d'aller à la crèche, il se prépare à la rentrée en maternelle avec son grand copain Elias. Tout va bien. Et ça me *booste* !

Son regard se reporta, malgré elle, sur les photos encadrées sur le buffet de sa voisine. Marie et Armand plus jeunes, à la mer, en vacances, un portrait officiel de photographe. Qui était cet enfant ? Ses voisins n'avaient jamais évoqué de fils, de neveu, ou même de cousin éloigné qui aurait pu être assez proche d'eux pour expliquer son omniprésence sur leurs photos. La question lui brûlait la langue. Mais… elle n'osa pas. Depuis tout le temps qu'elle venait ici, qu'elle se confiait à Marie, qu'elles se racontaient leurs vies, que la voisine était devenue bien plus qu'une connaissance, elle n'avait jamais osé demander : « Qui est ce garçon sur les photos ? » Elle n'avait jamais osé, et maintenant, au bout de presque trois ans, comment se justifierait-elle d'avoir attendu tout ce temps pour poser la question et de ne pas s'en être inquiétée avant ? Marie remarqua sa gêne. Pourtant elle non plus ne dit rien. Un silence embarrassé s'installa dans la pièce. Un silence qu'elles n'avaient jamais connu jusqu'alors. Jeanne prétexta l'heure tardive pour s'échapper.

Le soir, elle raconta à Bruno la gaffe de leur fils.

— Quel voyou ! dit-il dans un rire.

En vérité il était si fier et si heureux que lui aussi aurait aimé l'annoncer à la planète entière.

— Bruno, tu as déjà remarqué les photos chez eux ?

— Non, pas vraiment. Pourquoi ?

— Eh bien, dans beaucoup de cadres, il y a un jeune avec eux.

Bruno la regarda, étonné.

— Qui c'est ?

Jeanne baissa la tête, se sentant honteuse.

— Je n'ai jamais osé…

— Séphane.

Baptiste, assis près d'eux, à même le sol, jouait avec ses voitures Flash Mc Queen et Doc[2].

— Qu'est-ce que tu dis ?

Le petit se leva, et répondit à sa mère.

— C'est Séphane. Aux étoiles.

Ses parents se regardèrent.

— Baptiste, comment tu sais ça ?

Sans s'arrêter de jouer, il répondit :

— Mand qui a dit.

Ses parents ne savaient pas, car il était bien trop jeune pour raconter les détails, mais un jour, il avait pris une des photos et il avait demandé à Armand si le garçon viendrait jouer avec lui. Il avait vu les larmes dans les yeux de son vieil ami, mais il ne comprenait pas. Ce dernier avait répondu en une seule phrase : « *C'est Stéphane, notre fils à Marie et moi, mais il est mort, il est maintenant avec les étoiles, au ciel.* »

Bruno fixa son fils interloqué, Jeanne porta la main à sa poitrine, émue aux larmes. Leurs voisins avaient eu un fils.

— C'est dingue tout de même. On est assez proches d'eux et on ne sait même pas qu'ils ont eu un enfant.

— Je ne sais pas. Peut-être que…

Bruno hésita.

— Ils n'ont pas envie d'en parler, sinon…

— Sinon quoi ? On est amis ! Je confie presque tout à Marie et elle… elle ne m'a rien dit.

Bruno ne répondit rien. Il pensa que leurs voisins avaient certainement des raisons de se taire, que lui-même n'avait jamais fait attention, ce qui en disait long sur l'intérêt qu'il portait aux autres et il ne s'en sentait pas fier. Vraiment pas de quoi parader. Quel que fût le motif, il

---

[2] Héros du film Pixar « Cars »

paraissait être de ceux qui ne sont pas glorieux et trop douloureux pour être évoqués, même devant des amis proches.

— Je ne sais pas, répondit-il honteux.

— Eux sont trites.

Baptiste avait repris ses jouets. Jeanne caressa son ventre. Elle avait honte d'exhiber son bonheur sans s'être préoccupée de son amie.

11

— C'est un garçon !

Sécateur à la main, encore essoufflée d'avoir couru jusqu'au téléphone, Marie écoutait Bruno lui annoncer d'une voix tordue par l'émotion la naissance de son second fils. Devant elle, la baie vitrée offrait une vue parfaite sur son jardin où Armand et le petit Baptiste, âgé maintenant de trois ans, travaillaient consciencieusement à l'arrosage des parterres de fleurs.

— Il pèse près de 4kg, continua au téléphone le jeune père, et Jeanne va bien. Nous avons hâte de vous le présenter.

— Veux-tu parler à Baptiste ?

Il plana une seconde de silence pendant laquelle elle retint son souffle.

— Il est avec vous ?

— Dans le jardin avec Armand, nous arrosions les fleurs. Tu sais comme il aime ça.

Elle le devina qui opinait de la tête et qui hésitait à rester plus longtemps au téléphone.

— Oui, je vais attendre. C'est bien que je lui annonce.

Elle fit un grand signe à Armand, qui la rejoignit, tenant Baptiste par la main. Le cœur de la vieille dame fondit d'affection devant sa bouille encore pleine des rondeurs de l'enfance, ses cheveux blonds en bataille, impossibles à coiffer, son sourire qui en disait long sur le plaisir qu'il avait à converser avec Armand, et ses deux grands yeux d'un bleu pur qui brillaient d'un air innocent.

— C'est papa, mon chéri, il veut te parler.

Elle appuya sur la touche haut-parleur de son appareil, et il leur fut ainsi aisé d'entendre Bruno lui annoncer la bonne nouvelle. Mais, même s'il attendait avec une grande impatience l'arrivée du « bébé fleur », Baptiste n'écouta que d'une oreille ; il trépignait de retourner à l'extérieur s'occuper de la colonie de gendarmes qu'il avait débusquée derrière le pin qui séparait le potager du reste du jardin. Comprenant que rien ne le détournerait de sa mission, Marie écourta la conversation.

— Bruno ? Tu es encore là ?

— Il faut que j'y aille Marie.

Le ton était sec. Le père du garçon était agacé. Il aurait aimé que son fils fût tout à sa grande déclaration, mais il était trop jeune. Il ne pouvait pas lui en vouloir, tout cela restait abstrait dans l'esprit du petit. Il pensa alors à sa femme et au nourrisson collé à elle. Son sourire revint. Il était heureux et Baptiste le serait tout autant dès qu'il pourrait prendre son frère dans ses bras, il en était certain !

— Jeanne va vouloir voir Bapt. Vous pouvez venir avec lui ce soir ?

— Bien entendu ! répondit la vieille dame, avec entrain.

Évidemment qu'ils allaient venir et accompagner leur protégé pour rencontrer la merveille ! Marie raccrocha et le sourire aux lèvres, prit la direction du jardin pour rattraper Armand et Baptiste. Ce dernier avait récolté des petits cailloux qu'il disposait sagement les uns derrière les autres dans un chemin que les gendarmes suivaient avec une facilité déconcertante. Le garçonnet tapa dans ses mains. Ils passèrent l'après-midi, ainsi à jouer, creuser, arracher les mauvaises herbes, sans reparler de la naissance.

Ce fut à l'heure du goûter que Baptiste, la bouche pleine d'une crêpe au Nutella posa la question :

— Il s'appelle comment ?

La pâte à tartiner recouvrait une bonne partie de ses joues pleines tandis qu'il fixait sa voisine de ses billes rondes. Il était si mignon. Quoi qu'en eût pensé Armand à leur arrivée, la relation privilégiée qu'ils entretenaient avec ce petit et ses parents leur apportait énormément. D'ailleurs, son mari avait été le premier à baisser la garde quand Baptiste avait creusé ce trou dans la haie pour venir les retrouver et jardiner avec eux. Un sentiment de nostalgie la prit par surprise. Son regard fut attiré par le cadre accroché posé sur le rebord de la cheminée. Stéphane.

Jeanne avait fini par poser la question. Marie avait attendu autant que redouté cet instant. La douleur restait une vieille connaissance qu'elle avait reléguée dans un coin et elle s'était habituée aux non-dits, un no man's land plutôt confortable. Peu après l'annonce de sa grossesse, comme tous les jours après la crèche, Jeanne était venue lui rendre visite. Elle avait attendu que le garçonnet soit parti avec Armand dans le jardin pour son activité favorite, l'arrosage. Elle s'était approchée du buffet. Avait pris le cadre.

Ce fut à cet instant précis que Marie comprit qu'elle n'était pas encore capable d'avouer, de raconter, de confesser. « Non, non… s'il te plaît. » Jeanne avait reposé le cadre. Son silence était la plus belle preuve du respect qu'elle avait pour son amie.

— Mahie ?

Elle fut ramenée au présent par la voix fluette de son protégé, qui, la bouche encore pleine, attendait une réponse.

— Pardon mon cœur, tu disais ?

— Il a quel nom mon fère ?

Elle se trouva bien bécasse, car elle n'avait pas de réponse à lui apporter. Empressée qu'elle avait été de libérer Bruno pour qu'il puisse rejoindre Jeanne et le bébé, elle n'avait pas pensé à lui poser la question, pourtant essentielle.

— Oh ! Eh bien, c'est une surprise, je crois. Ton papa et ta maman te le diront quand on ira à l'hôpital.

Il lui sourit, d'un sourire qui n'avait pas encore toutes ses dents, noircies par la pâte à tartiner, d'un sourire qui en disait long sur son bonheur à venir.

— Maintant !

Il sauta de sa chaise pour se préparer. Armand le regarda, la tendresse débordant de ses yeux. Il avait bien tenté de résister, mais la vérité c'est qu'il adorait ce gosse. Sa présence dans leur vie, à lui et sa femme, retraités sans famille, lui donnait souvent l'impression qu'ils pouvaient corriger le passé.

À l'hôpital, Bruno accueillit les trois visiteurs avec moult effusions. Il prit Baptiste dans ses bras pour exprimer sa joie, mais le petit se débattit. Il n'acceptait que les bisous de sa mère et encore, le bisou devait répondre à un besoin, une heure, une demande. Il n'y avait pas de « bisou-bonus ». Une pointe de déception à peine perceptible traversa le visage de son père lorsqu'il le déposa au sol. Il aimait plus que tout son fils, mais ce dernier mettait trop de distance dans son rapport à l'autre, une distance que Bruno avait du mal à gérer. Il avait souvent le sentiment d'être le bourreau, le méchant, celui qui tenait le mauvais rôle. Il espérait que la grossesse et la promesse d'un nouveau venu dans la famille changeraient Baptiste. Pourquoi ? Il ne savait pas, mais cette pensée le rassurait. Son fils accepta tout de même sa main pour le suivre jusqu'à la chambre de Jeanne et du bébé : un adorable poupon vêtu d'un simple pyjama blanc, lové contre son sein. Intimidé, Baptiste resta sur le pas de la porte.

— Viens mon chéri. Viens, je vais te présenter ton petit frère.

Elle était attendrie et fixait son fils aîné avec tant d'amour qu'on pouvait presque le toucher et le voir envelopper le bambin d'un moelleux sécurisant. Baptiste s'approcha pas à pas, avec une délicatesse qui n'était pas de son âge, et tendit, avec hésitation, la main vers le bébé, puis lui effleura la tête. Ce dernier remua, ce qui le fit sursauter. Sa mère le retint alors d'un geste doux dans le dos.

— Baptiste voici Paul ton petit frère. Paul, voici Baptiste ton super grand frère.

Au coin des yeux de Marie, des perles brillaient : la présentation de ces deux petits êtres innocents la bouleversait plus que de raison. Elle était aussi bercée par la voix douce de Jeanne et ses mots qui confirmaient à Baptiste l'assurance de son amour. Une plénitude régnait dans la pièce, et c'était comme si le nourrisson avait reconnu son frère : il restait calme et sembla même sourire quand ce dernier se pencha pour embrasser le haut de son crâne.

— Il a pas de cheveux !

Tout le monde rit. Baptiste se redressa content d'avoir rendu les gens joyeux. Marie et Armand présentèrent leurs félicitations et pendant que les adultes parlaient, Baptiste détaillait à loisir cette étrange poupée. Il pensait avoir un copain pour jouer, il se demandait quand Paul saurait parler. Au bout de plusieurs minutes, les voisins annoncèrent leur départ.

— Bruno, tu nous tiens au courant ? Pas de souci pour prendre le relais avec Baptiste. Même cette nuit s'il faut.

Armand se mit à genoux devant Baptiste.

— Profite bien de ton frère. Et tu viens tout nous raconter quand tu rentres ?

L'enfant fit oui de la tête. Son regard brillait de fierté.

Quand la porte se referma sur eux, Jeanne fit une place à son fils aîné dans le lit, et demanda à son mari de l'aider à y grimper.

— Tu veux prendre ton frère dans les bras ? lui demanda-t-elle. Attention, il est fragile, il ne faut pas le faire tomber ou faire de grands mouvements. Et toujours bien caler ton bras sous sa tête. Il est trop petit pour la faire tenir tout seul.

Baptiste s'installa à côté de sa mère, s'adossa confortablement contre le gros oreiller et ouvrit très grand ses petits bras d'enfant. Elle y déposa alors avec délicatesse le poupon. Le garçonnet, qui pourtant refusait le contact, rayonna de plaisir lorsqu'il referma son étreinte sur Paul. Il embrassa de nouveau la tête de son petit frère, puis sembla lui chuchoter quelque chose à l'oreille. Bruno fut submergé par l'émotion : il se sentait privilégié d'assister à la rencontre entre ces deux êtres, issus de son sang ; une rencontre qui ressemblait à un coup de foudre tant le grand et le petit étaient en harmonie. Pourtant, s'il était honnête avec lui-même, il avait eu plusieurs moments de doute : certaines réactions de Baptiste et sa rigidité lui avaient fait craindre que l'arrivée d'un nouveau-né ne mette en péril l'équilibre encore fragile que Jeanne et lui avaient réussi à créer. Mais sa femme avait eu raison dès le départ : Paul était l'élément manquant à leur bonheur. Il n'y avait qu'à regarder la connivence immédiate entre ses fils ! Comme si elle lisait dans ses pensées, elle lui attrapa la main et la serra.

— Ils sont beaux…

Les heures suivantes coulèrent entre rires, et doux chahut. Bruno emmena Baptiste visiter l'hôpital à la recherche d'un uniforme de chirurgien pour lequel le petit garçon avait une nouvelle passion depuis que ses parents, pour le préparer à la naissance de Paul, lui avaient offert un livre sur la naissance qui regorgeait de dessins de médecins en tenue bleue. Quand le soir s'invita, père et fils embrassèrent Jeanne et le nourrisson. Ils rentrèrent seuls chez eux. Tristes. Le cœur en berne.

— Il va s'ennuyer Paul.

— Il est avec maman.

— Ils rentrent bientôt ?

— Oui. Très bientôt.

— Combien de dodos ? insista l'enfant sur un ton grave.

Bruno l'observa et trouva qu'il faisait grand d'un coup. Trop grand. Il ne ressemblait plus à un bébé, il était l'aîné. Sur ce visage si doux, au milieu duquel brillaient ses grands yeux océan, il devina l'inquiétude et le désarroi de son fils : pourquoi sa mère et son frère ne revenaient-ils avec eux à la maison, pourquoi devaient-ils rester à l'hôpital, l'un d'eux était-il malade ?

Dans l'inquiétude de son fils, le jeune papa revit tous ces instants où il avait été agacé, où il n'avait pas pris le temps de se pencher sur les besoins de son enfant, où Jeanne compensait, tous ces moments où il s'était éloigné par facilité et qui avaient obligé Baptiste à se tourner vers sa mère. Il répondit aux questions, et chaque mot qu'il déposait aux pieds de son fils le faisait grandir, le rendait père à nouveau. Cette fois-là était la bonne.

Tant pis pour la routine et l'heure tardive, tant pis pour le bain et les légumes, tant pis si demain le réveil devait être plus difficile. Bruno captura les minutes qui s'écoulaient pour en faire une soirée inoubliable. Pour lui, et il l'espérait, pour son fils aussi. Il répondit à toutes les questions, il expliqua tout ce qu'il y avait à expliquer, et il parla à son fils. Avec sincérité. Jusqu'à ce que les peurs de l'enfant disparaissent, et qu'il se sente rassuré.

Après seulement, ils reprirent les rituels. Ceux de tous les jours, celui de Bruno surtout, qu'il connaissait et aimait : la lecture de « *Grand Lièvre brun* ». Plusieurs fois, avec toujours et encore les mêmes intonations. L'enfant imita la voix de son père, ils rirent fort. Baptiste fut enfin prêt à dormir, la porte entrouverte, les peluches disposées à ses pieds par ordre de grandeur, et le livre posé à la tête de son lit. Bruno envoya un message à sa femme.

« Tout s'est bien passé. Hâte de vous retrouver. Je t'aime. »

Jeanne

Ce n'est jamais totalement silencieux une chambre d'hôpital ni jamais totalement obscur. Dans le berceau transparent, à côté, Paul dort. Tout s'est déroulé si facilement. Il est né en quelques heures, le travail a été rapide et je n'ai pas eu besoin de réclamer une péridurale.

Il te ressemble. Je vous imagine déjà dans quelques années, vous chamaillant, jouant au basket, plantés devant la télé, engouffrant des crêpes au Nutella.

Je le contemple avec sérénité. C'est comme si j'avais trouvé le mode d'emploi. Enfin.

Je te revois, tes petits bras encore potelés de bambin autour de ton frère, ton regard fier, les baisers que tu lui as donnés, comme si tu lui avais réservé rien qu'à lui tous ceux que tu nous refuses. Ton sourire. Et ces chuchotements à son oreille. Qu'as-tu bien pu lui dire ?

Il remue dans son berceau, il ne va pas tarder à avoir faim. Je me redresse pour le prendre avec moi, sa chaleur m'envahit, elle se diffuse en même temps que tout l'amour que je ressens pour vous. Je libère ma poitrine, il cherche mon sein avec avidité.

12

La maison débordait de vie, et même si Jeanne était fatiguée par le rythme qu'imposait l'arrivée du nouveau-né, elle resplendissait. Elle ne se lassait pas de contempler « ses merveilles », et de s'attendrir sur leur complicité innée. Paul était un nourrisson tranquille, au caractère souple et lisse. Il était l'enfant joyeux, l'enfant rieur, l'enfant doux. Il soufflait en permanence sur les nuages qu'elle transportait encore avec elle, à la manière des Dupont et Dupond et alors le ciel s'éclaircissait pour laisser le soleil inonder son quotidien. C'était un bébé facile, si facile : il dormait, à la sieste, le matin, le soir, se réveillait toujours dans un sourire, se blottissait contre ses parents et son frère, qui adorait le contact avec ce petit être sans paroles.

Baptiste s'épanouissait dans son rôle de grand frère, attentif et tendre, il lui arrivait de passer des heures à lui chuchoter, au creux de l'oreille, des histoires que seuls eux deux entendaient, faire danser les peluches devant ses yeux, prendre sa main minuscule et l'embrasser. Paul détournait l'attention de lui, lorsque des gens venaient les voir ou que sa mère s'arrêtait pour discuter avec d'autres mamans, on ne s'intéressait à lui, ils étaient tous focalisés sur les bruits étranges, les gargouillis et autres fantaisies qu'émettait son petit frère. Baptiste n'était plus obligé de dire bonjour, de répondre à des questions, il pouvait s'éclipser, être tranquille. Il remerciait son frère en silence.

Les premiers mois s'écoulèrent dans une tendre plénitude, et ils en auraient presque oublié que la vie continuait, et avec elle, ses aléas.

Baptiste allait quitter la crèche pour entrer à la maternelle. Malgré le nourrisson qu'elle continuait d'allaiter, Jeanne prit le temps de le préparer, d'anticiper les craintes et les questions de son aîné, elle espérait aussi que la directrice de l'école serait indulgente et leur permettrait une adaptation plus longue si cela s'avérait nécessaire.

La réponse fut sans appel : « si tout le monde faisait la même chose, vous n'imaginez pas ! Votre enfant n'est pas différent des autres, il va très bien s'y faire. »

Comme la plupart de ses nouveaux camarades, Baptiste avait eu l'occasion, bien avant la rentrée, de visiter l'école et même de voir sa future classe. Ainsi lorsque sa mère en parlait, il avait des images dans la tête : une grande cour avec une structure de jeux, des classes gaies avec des tables blanches et de petites chaises jaunes, une bibliothèque, des étagères avec des jouets, un grand tableau blanc…

Mais le jour de la rentrée, les images qu'il faisait défiler dans sa tête furent envahies par les autres enfants, leurs parents, leurs bruits et leurs pleurs. Agressé, il entra sa bulle. Jeanne et Bruno avaient surjoué les parents guillerets, sûrs d'eux, mais Baptiste avait croisé le regard inquiet de sa mère. Il serra très fort sa mâchoire, et tenta d'oublier la boule qui grossissait dans sa gorge. Il dit au revoir à sa maman puis à son papa dans un sourire timide, et sans un mot, s'installa à une table ses doudous serrés contre sa poitrine. Il avait compris une chose de l'école : on attendait de lui qu'il se comporte comme un grand garçon. Et il le savait, les grands garçons ne pleuraient pas.

— Vous voyez, il n'y avait aucune raison de s'inquiéter.

— Vous ne trouvez pas bizarre qu'il ne parle à personne.

— Oh, il est timide. On sent bien effectivement qu'il n'apprécie pas d'être entouré par trop de monde, mais c'est une phase, ça va lui passer. Arrêtez de le couver.

Après plusieurs semaines, où le calme de Baptiste en milieu scolaire se transformait en ouragan à la maison, Jeanne avait sollicité un rendez-vous avec l'enseignante de son fils. Bruno avait insisté pour venir : il constatait aussi que le garçon était plus difficile chez eux, mais il ne voulait pas ajouter des problèmes là où il ne voyait qu'une phase d'adaptation normale. Il alla donc dans le sens de la maîtresse.

— Il s'est très bien fait à la crèche, il y était très heureux, il n'y a pas de raison que ça change ici.

Jeanne se taisait. Elle s'interrogeait sur sa capacité à créer du drame, sur cette intuition qu'elle refoulait sans cesse, et cette différence qu'elle semblait être la seule à percevoir. D'après tous, même d'après Bruno, elle en faisait trop, elle cherchait des ennuis là où il n'y en avait pas et elle le savait. Dans la vie rien n'était jamais rose ni parfait.

Baptiste détestait l'école. Il souffrait d'être séparé si longtemps de sa mère et de son frère ; il se sentait oppressé, enfermé dans un univers où il devait jouer un rôle, enfant parfait, toujours à comprendre les règles imposées par les adultes, devoir manger à la cantine à côté de tous ces autres qui ne se tenaient pas correctement, qui mangeaient avec les doigts.

Le soir, une fois en sécurité chez lui, il explosait, il devenait agressif, il grondait et déversait sur sa mère toutes ses frustrations et ses terreurs. Elle passait ses journées, seule avec Paul. Il n'existait plus.

Baptiste ne remarquait pas que sa mère avait toujours un geste pour lui, qu'elle ne relâchait jamais son attention, qu'elle s'organisait pour qu'il ne se sente pas mis de côté, que Paul ne finissait jamais sa sieste pour qu'elle soit à l'heure à la sortie de l'école, que la famille continuait malgré tout à vivre autour de son rythme à lui. Baptiste ne le remarquait pas, il n'avait pas quatre ans et ses émotions étaient encore le balancier de ses humeurs : il y avait ce petit poing rageur qui tapait de plus en plus souvent dans son cœur, et qui l'espace d'une seconde lui coupait la respiration pour ensuite libérer douleur et rage. Sa maman avait pris Paul dans les bras pour lui donner un bain, sans lui ; elle ne voulait pas aller au parc parce qu'il faisait froid ; il la surprenait en train de donner son morceau de pain préféré à Paul, le croûton, ou de lui laisser sa peluche favorite. Il se sentait trahi et au-dessus de sa tête se formait un nuage noir.

Alors les mois heureux devinrent orageux.

Bruno rassurait sa femme :

— Chérie. Baptiste grandit, et c'est normal qu'il soit jaloux ! C'est son complexe d'Œdipe qui se développe !

Il riait et l'embrassait. Paul riait aussi et tapait des mains.

— Tu as raison. Je m'inquiète trop. Parfois, j'ai peur qu'il retourne sa colère contre le petit.

— Bapt serait incapable de faire le moindre mal à son frère ! Il l'adore et c'est le seul être au monde capable de le rendre affectueux.

Elle savait qu'il était dans le vrai, mais pourquoi alors son cœur lui hurlait-il de faire attention ? Quel était ce sixième sens qui la hantait et ne lui laissait plus de répit ?

Baptiste

Nous sommes chez mamie et papi, il y a aussi la sœur de maman, celle qui me suit partout et me regarde avec de gros yeux toujours fâchés.

J'aime pas la maison. Elle me fait peur. Ses murs ont l'odeur de la poussière mélangée à la nourriture et au parfum de mamie. Ça donne envie de vomir.

Maman est toujours avec Paul. Elle ne me laisse pas lui raconter mes histoires. Elle dit « Il faut être grand Baptou. » Grand, ça veut dire regarder ma tante et lui dire bonjour, manger les légumes verts et me taire pour le dodo.

Elle vient quand même me voir le soir, et papa me chante mes chansons. Mais ils n'ont pas voulu que Paul dorme avec moi. « Ce n'est pas un doudou. » J'ai peur, j'aime pas les bruits ici, toutes les portes pleurent quand on les ouvre.

On reste trop longtemps. Maman fait la tête aussi, je l'entends qui dit « j'en peux plus. » Je crois que c'est pour moi qu'elle dit ça : je tape des pieds, je crie et je fronce les sourcils parce que je veux pas que sa sœur m'emmène au lit et me donne mon bain.

Je veux le cœur de ma maman, le doigt de mon papa et l'odeur de mon petit frère.

13

Un jour, Jeanne fut en retard pour aller chercher Baptiste à la sortie de l'école : Paul était malade. Fiévreux, avec une toux inquiétante qui ne passait pas, elle resta à son chevet toute la journée, vérifia sa température et, avec la même régularité qu'un métronome, lui administra des doses de paracétamol, mais rien n'y fit. Quand il fut évident qu'elle ne pouvait pas le sortir pour l'emmener chercher Baptiste, puis jouer au parc, et que sa respiration devint sifflante, elle appela Marie au secours. Elle devait courir jusqu'à l'école récupérer le grand. Elle aurait tant voulu rester auprès du petit, mais elle n'avait pas prévenu l'école et comme il était déjà l'heure de la sortie, elle savait que personne ne décrocherait le téléphone. Y envoyer Marie à sa place aurait pu être une bonne idée, mais la directrice au caractère rigide n'accepterait jamais de laisser Baptiste quitter l'établissement sans d'âpres négociations. Jeanne se résolut donc à aller elle-même chercher son fils, laissant le plus jeune aux bons soins de son amie, et quitta la maison en courant. La seule chose qui importait était d'emmener Paul, dont la fièvre ne tombait pas, voir le pédiatre. Préoccupée, elle délaissa les rituels : elle ne s'arrêta pas à la boulangerie, elle n'acheta pas la baguette pas trop cuite et le pain au chocolat que Baptiste aimait tant. Elle continua son chemin, hébétée d'inquiétude, et arriva enfin à l'école en nage. Elle fit semblant d'ignorer les regards courroucés de l'enseignante, s'excusa en bafouillant quelques mots et se précipita vers le petit garçon.

Assis, ses doudous encerclés dans ses bras, le visage fermé, il ne bougea pas quand elle entama son explication :

— Coucou, mon ange, je suis désolée. Je suis en retard, je sais...

Il ne disait rien. Il refusait de se lever du banc où il était assis. La maîtresse soupira.

— Bon, je vous laisse. Je dois m'occuper de ceux qui vont à la garderie.

Toujours accroupie devant lui, Jeanne tenta de le raisonner, mais elle ne pensait qu'au bébé qu'elle avait dû laisser pour venir ici. C'était la première fois que Paul était malade, il n'avait rien mangé, n'avait pas dormi, il toussait si fort qu'il pleurait à chaque quinte. Elle ne songeait qu'à l'emmener voir le pédiatre en urgence, mais il fallait que Baptiste accepte de venir.

— Chéri, allez, viens.

Il ne la regardait pas. Il se taisait.

— S'il te plaît. Je suis désolée, mais tu sais parfois on ne peut pas faire ce qu'on veut.

Elle lui prit la main et le força à se lever. Il cria. Il voulut retirer sa main, il se braqua et se mit à hurler.

— Baptiste, s'il te plaît. Ne fais pas ça.

La maîtresse revint, leur jeta un œil et leva les yeux au ciel. La colère s'empara alors de la jeune mère.

— Tu peux arrêter ton caprice ?

Assis sur son banc, Baptiste était paralysé. Par la terreur qu'il avait ressentie tout au long de cette interminable attente. Sa maman n'était pas là à l'heure du goûter quand les autres enfants avaient couru rejoindre leurs mamans, grands-mères, nounou. Elle n'était pas venue et lui avait regardé les minutes sur la grande horloge, et chaque seconde avait la lenteur d'un cauchemar. Baptiste avait eu peur. Elle n'était jamais, jamais en retard. Droit sur son siège en bois, il s'était transformé en statue.

Et quand enfin elle arriva, il ne se sentit pas soulagé, au contraire, en plus de la terreur, la colère s'empara de lui. Une colère qui lui dictait de hurler, de taper : maman était là, mais elle n'avait pas son goûter, elle parlait fort et vite, et… où était Paul ? Pourquoi n'était-il pas avec elle ? Son cœur et sa tête étaient en ébullition.

Jeanne tira le bras. Elle perdait patience. Elle en avait marre de ce gosse qui n'en faisait qu'à sa tête, qui piquait des colères sans raison, qui l'empêchait d'aller vite retrouver son petit, son bébé malade.

Baptiste cria et refusa d'avancer. La main de Jeanne lui faisait mal. Il était furieux. Alors qu'elle tenta de le tirer encore, il planta ses dents dans le poignet de sa mère. Si fort, qu'elle le lâcha, il tomba et se cogna le bras contre le banc. Il ne dit plus rien.

— Mais ça va pas ? Pourquoi tu fais ça ?

Elle se rendit alors compte qu'elle lui avait sans doute fait mal. Elle eut les larmes aux yeux et s'accroupit devant lui, inquiète.

— Oh non mon cœur, ça va ? Tu as bobo ?

Il secoua la tête. Elle tenta de s'approcher pour embrasser la tête de l'enfant. Il recula encore.

— Baptiste s'il te plaît, il faut y aller. Je sais que je suis en retard, que je n'ai pas ton goûter, mais…

Cette fois, elle pleurait. Elle s'en voulait d'être si émotive, de ne pas savoir se tenir devant son fils. Il n'avait pas à subir ses angoisses.

Baptiste regarda les larmes. Il avait mordu, il avait fait une bêtise, il était méchant et Maman était triste. À cause de lui. Il n'était pas gentil. On lui disait à la cantine quand il ne voulait pas manger tous les légumes verts ou laisser sa place à la petite fille aux cheveux rouges. Mais c'était sa place. Sa chaise, sa place. On la lui avait attribuée en début d'année, alors s'il devait changer à chaque fois, comment savoir où il devait se mettre, quelle était sa place, la couleur de son siège ? Les surveillantes le grondaient et lui répétaient alors qu'il n'était pas un gentil garçon. Maman, elle, ne lui avait jamais dit avant. Mais là il voyait bien qu'elle le pensait très fort. Ses yeux étaient tristes.

— Mon cœur. Je m'excuse. J'étais en retard, je sais que tu n'aimes pas ça. Mais ton petit frère est malade. Je dois l'emmener vite chez le médecin.

Quand elle parla de Paul, son cœur battit si fort qu'il en eut mal.

Paul devait vite guérir ! Il ne supporterait pas de le voir affaibli. L'enfant oublia sa peine et sa colère. Il opina, les yeux mouillés de toutes les émotions qui le traversaient trop vite et trop fort et se leva enfin pour suivre sa mère. Le retour se passa en silence, dans l'urgence de retrouver le benjamin de la famille.

Jeanne ressassait la scène : elle avait cédé à sa propre peur plutôt que de rassurer son fils aîné ; elle se le reprocherait longtemps, mais elle lui en voulait aussi d'être resté campé dans sa colère ; elle se trouvait ridicule, consciente qu'un enfant d'à peine quatre ans ne pouvait pas appréhender l'urgence de la situation, mais son inquiétude était plus grande que sa compassion, elle ne voyait que l'importance d'emmener Paul chez le médecin et tant pis pour les états d'âme de l'aîné.

Ils arrivèrent, en sueur, Baptiste avait faim, il était fatigué, mais sa mère ne lui laissa pas le temps, elle prit le bébé déjà emmitouflé des bras de Marie, et ils repartirent tous les trois. La voisine resta sur le pas de la porte, interdite par l'attitude de la jeune mère : pourquoi Baptiste n'était-il pas resté avec elle ?

Chez le pédiatre, Paul était amorphe au contraire de son frère qui restait agité. Il bougeait et marchait dans le cabinet, touchait à tout, posait des questions. Il ne le faisait pas exprès, mais cela le calmait. Le professionnel posa sur lui un regard agacé.

— Vous devriez tenir votre fils, il va finir par faire une bêtise.

Jeanne accusa le coup. Le ton était sans appel.

— Il a eu une journée difficile…

Le silence qui lui répondit était éloquent. Elle se sentit encore plus mal. Elle aurait voulu avoir l'énergie de répliquer, de lui dire que si un pédiatre ne supportait pas un enfant agité c'était qu'il s'était peut-être trompé de voie, que Baptiste aussi avait le droit d'avoir des émotions et de ne pas être parfait. Au lieu de ça, elle se tut, ravala ses larmes, essaya de garder son fils aîné tranquille tandis que le médecin examinait Paul et lui prescrivait des antibiotiques.

Plus tard, chez eux, l'atmosphère resta pesante. Baptiste ne cessait de chouiner, encore malmené par son angoisse, Paul était somnolent et fiévreux et Jeanne ruminait. Bruno rentra du travail dans cette ambiance orageuse. Il devina au dos courbé de sa femme qu'elle était à bout. Il proposa son aide pour gérer la fin de journée des garçons.

— Je vais m'en occuper.

— Ça va, dit-elle.

Il insista, elle devait se reposer.

— Tu es fatiguée. Je vais m'occuper des enfants ce soir.

Elle continua, silencieuse, les gestes brusques.

— Jeanne…

Sans qu'il s'y attende, elle lança la casserole pleine des légumes de la soupe dans l'évier. Elle n'en pouvait plus. Son corps réclamait de la violence.

— Oh, mais bien sûr, vas-y ! Occupe-t'en ! C'est vrai je n'en suis pas capable ! C'est vrai que ce n'est pas moi qui ai géré tout le bordel : courir chez le pédiatre, canaliser l'humeur de merde de Baptiste, me prendre les remarques désagréables. Oui, viens jouer les héros ! C'est bien ça d'arriver et de venir « me soulager », de « prendre le relais », vive toi, le super papa, le grand héros de la famille ! Moi je ne suis qu'une merde !

Elle criait, elle pleurait, la morve coulait de son nez et se mélangeait au sel de ses larmes, elle en voulait au monde entier et elle lui en voulait surtout à lui, son mari. Il pouvait aller se faire voir avec sa bienveillance et son soutien à la noix ! Elle ressentit le besoin violent et immédiat d'être seule, de se cogner sa tête contre les murs encore et encore, de ressentir une douleur assez forte pour effacer celle qui morcelait son âme. Elle était ridicule, impuissante. Elle se détestait.

Bruno s'approcha, la prit dans ses bras.

— Laisse-moi t'aider.

Jeanne

Quand tes enfants sont malades, le monde s'arrête de tourner. L'inquiétude te prend aux tripes et te dévore de l'intérieur. Paul que j'ai allaité pendant plusieurs mois est plus fragile que toi à qui j'ai refusé le sein. Un courant d'air et il se tape deux semaines d'antibiotiques. Quand je pense qu'on m'assommait sur les bienfaits du lait maternel et sur l'immunité que cela apportait aux enfants !

« Un mois d'allaitement = un mois de système immunitaire gagné »

Tu parles !

Tu as eu une seule angine en trois ans... Une angine où tu es monté à 40° de fièvre sans même que je m'en rende compte. Tu agissais normalement, tu avais le même appétit, tu n'avais rien changé à ta vie. Et puis un soir, je t'ai trouvé un peu plus chaud que d'habitude. Le thermomètre clignotait et bipait dans tous les sens. On a couru aux urgences. Le médecin n'en revenait pas : tu avais la gorge entièrement infectée par une angine blanche et tu ne semblais même pas en souffrir. Il nous a prescrit ce qu'il fallait de médicaments. À notre retour à la maison, j'ai compris ce qui nous attendait vraiment : impossible de te faire avaler les antibiotiques au goût de fraise, impossible de te faire accepter le Doliprane ou l'Advil liquide... Ce furent des combats et des menaces, et puis... le lâcher-prise.

Tu as guéri, je ne sais pas comment.

14

Ils formaient une jolie famille. C'était ce que Bruno se répétait chaque matin.

Jeanne avait repris une activité professionnelle régulière, qui l'épanouissait et lui offrait cette impression d'oxygène dont elle avait tant manqué ces dernières années. Il la contemplait souvent sans en avoir l'air : fier d'elle, fier d'eux, de leur famille, de cet équilibre qu'ils avaient réussi à créer. Parfois plus fragile, mais bien présent. Paul était l'acrobate de cette réussite : adepte des bêtises, son caractère enjoué et souriant faisait souffler un air de fête permanent dans leur vie, il débordait d'une imagination qui complétait celle déjà bien fournie de son frère.

Souvent, après les avoir installés en une ligne parfaite au sol de la cour ou du salon, Baptiste lui récitait le nom de chaque dinosaure, sans jamais hésiter ou se tromper, et dans un spectacle bruyant, il reproduisait la chute de la météorite qui avait sonné la fin de l'espèce. Sa mémoire se développait et ses parents, sans se l'avouer, constataient à quel point elle était phénoménale. Un point qui pourrait lui être d'une grande aide au cours de sa scolarité. Paul tapait des mains, et lui demandait encore et encore de rejouer son théâtre.

Il imitait son frère en tout et Baptiste se réjouissait d'avoir un ami pour tout partager. Ils formaient un vrai duo. Celui dont tous les parents rêvent, et que Bruno et Jeanne n'espéraient pas. Une paire de garnements aux mille idées créatives.

Paul marchait seul depuis peu, et pour qu'il ne se fasse pas mal en cas de chute, Baptiste lui avait donné son casque de vélo. C'est ainsi que les Duval, qui profitaient du calme de la fin de matinée pour jardiner et récolter les légumes du jour, virent débarquer le duo d'enfer. Baptiste tenait fermement la main de Paul, la tête toujours surmontée de son accessoire anti-chute et titubant sur jambes encore mal assurées.

Armand se précipita vers eux. Depuis le temps, le trou de Baptiste avait été agrandi à taille adulte et était devenu le passage officiel entre les deux maisons. Il passa une tête de l'autre côté :

— Jeanne ! Ne cherche pas tes fistons ! Ils sont là !

Avec Marie, ils s'attendrirent devant ce couple clopin-clopant qui leur promettait une vieillesse animée. Jeanne apparut peu de temps après. Son visage oscillait entre colère et rire. Marie lui désigna du doigt ses deux fils assis à côté de l'endroit où se trouvaient les gendarmes, les insectes préférés de Baptiste. Il semblait concentré et racontait des tas de choses à son petit frère subjugué.

— Ils vont me rendre folle !

Mais son sourire contredisait ses paroles.

— J'ai grondé Paul qui a trouvé le moyen de monter sur une chaise pour attraper un paquet de gâteaux dans le placard, raconta-t-elle en rejoignant Marie. Le temps de réparer sa bêtise, ils avaient disparu !

Les garçons regardaient leur mère les bras croisés et l'air fâché.

— En plus, c'est moi qui vais me faire enguirlander, ajouta-t-elle en se mordant la joue pour ne pas éclater de rire.

15

— L – I – B – R – A – I – R – I – E

Le bus était à l'arrêt et Baptiste s'adonnait à l'une de ses activités favorites : décrypter les enseignes. Debout près de lui, Bruno le félicitait.

— Mais quel âge a ce petit bout ? demanda une dame assise en face.

Le père lui sourit.

— Il vient d'avoir quatre ans.

La passagère observa Baptiste : assis bien droit, tenant d'une main ferme son dernier dinosaure favori, un Pachycéphalosaure, dont la grosse tête le fascinait, il ne lui prêtait aucune attention, scrutant les lettres d'une autre enseigne.

— Mais… vous lui avez appris à lire ?

Bruno secoua la tête en signe de négation.

Son fils avait découvert l'alphabet dans un livre à la bibliothèque. Il avait aimé apprendre et toucher les lettres qui possédaient chacune une texture différente. Ils avaient emprunté le livre plusieurs semaines, mais Baptiste refusant de s'en séparer, ils finirent par lui en offrir un exemplaire. Depuis, le soir, après avoir le traditionnel « *Devine combien je t'aime* » en compagnie de son frère, et avant que celui-ci ne s'endorme avec son aisance habituelle, ses parents l'autorisaient à étudier pendant quinze minutes dans son lit le grand livre de l'alphabet. Parcourir les pages remplies de lettres était un nouveau rituel qui apaisait son esprit toujours très encombré à la fin de ses journées de classe.

— Il s'y est mis tout seul et il adore ça, répondit Bruno.

La dame hocha la tête tandis que le jeune papa se redressa, fier. Baptiste développait des talents qui impressionnaient leur entourage : sa mémoire lui permettait de retenir le nom d'animaux exotiques, il lisait toutes les lettres, il mémorisait des histoires, des dates… Bruno et Jeanne ne se l'avouaient pas, mais le côté « petit singe savant » de leur aîné permettait de faire oublier son caractère toujours plus sauvage, et les regards en coin ou remarques désagréables devenaient plus rares.

Tandis que Paul avait intégré la crèche et y restait fidèle à lui-même, c'est-à-dire joyeux et vif, Baptiste, maintenant en moyenne section, gagnait aussi en popularité : il savait lire toutes les lettres des prénoms de ses camarades et était toujours d'accord pour aider ceux qui ne réussissaient pas dans leurs tâches.

— On m'avait dit que Baptiste était très introverti, mais je vois un enfant particulièrement attentif aux autres.

Sa maîtresse, dotée d'un caractère doux et calme, ce qui seyait très bien au petit garçon, ne cachait pas qu'elle avait pour cet élève en particulier une petite préférence.

— Avez-vous songé à le faire tester ?

La question fit sursauter Jeanne. Bruno posa la main sur le bras de sa femme.

— Tester ?

— Oui, un test… de QI… D'intelligence si vous préférez.

Le couple se regarda, puis demanda plus de détails. Ce fut au tour de la maîtresse de s'étonner.

— Eh bien, il est plus qu'évident que Baptiste est très intelligent.

Elle marqua une pause.

— Je ne dis pas que c'est un surdoué, ce mot est bien trop souvent galvaudé, mais il est certain qu'il possède de vraies facilités. Surtout en ce qui concerne la mémoire et le français.

Bruno haussa les épaules.

— Ah vous trouvez ? Jeanne a fait beaucoup d'activités avec lui. Elle s'en occupe énormément.

Il voulait rendre à sa femme un peu de cette gloire qu'on lui avait si souvent retirée. Mais ce n'était pas vraiment le lieu, l'institutrice les avait convoqués pour parler de Baptiste, non pour louer le travail de sa mère. Elle lui sourit gentiment et, pour la forme, lança une phrase de félicitations : « C'est vrai que plus on propose de choses aux enfants, mieux ils apprennent par la suite. Il faut continuer. » Puis elle revint aux bilans qu'elle espérait établir. Si Baptiste n'était pas assez challengé en classe, il s'ennuierait, et cela serait dommage. Il était doté d'un caractère porté à l'introversion qui devait être stimulé. On pouvait envisager de lui faire sauter une classe.

— On ? demanda Jeanne, soudain pincée au vif.

— Oui, répondit l'institutrice. C'est un travail commun entre vous, ses parents et l'Éducation nationale. S'il devait passer en classe supérieure, il aurait besoin d'un temps d'adaptation. Cela pourrait se faire en plusieurs semaines, et même sur un trimestre si on le sent perturbé.

Bruno souriait, cela lui faisait du bien ces louanges sur leur fils. Jeanne envisageait déjà tout le stress que cela engendrerait. Changement de classe, de copains, nouvelles habitudes… Elle répondit d'un ton laconique : « Merci Madame, on va y penser. »

En sortant, elle marchait lentement.

— Tu crois qu'on devrait faire ces tests ?

Bruno réfléchit un instant. Entre la fierté et la réalité, il y avait un pas, dont le premier était financier.

— Je ne sais pas. C'est très cher…

— Et pas remboursé, enchaîna Jeanne.

— Et pour quoi faire ? Lui faire sauter une classe ?

Ils se turent un moment.

— Est-ce vraiment ce qu'on veut pour lui ?

Non, pensa-t-elle, mais ce rendez-vous, les encouragements de la maîtresse posaient un léger baume sur son cœur de maman blessée. Baptiste était peut-être asocial, mais il était plus intelligent que la moyenne.

Jeanne

Je t'aime. Mais je suis épuisée. Je t'aime, mais c'est comme si tu faisais tout pour que je te déteste. Je t'aime, mais je ne tiens plus le choc face à tes exigences.

Tout tourne autour de tes humeurs.

La routine ne suffit plus. Les rituels obsolètes. Je me délite face à toi, ton caractère me fait peur. J'angoisse de te voir sortir de l'école.

Comment une mère peut en venir à craindre son propre enfant ?

Après avoir récupéré Paul à la crèche, je suis venue comme tous les jours, te récupérer à la maternelle. Ton pain au chocolat, le quignon de pain. Nous sommes allés au parc, comme tous les jours. Le ciel s'est assombri, de grosses gouttes ont commencé à tomber sur nous. Je t'ai appelé pour rentrer. Tu jouais avec ton copain Elias. Tu ne voulais pas partir. Je t'ai expliqué, puis fatiguée de me plier à ce jeu, j'ai ordonné. Tes yeux bleus ont viré au noir. Si profond, si dense. Ton humeur avait l'épaisseur des nuages au-dessus de nos têtes. Le parc avait eu le temps de se vider, la pluie augmentait. Je me suis accroupie pour finir de protéger la poussette de ton frère. Tu as attrapé ma queue-de-cheval et tu as tiré.

Nous sommes rentrés, je t'ai puni. J'essaye de me convaincre qu'un enfant peut avoir des réactions aussi violentes, mais je m'inquiète. De ne pas t'aimer assez, de ne pas être celle qu'il te faut pour t'aider à pousser droit, bien, à être heureux. Tu sembles si souvent frustré et en colère. Comme si on ne te comprenait pas, comme si ton propre environnement t'était étranger.

J'ai l'intime évidence qu'il se passe quelque chose. Mais j'en suis la seule convaincue.

Baptiste

Colère. Paul vole mes jouets. Méchant. J'ai envie de taper : tous mes Lego sont par terre dans sa chambre. Han Solo avec le corps de Batman et les bras de Spiderman. Les étagères sont dérangées, le bac où il y a toutes les pièces de rechange est vide.

Ma chambre est en désordre, il me vole mes affaires ! Maman ne lui dit rien. Elle me répète « il faut partager ». Mais Paul change tous mes jouets, il ne partage pas, il prend, il casse. Plus rien à moi.

C'est pas comme il faut, c'est tout à l'envers.

J'ai mal très mal dans mon ventre. Le monstre veut sortir, il grossit, tous les jours, tout le temps.

16

Paul parlait, jouait, prenait de la place, il riait, sautait, continuait ses bêtises qui ne faisaient plus tant rire son frère.

— Il a pris mes Lego.

— Ce n'est pas grave, il faut partager.

Baptiste regardait ses jouets migrer vers la chambre de son frère avec la terreur de se retrouver seul au monde.

Les rituels du soir ne calmaient plus son angoisse qui augmentait avec l'obscurité. Lire, ouvrir la porte, fermer le placard, vérifier sous le lit, plus rien ne fonctionnait. Il tournait, remuait, appelait. Jeanne accourait, fatiguée, énervée : « cela ne va pas recommencer ! », puis c'était le tour de Bruno « Arrête ton cinéma sinon je te mets dans le noir ». Non, surtout pas le noir ! Ils ne le comprenaient pas, ils ne savaient rien de ce qu'il ressentait puisque, eux, ils dormaient tous les soirs ensemble, ils ne pouvaient pas avoir peur de cette ombre qui grandissait la nuit et s'étalait sur lui. Dans l'incompréhension qu'il subissait, ses parents ignorant sa terreur, il s'inventait d'autres rituels, secrets. Il laissait la colère devenir sa meilleure amie, elle au moins l'empêchait d'avoir peur, elle était fidèle et elle le soutenait.

Un jour, il arriva dans sa chambre pour lire quand il trouva Paul assis par terre fouillant encore dans sa boîte de Lego. Ses préférés de tous, ceux que personne d'autre que lui n'avait le droit de toucher. Un vaisseau Star Wars et l'équipe de Luke Skywalker. Dans les mains de son frère, le vaisseau était cassé et les personnages avaient pris une autre forme. Sans réfléchir, il arracha le jouet que le petit tenait et lui tira les cheveux en lui donnant un coup de pied. Alertée par le bruit, Jeanne se précipita à l'étage. Paul en larmes se tenait la tête.

— Il a pris mes Lego.

— Mais tu as quel âge enfin ! Cela ne va pas ! Tu es puni.

Baptiste grondait de l'intérieur. Il n'avait pas encore six ans, il était petit ! Il avait le droit de vouloir ses jouets, droit d'être en colère contre son frère ! Sur une impulsion d'enfant fâché, il cria : « Je te déteste ! » et tira la langue à sa mère. Il ressentit la brûlure avant même d'entendre le bruit sec de la main qui claque. Entre les larmes de fureur, il la vit regarder ce membre qui avait frappé son propre enfant, la colère qui se carapatait pour laisser place à la honte. Oui, c'était une mauvaise mère, méchante, elle ne l'aimait pas.

— T'es méchante ! Tu préfères Paul !

Il cria, il donna des coups de pied. Il ne se contrôlait plus. Ce n'était pas la gifle qui lui avait fait mal, c'était l'injustice ! Paul avait dérangé ses jouets, cassé l'harmonie qui lui importait tant. Dans sa chambre, les bonshommes gisaient un bras par-ci, une tête par là. Le sol devenait la fosse commune de ses histoires, de son imagination, et il était blessé comme s'il avait perdu des amis.

Les mots de son fils résonnèrent à son oreille avec la même violence qui hurlait en elle. « Tu préfères Paul ! » Elle scrutait le désastre, le parquet recouvert de jouets,

Paul, son regard brillant des larmes qui avaient coulé, et Baptiste, ses grands yeux bleus qui lui demandaient pourquoi, qui voulaient une justice, qui pleuraient sur l'incompréhension qui l'entourait autant et sur ses Lego démembrés.

Elle n'était pas digne d'eux, pas digne d'être mère. Elle ne savait pas se contrôler. Elle se méprisait. Elle éprouva un besoin viscéral de retourner la violence contre elle et de se taper la tête contre les murs. Ressentir une douleur qui apaise celle de son échec. Inerte, elle contemplait le désastre, envahie par les larmes, elle demanda pardon à Baptiste, elle l'aimait, il ne devait pas en douter, pardon à Paul, il était trop jeune pour subir ça. Elle s'approcha pour les prendre tous les deux dans ses bras.

Ils restèrent un long moment, tous les trois serrés les uns contre les autres, ne faisant plus qu'un, unissant leur colère, leur peur et leur amour pour grandir un peu. Puis Jeanne sécha ses yeux, moucha les nez de ses fils et leur proposa de reconstruire chaque personnage.

— Paul tu ne dois plus faire ça sans demander à ton frère s'il est O.K. Tu as bien compris ?

Le petit hocha la tête, encore triste d'avoir provoqué tant de fureur autour de lui. Pendant deux heures, sur la table basse du salon, les deux enfants, concentrés et sérieux, redonnèrent aux personnages de Lego toutes leurs têtes, leurs bras, leurs cheveux. Jeanne ne leur fut pas d'une grande aide, mais elle ne les quitta pas des yeux et regarda, admirative, son fils aîné qui cherchait un bras, une tenue, des jambes et Paul qui lui tendait ceux qui manquaient.

— Baptiste ?

Il ne la regardait pas, ne l'écoutait pas.

— Je suis désolée. Vraiment. Ce que j'ai fait c'est mal. Très mal.

La tête baissée, appliqué à reformer enfin son personnage préféré, il ne répondit rien.

— Tu sais, je n'aime pas Paul plus que toi, ce n'est pas vrai.

Il ne la crut pas. Il ne la croyait plus. Il partit ranger tous les jouets dans sa chambre. Il les aligna, les rangea par ordre de préférence. Il revint ensuite au salon.

— Tu veux jouer avec moi Paul ?

Son petit frère muet tout ce temps-là fit oui de la tête. Il avait bien compris qu'il avait fait une bêtise. Baptiste était vraiment très fâché contre lui, et maintenant maman était très triste.

Sans attendre l'autorisation de leur mère, ils se remirent à jouer comme si rien ne s'était passé, tandis que Jeanne demeurait dévastée par son incompétence maternelle.

Marie

Je viens déposer un panier de légumes à la porte de la cuisine quand ta mère descend. Son visage est bouffi de larmes, elle tremble. J'hésite un instant. Je ne veux pas être intrusive. Je suis sur le point de me retourner, et je me souviens. De cette douleur, de ce cœur qui se déchire, de la terreur qui s'installe à chaque fois qu'on fait un faux pas. Je n'ai pas le droit de la laisser ainsi.

Je toque.

Elle sursaute, se retourne et lorsqu'elle me voit, essuie son visage. Jeanne est belle, elle possède une douceur rare, qui la rend exceptionnelle, mais lorsqu'elle est en colère, elle se chiffonne et sa beauté devient amère. Elle me fait signe d'entrer et tente de reprendre bonne figure, mais j'ai à peine déposé le panier sur la table, que les larmes l'envahissent de nouveau.

– Marie… Je ne comprends pas ce qui m'arrive.

Je m'assure que ton frère et toi n'êtes pas à côté. Je vais au pied de l'escalier, j'entends vos jeux d'enfants. Quand je me retourne, elle est assise, la tête entre les mains, elle pleure à gros sanglots. Je reconnais tant ce sentiment de défaite, d'impuissance ! Je m'approche d'elle. Il faut qu'elle réagisse, elle doit prendre les choses en main !

– Tu es au bord du burn-out. Cela fait cinq ans que tu vis sur les nerfs et que tu ne te reposes jamais.

Elle lève un instant son regard noisette vers moi. Ses yeux ne brillent plus. Dans un seul souffle, elle se confie à moi :

– J'ai un mari qui m'adore et me laisse libre de faire tout ce que je veux, un boulot qui m'épanouit et que je peux gérer comme bon me semble et aucun souci d'argent. J'ai deux merveilleux enfants. OK, ce n'est pas toujours facile avec eux, c'est normal non ? Ils sont encore jeunes. Mais je suis épuisée, plus que ça. C'est comme si je n'avais pas envie ! Je suis dépassée pour un rien, je ne me sens jamais à la hauteur. J'ai pas envie de jouer avec eux, je me réveille le matin oppressée avec la hâte honteuse de déposer les garçons à l'école et de m'en débarrasser. Je suis nulle...

Je n'ai jamais été une adepte de l'apitoiement. Je ne supporte pas les gens qui passent leur temps à se plaindre. Mais ta mère, elle serre si fort les dents en permanence, elle s'épuise dans une image de perfection qu'elle n'atteindra jamais.

– Jeanne, est-ce que je peux t'avouer quelque chose ?

Je ne sais pas ce qui me prend, mais si je veux la convaincre de se faire aider, il faut que je sois honnête avec elle. Je dois lui dire la vérité.

– Je ne peux pas en parler, c'est encore trop douloureux, mais... tu te souviens des photos ?

Je m'arrête, parce que moi aussi je suis submergée par ces émotions que seule une mère peut ressentir. Un amour aussi fort que la culpabilité. Une confiance anéantie par un pas de travers, l'inquiétude qui prend le dessus sur le bonheur de vous serrer, vous, nos enfants dans les bras. J'ai la gorge qui picote.

– J'ai été maman. Et tout ce que tu vis ce que tu ressens, je le comprends.

J'ai besoin d'air, d'eau. Depuis quand n'ai-je pas avoué ça ? Je reviens à ma place. Ta mère me scrute.

– Si tu ne prends pas garde, tu vas faire une dépression. Une vraie. Être mère ce n'est pas facile. Continue à toujours regarder ailleurs pour te rassurer et te dire que tu as de la chance et tu finiras sous médicaments. Oui, tu as de beaux enfants, une belle maison, un mari aimant. Et alors ? Cela ne te donne pas le droit d'être désemparée, d'être dépassée, d'être en colère ? Tu leur offres tant que tu t'oublies. Tu ne t'autorises pas à être toi, à vivre en dehors d'eux, à avoir envie d'autre chose. Même ton job, tu le cales entre deux siestes et trois rendez-vous pédiatre ! Où est ton bien-être, ton épanouissement personnel ? Tu t'enfermes dans un rôle qui n'est plus celui de mère, mais d'esclave. À force de vouloir le bonheur des autres, tu es si malheureuse que tu vas entraîner tout le monde avec toi. N'oublie pas... c'est toi leur centre.

Elle me fixe, mais son regard est vide. Elle ne veut pas entendre, elle refuse de me laisser entrer dans sa tête et son cœur, parce qu'elle a compris ce que je vais dire et qu'elle n'est pas prête à l'entendre de quelqu'un d'autre. Mais je sais mieux que quiconque qu'elle doit absolument m'écouter. Quitte à la perdre. Quitte à vous perdre tous les quatre.

– Baptiste n'est pas comme tous les enfants.

Je regrette aussitôt mes mots. Elle devient blanche, et se met à trembler. J'ai ajouté à son chagrin. Mais alors que je m'apprête à m'excuser, elle se redresse et me pose sa main brûlante sur le bras :

– Tu ne peux pas savoir ce que... J'ai parfois l'impression d'être folle ! D'être ce genre de personne qui se complaît dans le malheur, qui en rajoute. Mais la vérité c'est que j'organise tout autour de lui, que j'essaye d'anticiper ses craintes, ses angoisses, que je préviens tout le monde en permanence. « Bapt n'est pas mal élevé, il est très très vraiment très timide », et blablabla... J'ai tellement souvent l'impression d'en faire des tonnes !

Je respire de nouveau. Elle avait juste besoin que quelqu'un lui tende la main.

– Oui, il n'est pas tout à fait comme les autres. C'est imperceptible. Parfois même invisible.

17

L'invitation était collée par un aimant sur le frigo. Attablé avec son frère, Baptiste ne la quittait pas des yeux. C'était sa première invitation. Paul chantait en boucle « Noyeux nanniversaire », l'ambiance était festive et détendue. Bruno préparait le dîner des enfants, pendant que Jeanne étendait une machine. Une scène de la vie ordinaire.

— Alors Baptiste que vas-tu offrir à Louis ?

— Des voitures Cars !

Tous les garçons de son âge étaient fans de ce film d'animation et c'était à celui qui aurait la collection la plus importante de petites voitures représentant les personnages du film.

— Maman les a déjà achetées.

Baptiste était fier et très impatient d'aller jouer avec son copain pour son anniversaire. Il devait y avoir des jeux, un bon gâteau au chocolat, des ballons et Louis lui avait dit qu'il y aurait aussi des petits sacs remplis de bonbons et un petit cadeau pour lui à la fin de la fête.

— Ça va être trop bien !

Paul reprit de plus belle sa version personnelle de « Joyeux Anniversaire » faisant rire son frère aux éclats. Jeanne, qui les entendait rire depuis le sous-sol, les rejoignit et s'assit à table avec eux. C'étaient des instants qu'elle chérissait : Bruno et elle profitaient du repas du soir des enfants pour partager leur journée, les anecdotes, les grands projets. En général, l'atmosphère était légère et ils riaient tous ensemble. De petites bulles de bonheur qui pétillaient et lui donnaient la force de se lever le lendemain.

Après le repas et les histoires, quand les deux garçons furent enfin endormis, Bruno proposa à sa femme un apéro dînatoire avec une bonne bouteille de vin. Il désirait plus que toute autre chose qu'elle trouve des moments sans contrainte et de détente : depuis la scène de la claque, il remarquait que la relation entre leur fils aîné et sa mère demeurait tendue, elle restait toujours sur ses gardes, anticipait de plus en plus, au risque de devenir rigide quand un imprévu se présentait, tandis que Baptiste ne ratait pas une occasion de la provoquer et d'insister sur son insécurité affective. Il s'inquiétait et ne savait pas comment lui dire. Elle en faisait trop, elle ruminait chaque situation tendue, et cela frisait l'obsession. Il voulait qu'elle relativise.

— Tout va bien non ? Bapt est super bien intégré dans son école maintenant.

Jeanne haussa les épaules. Le ton l'agaça. Elle y devinait une pointe de morale.

— Tu veux trop bien faire, et ton inquiétude se reporte sur lui, hasarda-t-il encore d'une voix qui s'excusait presque.

C'était tellement facile. C'était toujours sa faute. Elle s'inquiétait trop, elle stressait leur fils, elle le couvait trop, elle en demandait trop. Une fois encore, le problème venait d'elle ! Mais elle était lasse de se justifier. Oui, Baptiste était intelligent, oui il s'était fait des amis, mais on arrivait déjà en fin d'année. L'entrée au CP c'était demain ! Les changements seraient importants, il devrait s'adapter à un nouveau rythme. Encore ! Dans sa tête de maman, elle avait déjà établi son plan d'action pour entamer le virage avec le plus de douceur possible. Mais elle avait l'impression d'être seule à s'en préoccuper.

Et puis, peut-être qu'il avait raison après tout. Peut-être qu'elle aurait tout intérêt à « lâcher du lest. »

— Si tu le dis, répondit-elle, lasse.

Bruno la fixait : elle lui en voulait. Il avait sans doute été encore maladroit, mais tout ce qui touchait à leur fils aîné devenait trop explosif. Si elle prenait un peu de recul, peut-être que Baptiste ne se sentirait pas aussi jugé. Et si elle aussi était honnête, elle devait reconnaître qu'en dehors de conflits avec sa mère, ce qui n'avait rien d'étrange au sein d'une famille, il n'avait pas fait de grosse crise en public. Il s'empêcha de répliquer pour ne pas jeter de la poudre sur le feu.

— Demain est un bon test, lança Jeanne sans même un regard vers lui.

— C'est-à-dire ?

Ses yeux noisette le fixèrent alors sans complaisance. Ils avaient viré au noir opaque.

— Ton fils ne supporte pas qu'il y ait plus de trois personnes dans la même pièce. Demain ils vont être une dizaine d'enfants, chez Louis, dans un environnement qu'il ne connaît pas…

— Je vais l'accompagner.

— Si tu penses que cela va changer quelque chose.

Son ton était méprisant. Il ne se rendait même pas compte qu'avec ce genre de petite phrase anodine, il jouait le jeu de tous ceux qui la critiquaient, qui la jugeaient trop mère poule, trop présente, trop attentive, qui cédait aux caprices, qui ne donnait pas la bonne éducation.

La tension devint presque palpable, et pour la première fois, Bruno ressentit le fossé qui se creusait entre eux. Elle construisait une frontière et il n'avait pas le bon passeport pour la traverser. Il se tut, vaincu.

Finalement, pour combler le silence et éviter des discussions stériles, il proposa un film. Devant les images qui défilaient, Jeanne continua de ruminer : elle savait qu'une partie de ce qu'il disait était vraie. Mais de temps en temps, elle aurait aimé qu'il fasse le tout petit effort de se mettre à sa place.

Le lendemain, Baptiste était prêt à partir deux heures avant l'heure.

— Chéri, tu as le temps, tu sais. C'est à l'heure de goûter… Là c'est encore le temps calme.

Rien n'y fit. Il resta assis droit sur le bord du canapé, refusant de lâcher le paquet-cadeau qui s'humidifiait avec sa transpiration.

Quand enfin sonna l'heure d'y aller, Baptiste s'était vidé de son énergie. Il s'était épuisé à attendre. Un court instant, sa mère se demanda s'il ne fallait pas qu'il reste chez eux, elle lisait la fatigue sur son visage et surtout elle eut le pressentiment qu'il ne pourrait pas assumer la réalité.

— Tu es prêt ?

Bruno se tenait dans leur entrée, il tendait la main à Baptiste pour lui donner le signal du départ.

— C'est pas maman qui m'accompagne ?

La voix trembla si peu, que seule Jeanne entendit la vibration de détresse.

— Non chéri. Papa a envie de faire ça avec toi. C'est cool !

— Oui, mais tu avais dit que c'était toi qui m'accompagnais.

Cette fois, le garçonnet montra clairement que le changement le perturbait. Bruno se pencha vers lui.

— C'est vrai. Maman avait dit ça. Parfois, on doit changer les plans, tu sais. Et je te rassure, j'ai l'adresse et je sais exactement comment il faut faire pour y aller.

Il essayait de mettre de l'humour dans sa voix, mais Baptiste hésitait.

— Tu ne vas pas rater la fête de ton copain pour si peu ?

Baptiste hocha la tête, mais dans sa gorge la boule s'était installée, celle qui l'empêchait souvent de parler et parfois même de respirer. Il voulut sourire. Papa était gentil avec lui, c'était bien de partir ensemble. Mais ce n'est pas ce qui était prévu.

Louis n'habitait qu'à deux pâtés de maisons et il ne fallait que quelques minutes de marche pour y arriver. Ils firent le trajet en silence, le père, perdu dans ses pensées de la veille, ne remarqua pas qu'au fur et à mesure du chemin, l'enfant ralentissait. Lorsqu'ils arrivèrent devant la maison, les cris des premiers invités s'entendaient de la rue. Baptiste se figea. La boule était sur le point d'exploser.

— Allez, viens !

Son père tenta de lui prendre la main pour avancer vers la porte, mais l'enfant refusa. Il était tétanisé, par le bruit, parce qu'il n'avait pas compris qu'il ne serait pas le seul invité, parce qu'ils allaient tous le regarder quand il entrerait, parce que maintenant il se rappelait que Louis lui avait avoué que son chat n'était pas très gentil.

— Baptiste…

Bruno essaya de nouveau de le faire avancer.

— Tu attends ça avec impatience depuis plusieurs jours !

Le petit fit non de la tête. Il avait mal au ventre, mal à la tête. Il avait peur.

— Oh, écoute arrête un peu ! Ce sont tous tes copains.

Et alors ? Baptiste connaissait les enfants, mais dans l'école. Au parc. Pas là, pas chez Louis. Ce n'était pas du tout la même chose ! Et il n'était jamais entré dans sa maison. Comment c'était dedans ? Comment ça allait sentir ? Est-ce que toutes les portes seraient ouvertes ou fermées ? Et les parents de Louis ? Sa maman était gentille, mais un peu sévère et il n'avait jamais rencontré le papa…

Bruno exaspéré avança jusqu'au portail et sonna. La mère de Louis vint vite ouvrir la porte.

— Louis, c'est Baptiste !

Les larmes coulèrent alors des yeux de Baptiste dans un silence terrifiant. Bruno prit sa main et le força à avancer, mais le petit se débattit. Sans un mot, sans un bruit. Les adultes se regardèrent. Le père murmura des excuses.

— Oh, mais écoutez, il ne faut pas. Ils sont encore petits. Cela arrive à Louis d'être timide aussi.

Elle s'accroupit devant lui.

— Et si ton papa reste un peu, est-ce que tu veux essayer de rentrer ?

Baptiste continuait de dire non, avec la tête, avec le corps.

— Je vous laisse un peu, mais… il ne faut pas le forcer.

Bruno perdit patience, cela l'exaspérait. Il aurait voulu le secouer pour que le gosse arrête sa crise. Mais il ne voyait qu'une solution.

— Bon, on rentre !

— Attendez !

La mère disparut derrière la porte d'entrée pour réapparaître une minute plus tard. Elle s'accroupit devant Baptiste et lui tendit un sachet dans lequel il y avait des bonbons et une minuscule voiture Cars. Ce dernier lui donna alors le cadeau mouillé et déchiré par ses pleurs.

— Oh… C'est gentil. Baptiste, tu pourras revenir quand tu te sentiras prêt.

Bruno fulminait, il salua la dame, puis une fois qu'elle eût refermé la porte, il tira par le bras son fils, malheureux, le visage rouge de larmes, que la peur n'avait pas encore quitté.

Quand ils arrivèrent chez eux, il contenait mal sa colère vis-à-vis du garçonnet. Il le poussa sans délicatesse dans l'entrée de la maison. Assise sur le canapé, Jeanne ouvrit grand les bras pour que Baptiste puisse s'y réfugier. Elle resta silencieuse devant les explications de son mari. Il avait eu tous les éléments sous son nez et elle l'avait prévenu. Il s'était cru au-dessus de la mêlée, grand bien lui fasse. Elle n'allait pas en plus le consoler.

Épuisé par l'après-midi, le petit garçon s'endormit contre elle, comme quand il était bébé.

Le couple se mura dans un silence hostile le reste de la journée.

Il fallut quelques heures au jeune père pour se calmer. Il avait taillé la haie, rangé les placards, ciré ses chaussures, pendant que Jeanne restait confinée sur le canapé, leur fils de six ans sur le ventre. Il ressassa, mais ses pensées l'emmenèrent vers l'image biaisée qu'il s'était imaginée du quotidien de sa femme. En un seul épisode, il avait compris sa frustration et sa colère, la violence qu'elle avait évoquée plusieurs fois à demi-mot, honteuse.

— Pardon, j'ai été con.

Jeanne hocha la tête, mais ne répondit pas.

Plus tard encore, les enfants prirent le bain ensemble, Paul fit rire son frère une nouvelle fois avec ses pitreries et arracha un sourire à leur père. Baptiste osa ensuite ouvrir le petit sachet cadeau qu'il avait reçu. Il donna tout à son cadet. L'odeur des bonbons l'insupportait et il s'en voulait encore tant qu'il lui offrit la minivoiture de Flash McQueen. Paul hurla de joie. L'ambiance se détendit, même si les adultes restaient dans une distance polie. Au moment du rituel du coucher, Bruno parla à Baptiste.

— Baptiste ? Je te demande pardon. Je n'aurais pas dû me fâcher contre toi.

Les yeux ronds le fixaient et la tristesse de ce regard d'enfant le percuta. Qu'en savait-il lui de ce que ça faisait la timidité ? Comment pouvait-il comprendre le mal qu'on ressentait quand on attendait quelque chose avec tant de joie et qu'au moment où ça arrivait enfin, on restait tétanisé par la peur ? Dans l'âme du petit garçon, ce soir, dans ce qui construisait qui il serait demain, une toute petite partie de sa confiance fut grignotée, avalée et disparue à jamais. Ce n'était pas la faute de son papa qui s'était mis en colère, pas plus que celle de sa maman quand elle détournait le regard. C'était plutôt la faute à cette chose, encore minuscule, qu'il sentait grandir en lui, qui prenait chaque jour un peu plus de place dans son corps encore si petit, et qui parfois éclatait dans son cœur pour l'empêcher d'être gentil, ou de ne pas avoir peur.

Baptiste

Maman veut que je porte un pantalon. Elle dit qu'il fait froid. Que les températures se sont rafraîchies et qu'il faut que je m'adapte. Moi, j'ai chaud. J'ai toujours chaud. J'ai chaud sous la couette, j'ai chaud dans le bain, j'ai chaud quand je joue avec Paul. Je n'ai pas envie de porter un pantalon. Et puis, je n'aime pas les jeans. Ça gratte !

Pourquoi, alors que j'ai chaud, je devrais porter un pantalon ? Si moi je n'ai pas froid et que je suis mieux en bermuda ? Ce n'est pas logique. Si maman a froid, elle a le droit de mettre un pull, mais pourquoi elle me force ?

Je dis non. Je dis que je veux mettre un short, pas un jean. Maman lève les yeux au ciel, je sais que je l'agace. Souvent. Tout le temps. Je ne fais jamais rien de bien. Enfin, je ne fais jamais rien comme elle voudrait que je le fasse. Du coup, elle me gronde.

Mais je ne veux pas porter le jean. En plus, il est trop petit ! Je le jette. Ça y est le monstre est entré en moi. Non... pas lui, pas maintenant. Je sais comment ça va se passer : ce soir, maman se plaindra auprès de papa en disant « il a fait une énième crise, pour un pantalon ! J'en peux plus ! »

Elle est souvent fâchée.

Moi aussi.

18

Marie avait suggéré à son amie de rencontrer un pédopsychiatre. C'était sa manière à elle d'offrir à demi-mot les conseils qu'elle n'avait jamais reçus et qui auraient pu changer leur vie à Armand et elle. Jeanne l'avait déjà envisagé, mais s'était heurtée au scepticisme de son mari : « Tu crois vraiment qu'un psy est nécessaire pour un enfant de son âge ? » Mais lorsque l'idée était venue de Marie, elle en était arrivée à la conclusion qu'elle seule pouvait prendre ce genre de décision. Malgré tout l'amour qu'elle portait à Bruno, et sa prise de conscience après l'anniversaire de Louis, il n'était pas présent dans tous les petits tracas du quotidien, qui l'épuisaient, et rendaient l'atmosphère de la maison parfois irrespirable.

Et puis, elle avait besoin d'en parler, de confier à un inconnu ce qu'elle soupçonnait chez leur fils, de dire ses petits travers, ses caractéristiques qu'elle ne retrouvait chez personne d'autre. Elle en était arrivée au point où parfois elle avait l'impression qu'elle se créait des problèmes toute seule, qu'elle se persuadait que Baptiste était différent, qu'elle devait souffrir d'un syndrome de la mauvaise mère quelconque, elle avait tant perdu confiance en elle qu'elle n'était jamais certaine de tenir le coup jusqu'au lendemain. Depuis longtemps, Jeanne avait cessé de se confier à ses amies, lasse d'entendre toujours des jugements et des conseils à contresens de son propre instinct. Elle voyait de loin en loin Lucie, et évitait toujours soigneusement le sujet avec elle, quant aux mamans des environs, elles ne vivaient pas le quotidien et les crises. Marie, pourtant, avait une vision plus claire de la réalité et sa suggestion eut l'effet pour Jeanne d'une lumière au bout d'un tunnel : un début d'aide, une possible solution.

Elle s'était donc mise en quête d'un pédopsychiatre. Ses recherches l'avaient menée dans une clinique bourgeoise à quelques kilomètres de chez eux. Elle avait obtenu un rendez-vous dans des délais raisonnables avec une psychiatre très réputée.

Très réputée et très en retard. L'attente durait bien trop longtemps : Paul s'agitait et rêvait de partir à l'aventure dans les couloirs de la maison de santé privée, tandis que Baptiste restait muet. Il ne bougeait pas, mais au fur et à mesure que les minutes égrenaient un temps infini passé sur une chaise en plastique à patienter, Jeanne devinait sans mal le nuage au-dessus de sa tête, pas loin de déverser des litres de frustration.

— Baptiste ?

Enfin, avec une heure de retard, la femme, une magnifique brune aux cheveux parfaitement *brushés*, au maquillage impeccable, habillée d'une jupe droite blanche et d'un chemisier en soie rouge dont le col ouvert laissait deviner un décolleté généreux les invita à la suivre pour entrer dans son cabinet. La pièce étroite, avec pour toute lumière naturelle un soupirail transformé en une minuscule fenêtre, ne ressemblait pas à sa propriétaire : le bureau en désordre, des étagères encombrées et des couleurs peu engageantes, il y régnait un désordre qui mettait mal à l'aise, en totale discordance avec l'apparence très soignée du médecin. Jeanne avait envie de ranger la table encombrée de dossiers et papiers, de glisser le doigt sur les meubles pour s'assurer que ses enfants n'attraperaient pas de microbes. La psychiatre proposa à Baptiste de faire un dessin. Il n'avait pas envie, et se leva pour rejoindre son frère et jouer aux dinosaures qu'il transportait partout.

— Alors, racontez-moi. Pourquoi êtes-vous là ?

Le ton direct et le regard franc, sans condescendance, donnèrent confiance à Jeanne. Elle raconta : le caractère sauvage, difficile, qui ne supportait pas les changements, le sommeil et les heures de rituels pour y parvenir, la violence qu'elle sentait en permanence grandir en lui et en elle.

— Très bien. Baptiste ? demanda-t-elle d'un ton assez autoritaire.

Il tourna la tête.

— Si tu es d'accord, nous allons demander à ta mère et ton petit frère de sortir de la pièce. Nous allons discuter tous les deux pour tenter de faire connaissance. OK ?

Il lança un regard inquiet à sa mère, qui lui sourit, puis hocha imperceptiblement la tête. Jeanne et Paul furent donc renvoyés dans le couloir, éjectés du bureau, la porte se referma sur le grand et ses angoisses. Elle aurait tant aimé coller son oreille à la porte. Les minutes passaient, Jeanne se refaisait la conversation. Elle n'avait pas su expliquer son désarroi, elle avait énuméré des faits comme on établit une liste de courses. La femme en face la fixait sans aucun émoi. Elle se persuada qu'une fois encore, ses appels à l'aide tomberaient dans l'eau et qu'on lui proposerait que cela soit elle qui se fasse soigner. Le temps coulait et elle finit par laisser Paul faire des bêtises dans le couloir. Elle était plus seule que jamais. Puis enfin la porte s'ouvrit, la tête de Baptiste apparut, « tu peux revenir ».

— Bon, je ne vois pas trop où est le problème. Baptiste est équilibré. Il parle bien, il comprend ce qu'on lui dit. Vous m'avez dit qu'il a des copains, que cela se passe bien à l'école…

— Mais pour la timidité ? Et les grosses colères ?

— Écoutez, c'est un enfant de six ans !

— Mais…

— Il exprime une jalousie naturelle à son âge. Il a un petit frère qui prend de l'espace, Baptiste essaye d'attirer l'attention. Quant à la timidité, elle ne me semble pas si exacerbée. Il ne parle pas beaucoup, mais rien de choquant. Il faut le laisser grandir, et les choses vont s'arranger d'elles-mêmes.

Paul fit tomber une boîte de jeux, Baptiste l'aida à ramasser.

— Et pour tout ce qui est imprévu ou changements ?

— En grandissant, il apprendra à mieux gérer ses émotions.

La dame si bien habillée et si sûre d'elle encaissa le chèque de cent quarante euros et se leva pour signifier la fin de l'entretien. À la porte du cabinet, tandis qu'elle peinait encore à faire sortir Paul concentré sur son jeu, Jeanne serrait les mâchoires pour ne pas laisser ses larmes couler.

— Je comprends votre désarroi, mais je vous assure, votre enfant va bien. Laissez-lui le temps et ne soyez pas trop sévère avec vous.

Baptiste

Je n'aime pas le parfum de la dame. Pourtant, elle est gentille et très belle. Maman ne se maquille pas, mais elle aussi est très jolie, et j'aime son odeur.

La dame m'a posé des questions.

– Tu sais pourquoi tu es là ? Tu sais que ta maman pense que tu es trop timide ? Tu as des copains ? Et tu fais des bêtises ?

Je ne fais pas de bêtises, je n'aime pas qu'on me regarde. Oui, j'ai des amis, mais souvent à la cantine, je me mets dans un coin, j'ai envie d'être seul et de me raconter mes histoires sans personne autour.

– Mais tu joues avec tes amis ? Et en classe, tu comprends tout ce qu'on te dit ? Et ton petit frère ? Ça va avec lui ?

Quoi Paul ? Mais oui ! Je l'ai tapé, mais j'étais en colère. Mais je l'adore. Lui, il me connaît par cœur. Si nous étions un miroir, il serait la version drôle et gentille.

19

C'était le jour de la grande rentrée. Celle que Paul attendait depuis le début de l'été : pour cela il s'était préparé comme ses parents le lui avaient demandé et il n'avait plus ni couche ni tétine. « Il avait tout d'un grand », plaisantait Armand dans un accent que l'enfant trouvait bizarre. À la table du petit-déjeuner, il prenait tout l'espace.

En face, Baptiste avait le nez dans son bol de céréales, qui, aujourd'hui, ne lui donnait pas envie. Il tentait de sourire aux pitreries de son cadet, et se concentrait autant qu'il pouvait pour ne pas céder à la douleur qui lui contractait le ventre de plus en plus fort.

— Les enfants, c'est l'heure !

Dans l'entrée de la maisonnette, les deux frères acceptèrent de poser pour leur mère : fiers et droits, leurs cartables aussi grands qu'eux, accrochés dans le dos, bermudas et sweat identiques qu'ils avaient choisis ensemble. Seules la taille et la coupe de cheveux les distinguaient.

Jeanne leur sourit, les embrassa tendrement et souffla. Le moindre grain de sable pouvait gripper le rouage. Elle savait que tout reposait sur sa propre capacité à ne pas déroger à sa ligne de conduite et à ne pas céder à ce flot d'émotions qui montait du fond de sa gorge. Elle devait s'en tenir à ce qu'elle ne cessait de répéter depuis plusieurs jours aux enfants, ni plus ni moins. Dans la rue, tandis que la petite famille avançait à bons pas, elle reprit donc une dernière fois, autant pour elle que pour eux, ses instructions : ils s'arrêteraient d'abord à l'école primaire pour déposer Baptiste qui entrait au CP. Nouvel environnement, nouvel emploi du temps, écriture et lecture, calcul et course de vitesse dans la grande cour. Un océan de changements comparé à sa vie en maternelle. On ne connaissait pas la maîtresse, mais on savait qu'il serait dans une classe avec moins d'élèves. « C'est un double niveau. Il y a des CP et des CE1. » Le petit garçon n'avait aucune idée de ce que cela voulait dire, mais le ton ferme que sa mère employait le rassurait. Puis ce serait ensuite au tour de Paul qui piétinait d'impatience d'être enfin en petite section. Là, ce serait facile, ils connaissaient déjà, la maîtresse était la même que celle de l'aîné. Le dernier des Morel ne comptait pas se laisser voler la vedette pour autant.

C'était un jour exceptionnel pour tous, mais pour Jeanne, sans doute un peu plus : ses efforts étaient doublés d'une hypervigilance aux signes de stress de Baptiste. Dans leur vie quotidienne, elle avait pris cette habitude : elle répétait, anticipait, disait et redisait, posait des questions à l'improviste. Sa méthode, même si elle paraissait ennuyeuse, avait le mérite d'apaiser et de diminuer les appréhensions, de calmer l'anxiété de la nouveauté : chez le coiffeur, au premier passage chez le dentiste, et surtout pour les invitations chez les petits copains. Elle se donnait ainsi l'illusion de maîtriser le temps et l'espace, et peut-être de mieux appréhender l'inconnu et les imprévus inhérents. Il subsistait toujours une période d'angoisse difficile, mais Baptiste acceptait enfin de rester chez ses amis à la condition qu'un de ses parents soit présent à ses côtés. Dernièrement, Bruno avait même pu quitter la fête au bout d'une heure et revenir le chercher plus tard. Une petite victoire.

L'école primaire était grande, la cour bétonnée et sans arbres n'avait pourtant rien de triste tant l'activité grouillait : des enfants couraient, se sautaient dessus, des adultes bronzés et souriants se faisaient la bise, heureux de se retrouver après deux mois d'été. Le bruit et l'animation avaient quelque chose de sécurisant : l'enfance éclatait en voix et en jeux, en bousculades et complicités. Jeanne serra un peu plus fort la main de son fils. Elle se rassurait en se répétant intérieurement que toutes les premières fois sont uniques et que celles d'après, elles sont déjà une habitude. Il fallait qu'elle fasse attention à ne pas lui transmettre sa propre anxiété. Sur les murs des bâtiments, les listes affichées indiquaient la classe, le nom de la maîtresse et en dessous, ceux des élèves.

L'agglutinement des parents autour ressemblait à l'entrée d'une ruche pleine de miel. Le temps pour eux d'accéder enfin au Graal et de trouver la bonne classe, Jeanne avait le ventre noué. Elle avait omis une information essentielle. Sans doute par peur ou lâcheté… Elias, son grand copain, avait quitté la région. Elle n'avait pas su comment le dire, l'annoncer, elle n'avait pas voulu en plus du reste se mettre ce poids supplémentaire sur les épaules. Cette absence lui paraissait d'un coup insurmontable. Les deux enfants ne se parlaient pas forcément, ils n'avaient pas non plus les mêmes intérêts, mais ils s'adoraient, et Elias avait le don de comprendre Baptiste et de l'accepter sans compromis. Il avait été, sans conteste, l'un des piliers stables de sa petite enfance. Au même titre que Marie et Armand.

Elle se rabroua, ravala l'angoisse. Non, mais son fils n'était pas asocial au point de ne pas être capable de se faire de nouveaux amis !

— Baptiste, ta classe est là.

Bruno désigna une feuille et un endroit. Il jeta un œil à sa femme et comprit ce qui se passait.

— Chérie, détends-toi.

Il lui parla d'un ton ferme tout en passant une main réconfortante dans le dos. Ils se devaient de rester concentrés sur leur enfant. Ce dernier, d'ailleurs, demeurait mutique. Il ne montrait rien. Droit, silencieux. Ses parents se présentèrent à Madame Hager. Sa poignée de main était ferme, elle les regarda chacun dans les yeux.

— Et qui est Baptiste entre ces deux grands garçons ? demanda-t-elle un léger sourire aux coins des lèvres.

Bruno le désigna. L'enseignante sourit, se pencha vers lui et se présenta.

— Bonjour Baptiste. Pour toi, je suis Élizabeth, ta maîtresse, mais tes parents eux devront toujours m'appeler Madame Hager.

Baptiste osa poser ses yeux sur elle et eut confiance dans son regard franc et son sourire tendre.

— Nous sommes une classe de double niveau, je crois qu'on vous l'a dit, non ? s'assura-t-elle après avoir expliqué au garçonnet où se mettre.

— Oui… Baptiste maîtrise déjà bien l'alphabet et sait même lire quelques mots.

Le visage de la maîtresse s'étendit de nouveau dans un sourire clair qu'elle offrit uniquement à Jeanne.

— Ne vous inquiétez pas. C'est un très gros changement, mais je suis certaine que tout va très bien se passer.

Jeanne retint un sanglot. Elle se trouvait ridicule, elle avait l'impression d'abandonner son fils, de le laisser dans la fosse aux lions, alors même que son institutrice respirait la bienveillance ! Elle répondit au sourire, ravala ses larmes et se détourna : il fallait emmener Paul, ne pas oublier que pour lui aussi c'était un grand jour. Il s'impatientait et cela était naturel après tout. Intérieurement, Jeanne se traita d'idiote et regretta de les avoir inscrits à la cantine. Dans sa joie d'être libre de ses enfants en journée, de retrouver un peu d'espace, elle avait été égoïste, elle n'avait pas songé à la fatigue, à l'angoisse du temps qui passe, toujours trop lentement. Paul tirait sa main, se rappelait encore à elle. Elle croisa les yeux de son mari. Il avait deviné ce qui lui passait par la tête, et même si au fond, il en était légèrement agacé – ce n'était pas comme ça que Baptiste allait réussir à se fondre dans la masse – il lui accordait le temps. Elle se reprit et s'adressa à Baptiste d'une voix atone.

— On y va, mon chéri. Passe une belle journée, je serai là pour le goûter.

C'était trop long. L'arrivée, la recherche, la maîtresse, les autres enfants, le bruit et l'agitation. Il aurait voulu que tout cela ne dure qu'une seconde. Ne pas penser, ne pas avoir le temps de laisser la peur l'envahir. Baptiste aurait aimé se blottir dans les bras de sa mère, y retrouver son parfum, rassurant, coller l'oreille contre son cœur, s'endormir au rythme de ses battements, mais il savait qu'il ne devait pas s'accrocher à elle. Ne surtout pas pleurer. Avaler sa salive pour empêcher les larmes de sortir. La tête haute, la gorge serrée. Il ne devait rien montrer, faire le grand. Il était le grand ! Il supplia le monstre qui lui tordait le ventre de se taire. Papa, maman et Paul s'en allèrent. Baptiste entra dans sa bulle.

Baptiste

Je ne connais personne. Ni dans la classe ni dans l'école. Louis n'est pas dans la même école. Et puis j'ai cherché Elias. Tout le premier jour. Je n'ai pas de copains : comment on fait pour en avoir ? Dans ma classe, il y a deux groupes. Les CP et les CE1, mais je ne sais pas ce que cela veut dire. Élizabeth nous donne des exercices différents. C'est intéressant, mais je m'ennuie. Je ne dis rien, parce que je ne veux pas me faire remarquer, et quand elle m'interroge, ce qui n'arrive pas souvent, je baisse la tête. Je connais la réponse, mais j'arrive pas à la dire tout haut. Je voudrais que les autres arrêtent de me regarder.

Dans la cour de récréation, c'est moi qui les observe. Je marche, et je me raconte des histoires dans la tête. Parfois j'y mets un élève. Celui qui rit tout le temps très fort, celle qui a des nattes, mais la plupart du temps, dans mes histoires, il y a Paul et moi. Les Superhéros.

Je n'ai pas besoin d'être avec les autres, mais à la cantine, je suis un peu obligé. Je me mets toujours en dernier de la file et toujours au bout de la table. Parfois, y en a qui essayent de me parler, mais en général, ils me laissent tranquille.

Maman s'inquiète. Elle ne comprend pas pourquoi je n'ai pas d'amis. Je lui dis que je prends mon temps, mais je vois bien que cela ne la satisfait pas. Si je lui disais que je n'en ai pas besoin, elle m'emmènerait encore voir la dame avec le chemisier en soie et le bureau qui sent mauvais.

Je voudrais poser la question, mais je me sens bête : c'est quoi la différence entre les CP et les CE1 ? Y a des exercices de CP que je fais trop vite et trop facilement, cela m'ennuie, alors je me dis qu'il faut que je fasse ceux des CE1, c'est sans doute ça que la maîtresse veut, mais c'est un peu dur. Si j'arrive pas à être un bon élève, maman et papa seront déçus.

20

Un peu avant la première réunion avec les parents d'élèves de sa classe à double niveau, Madame Hager retint Baptiste au moment de la récréation. Il n'était pas content. Il aimait la récré, c'était son moment de liberté. Il pouvait respirer, être lui et observer les autres. Mais son enseignante était l'adulte et donc, elle était la chef. Au mur, les lettres et les cursives qu'ils devaient apprendre, des tables d'addition, et des dessins d'enfants donnaient à l'ambiance de la classe un curieux mélange de savoir et d'innocence. Il ne s'y sentait pas si mal, mais il préférait être ailleurs.

— Baptiste, est-ce que tu es… heureux ici ? Dans la classe ? Tu me parais… perdu.

Élizabeth le scrutait avec son air toujours bienveillant et attentif, elle attendait patiemment une réponse. Mais il ne sut quoi répondre. Il regarda autour de lui, se sentant effectivement perdu face à cette remarque dont il ne comprenait pas le sens et essayant de trouver aux murs la bonne réponse. Sa maîtresse reprit la parole, de sa voix toujours tranquille :

— Est-ce que tu as compris que dans la classe il y a deux groupes ? Un groupe de ton âge, ceux qui apprennent à lire et à écrire. Et le groupe des plus grands, ceux qui sont en CE1.

Baptiste resta immobile. Oui, il savait qu'il y avait deux groupes, mais il ne comprenait pas où elle voulait en venir. Il repensa à son voisin et ses exercices trop difficiles. Il restait alors bloqué sur ses polycopiés, rentrant les épaules et attendant la fin de la classe pour respirer normalement.

— Baptiste… Tu appartiens au groupe des plus petits, des CP, ceux qui apprennent à lire et à écrire.

Elle marqua une pause pour que le petit garçon ait le temps de comprendre ses paroles.

— J'ai l'impression que tu essayes de tout savoir comme les grands, mais non… tu n'as pas besoin. Toi, tu es avec les plus petits, c'est normal que tu ne comprennes pas tout de ce que font les grands, ce n'est pas ce que j'attends de toi. Les grands sont en CE1, ils ont déjà fait le CP…

Elle marqua une pause, ne sachant si ce qu'elle disait atteignait l'enfant.

— Ce que je veux te faire entendre, c'est que je vois bien que tu paniques quand tu regardes les exercices des CE1. Mais toi tu n'as pas à les faire ces exercices, toi tu as ceux du CP.

Les mots se frayèrent un chemin jusqu'à lui et formèrent une phrase dont le sens lui apparut soudainement. Son soulagement fut visible.

— C'est bien ce qui me semblait.

Madame Hager sourit. Elle était attendrie par cet enfant lunaire. Il restait toujours très sage, très poli. Il ne participait pas et elle aurait été incapable de se rappeler le son de sa voix, mais, et elle ne l'avouerait jamais, il était si mignon qu'il la faisait fondre. Elle continua son explication : la différence entre les groupes de la classe, ce qu'elle attendait de lui, et surtout ce qu'elle n'en attendait pas.

— J'ai remarqué que tu maîtrises déjà très bien les lettres et les chiffres. Mieux que les autres CP. Et je vois bien que parfois tu t'ennuies, tu es d'ailleurs très sage dans ces cas-là, bravo. Alors je me demandais… Serais-tu d'accord pour que je te donne d'autres exercices ? Rien que pour toi ?

Plus tard, l'institutrice appela Jeanne pour lui expliquer ce qu'elle avait remarqué.

— Il ne faut pas s'inquiéter. Baptiste est d'une nature très réservée. Et je pense qu'il s'est mis la pression. Pensez à bien lui réexpliquer chez vous et tout devrait se dérouler sans souci.

À la sortie des classes ce même jour, Jeanne eut un arrêt du cœur : Baptiste avançait vers le portail, accompagné d'un autre garçon à qui il parlait. Derrière eux, un autre arriva en courant et lui demanda quelque chose. Son fils approuva de la tête. Puis chacun courut vers sa nourrice, sa grand-mère, sa maman. Baptiste arriva devant elle, transformé, serein. Elle se mordit l'intérieur des joues pour ne pas le harceler de questions.

— C'est tes amis ? demanda Paul en désignant les autres enfants.

— Paul, on ne montre pas du doigt, c'est mal élevé.

Il haussa les épaules. Il s'en moquait, il voulait une réponse ; Baptiste fit une grimace.

— Je crois. Maman, on peut aller au parc ?

Et sans attendre la réponse de sa mère :

— Ils y vont.

21

Baptiste et Paul allaient passer un week-end entier chez les Duval. Leurs parents partaient en escapade amoureuse et les retraités s'étaient spontanément proposés pour les garder.

— On a un sacré tri à faire.

Ils se tenaient debout sur le seuil de la chambre de Stéphane, se serrant les mains à en blanchir les jointures. Ils ne savaient pas comment c'était arrivé, comment ils avaient décidé d'ouvrir la pièce, de l'aérer et de la ranger, et, peu importait, ce qu'ils ressentaient, sans se le dire, c'était une forme de soulagement. Pendant deux nuits, la chambre de leur fils transformée depuis si longtemps en mausolée s'ouvrirait de nouveau sur la vie, les jeux et l'enfance. Et ce qui, durant presque deux décennies, leur avait paru impossible s'avérait aujourd'hui d'une évidence tout aussi banale.

L'air qui s'engouffra par les grandes fenêtres les libéra du poids du silence et un peu de l'absence. Armand observa du coin de l'œil Marie, espérant qu'elle aussi serait emportée par cette vague. Parfois, elle s'arrêtait sur un pull, un objet, un vieux magazine, à la recherche d'une odeur passée, effacée. Mais il le devinait à l'élan qu'elle mettait à l'ouvrage : elle était heureuse. Ils ne reniaient pas leur douleur, ils n'oubliaient pas – ils n'oublieraient jamais – ils tournaient une page, la cornaient un peu comme on annote une marge, et ils entamaient enfin un nouveau chapitre.

C'est Bruno qui leur avait demandé s'ils seraient d'accord pour s'occuper des garçons tout un week-end. Jeanne n'osait pas, craignant toujours d'abuser. Marie s'était vexée devant son hésitation.

— Tu vas garder tes considérations pour toi et me laisser tes enfants ! Et surtout, tu n'appelles pas toutes les trente secondes. On se connaît par cœur eux et nous.

La vieille dame n'aurait pas su mettre des mots dessus, mais ces deux garnements-là étaient sa rédemption.

Après leur ménage de printemps, la chambre leur apparut totalement métamorphosée. Ils l'avaient aussi réagencée pour y installer un lit supplémentaire.

Fourbu d'avoir tant remué dans tous les sens et porté autant d'affaires, le couple dînait dans un silence qui ne lui ressemblait pas.

— Comment te sens-tu ?

Armand s'inquiétait que les souvenirs n'envahissent trop sa femme.

— Bien, répondit-elle d'une voix ferme. Il était plus que temps.

Il approuva. Il était si heureux de voir débarquer dans cette maison et surtout dans cette chambre la vie avec les turbulences de Paul et l'intelligence de Baptiste.

Le lendemain, au petit matin, à travers la haie, ils virent débarquer leurs invités, chargés de jouets, peluches et autres indispensables à leur bien-être.

— Vous déménagez ? demanda en riant Marie

Le plus jeune énuméra alors tout ce qu'il avait pris avec lui : le doudou du dodo, le jeu de cartes qu'ils avaient acheté, mais pas encore essayé, le livre d'histoires qui leur permettait de se coucher le soir, la couverture de bébé parce que c'était bien d'avoir un souvenir avec lui… Les Duval souriaient devant sa liste sans fin et accueillirent leurs protégés qui entrèrent dans la maison, heureux et confiants dans les bons moments à venir.

— On va vous montrer votre chambre.

Armand les précéda dans les escaliers, Baptiste juste derrière lui. Devant la porte, il hésita à entrer. Il ne se souvenait pas de ce que lui avaient raconté ses voisins quand il était plus petit, mais il savait qu'il y avait eu un autre garçon avant.

— C'est la chambre de qui ?

Paul avec son naturel entra, regarda, toucha, chercha. Son grand frère n'osait pas.

— Vas-y Baptiste, n'aie pas peur. C'est votre chambre maintenant quand vous viendrez ici.

— T'es triste ? lui demanda-t-il, inquiet.

Marie reçut un coup au cœur.

— Oui… et non.

— C'est la chambre de qui ? insista alors le cadet.

— De notre fils.

Armand s'assit sur le lit près de la fenêtre. Baptiste vint à côté de lui.

— Stéphane. Le garçon sur les photos.

C'était le moment. Depuis combien de temps n'avaient-ils ni prononcé le prénom ni raconté leur histoire ? Il regarda sa femme, attendit le signe qu'il avait le droit de se confesser. Il savait qu'elle ne pourrait pas et qu'elle ne pourrait sans doute jamais. La douleur, la honte, le poids de la culpabilité…

Stéphane. Leur fils.

Armand raconta.

Armand

Nous nous sommes mariés il y a plus de trente ans. C'est plus que toute une vie pour vous, c'est moins de la moitié de la nôtre. Marie était si belle : blonde avec ses yeux gris, grande et élancée, elle n'était pas le genre de femme qu'on dompte et qu'on soumet. Elle était lionne. Elle savait ce qu'elle voulait dans la vie. Et, fille unique, ce qu'elle voulait par-dessus tout c'était une famille nombreuse. Une maison qui retentit de rires et de cris d'enfants qui courent partout, jouent, réclament de la tendresse, une maison qui déborde d'amour.

Mais parfois, la vie décide d'autre chose pour vous. Elle peut être douce et souvent cruelle. Elle a mis à l'épreuve notre amour en ne nous donnant pas ce que nous souhaitions. Les années passaient et Marie ne tombait pas enceinte. Alors nous sommes allés voir des spécialistes, nous avons subi des examens, Marie surtout. Les traitements, les piqûres, les espoirs... toujours déçus. La science à l'époque n'était pas aussi avancée, et rien n'y faisait. Un médecin peu délicat nous a même dit : « On ne fait pas des bébés comme on fait ses courses au supermarché. »

Je ne peux pas tout raconter. Parce qu'il y a des souvenirs qui me rappellent à quel point je n'ai pas su rendre ma femme heureuse, je n'ai pas vu sa détresse. Je me targuais de l'aimer plus que tout et je l'ai laissée s'éteindre devant mes yeux.

Et puis, alors que l'espoir avait été remplacé par la résignation, le miracle ! Le bonheur a fait de nouveau une entrée triomphale dans nos vies. Nous allions être parents ! Marie venait de fêter son quarantième anniversaire. Elle fut donc placée sous haute surveillance tout au long de sa grossesse, car les médecins, les mêmes qui nous avaient dit de renoncer, craignaient que notre enfant ne soit mal formé ou handicapé.

Porter un enfant alors que les premiers cheveux blancs apparaissaient dans sa chevelure blonde, que ses pattes d'oie accentuaient ses yeux rieurs, la rendait encore plus belle. Je crois que je ne lui ai jamais autant dit que je l'aimais qu'à ce moment-là. Je flottais sur un nuage, quelque part entre le septième ciel et le paradis. Ma femme allait donner naissance à notre enfant, nous serions enfin cette famille dont nous avions tant rêvé.

Stéphane est né à l'aube de mes quarante-deux ans. Un beau bébé joufflu, à la tignasse aussi noire que celle de sa mère était blonde. Il était calme, doux. Il ne pleurait jamais. Les trois premières années de sa vie furent les plus belles et plus incroyables de nos vies. Chaque jour était la promesse d'un bonheur indicible.

Je reprends mon souffle.

L'émotion est plus forte que ma volonté de déposer à tes pieds, et ceux de ton frère, nos aveux. Ma gorge se serre. Stéphane, notre fils. Vous êtes étrangement silencieux, vos deux visages tournés vers moi, attendant la suite. Pourrais-je la raconter ? Il n'est plus là, quelle différence que vous sachiez ou pas ! Il est parti, anéanti par sa différence, englouti par un monde qui n'était pas prêt à l'accueillir.

J'ai cru mourir avec lui, mais c'est Marie qui m'a tenu après sa disparition. Son amour a soulevé la montagne du deuil pour survivre à la perte de notre unique enfant. Elle se sentait redevable, coupable. Elle voulait me sauver, se prouver que son amour servait à quelque chose.

– Il est où ?

J'ouvre les yeux, embués de larmes, et je me rends compte que Paul et toi attendez la fin de mon histoire.

– Il est au ciel.

Je parle d'une voix impassible. Il est temps de crever l'abcès, mais en sommes-nous capables ?

– Il était malade ?

L'innocence de Paul me désarçonne. L'histoire est trop longue pour lui, trop compliquée. Il s'impatiente.

– Oui... en quelque sorte.

22

— J'ai faim !

La spontanéité de Paul les ramena tous au présent.

— Alors allons goûter que diable ! répondit Armand en se tapotant le coin des yeux avant de se diriger vers la porte de la chambre.

Sur le seuil, il retint sa femme par la main. Ils avaient effectué un bond douloureux dans le passé. Elle était demeurée muette tout le temps de son récit. Il savait sa souffrance. Dans ses yeux, il lut tout l'amour qu'elle lui portait.

— On fait des crêpes ?

— Oui !

Paul sautait partout à la recherche de ce qu'il fallait. Son enthousiasme était contagieux. Bientôt, la cuisine se transforma en un champ de bataille recouvert de farine et de sucre.

Le soir, à l'heure du coucher, Marie demanda à Baptiste :

— Est-ce que tu veux qu'on fasse pareil que chez papa et maman ? Ou préfères-tu pour qu'on invente notre propre rituel ? Il restera le même à chaque fois que vous venez…Ce sera « la routine de chez Armand et Marie », ajouta-elle en souriant. Comme ça tu sauras exactement ce qui se passe quand vous venez ici et tu n'auras plus le stress de l'inconnu, tu seras plus rassuré. Qu'en penses-tu ?

— Oh et puis on va venir souvent ! s'écria le cadet.

Baptiste ne savait pas, il n'aimait pas qu'on lui demande ce qu'il voulait, il ne pouvait jamais répondre. Faire un choix, c'était compliqué et douloureux. Il savait juste qu'il était content d'être dans la même chambre que son frère, mais ce dernier dormait la porte fermée dans le noir complet, ce qui pour lui était impossible. Dans l'obscurité, il entendait les bruits, il imaginait leur forme. Mais peut-être que de rester avec Paul l'aiderait, peut-être que ce n'était pas la peine de le dire à Marie et qu'il pouvait faire un effort… Il sentit l'angoisse s'installer dans son corps, la petite boule prenait ses aises et l'empêcherait de fermer les yeux tout à l'heure. Pourtant il ne répondit pas et se contenta de hocher la tête. Alors Armand proposa une histoire qu'il transforma en véritable vaudeville pour le plus grand bonheur des deux garçons. Il cria, il sauta, il joua les personnages du livre avec emphase. Les enfants rirent aux éclats et même Baptiste sentit que sa peur s'en allait. Quand l'histoire fut terminée, Paul fit des câlins aux retraités. Son frère tendit le sommet de sa tête, pour un baiser léger.

— Je laisse la porte entrouverte, et la lumière dans les toilettes du couloir.

Marie fit ce qui lui semblait important, et Paul ne songea pas à protester. Il dormirait très vite avec ou sans lumière et d'ailleurs, il fut aussitôt happé par le sommeil. Pendant ce temps, Baptiste fit connaissance avec les bruits de la maison, il écoutait chaque grincement et tentait de l'associer à un endroit, une porte, une latte de parquet. Il se raconta une histoire sur Stéphane. Il imagina qu'ils avaient le même âge, qu'ils étaient amis. Ils se retrouvaient au trou dans la haie, ils cherchaient les gendarmes, et parlaient de Cerbère, le chien qui garde les Enfers.

Cela faisait longtemps que Marie et Armand dormaient quand enfin la fatigue l'assomma.

23

« Nous sommes en garde partagée avec les voisins », plaisanta Bruno devant leurs vieux amis, Véronique et Thierry, étonnés de voir Baptiste et Paul s'éclipser par le trou de la haie après un rapide bonjour. Jeanne leva les yeux au ciel, faussement agacée.

— Marie et Armand sont leurs grands-parents d'adoption. Ils adorent passer du temps chez eux.

— Très pratique ! gloussa Thierry. Plus besoin de vous lever le dimanche matin après une cuite !

— Quelle chance ! J'aimerais tant avoir une baby-sitter à domicile !

Véro avait les yeux rêveurs.

— On aurait dû quitter Paris, lança-t-elle comme injonction à son époux.

Bruno fit un clin d'œil à Jeanne qui lui sourit : il la connaissait par cœur et avait deviné à quel point elle jubilait. Véronique et Thierry, qu'ils n'avaient pas revus depuis plusieurs années, étaient ce couple qui habitait le même palier qu'eux et qui les avait tant mis en garde contre la banlieue et son « esprit étriqué ». Maintenant pourtant, ils enviaient leur mode de vie, la proximité des écoles, de la forêt, la sécurité dans les rues et la providence d'avoir des voisins si disponibles. Véronique avait été aussi assez prompte à poser des jugements hâtifs sur Baptiste. C'est un juste retour des choses, pensa Jeanne : que cette femme qu'elle avait longtemps considérée comme une amie proche soit jalouse, c'était mesquin de sa part, mais elle s'en moquait et avait encore en mémoire certaines réflexions blessantes. Elle proposa un toast :

— Aux aléas de la vie, aux choix audacieux et aux belles occasions qui font une belle vie !

Seul Bruno perçut dans sa voix le ton de la revanche. Ils trinquèrent.

L'ambiance était douce et festive. Bruno fit cuire sa côte de bœuf à la perfection, sur la table, les pommes de terre en robe des champs et la salade côtoyaient ce merveilleux petit rosé dégoté chez le caviste devenu un copain. La conversation dévia sur les enfants.

— Baptiste est plus sociable, non ?

Véronique regardait Jeanne d'un air innocent, la question ne se voulait pas méchante, mais cette dernière ne put s'empêcher d'y percevoir une pointe de sarcasme. Elle se contenta d'un sourire coincé.

Bruno aurait voulu dire que celles et ceux qui prenaient le temps de s'intéresser à son fils, qui avaient le courage d'affronter son silence, découvraient souvent un enfant passionnant et très intelligent. Pourtant il se tut, conscient que cela ne servirait à rien. Il faisait la part des choses et reconnaissait ses vrais amis à cette marche qu'ils franchissaient : Véronique et Thierry n'en faisaient décidément plus partie. Eux qui se vantaient de posséder un esprit ouvert et universel ne voyaient pas plus loin que le bout de leurs idées étriquées. Mais il n'avait pas l'intention de se laisser gâcher la soirée pour si peu et par vanité mal placée, mais assumée, il raconta les bêtises du petit, et la complicité qui unissait leurs fils.

— Ils ne se disputent jamais ? s'étonnèrent les amis.

Bruno regarda sa femme.

— Ils s'entendent très bien.

Elle n'en dit pas plus, droite comme la reine mère sur son trône : non ses garçons ne se tapaient pas, ne se bagarraient pas, ne s'insultaient pas. Ils jouaient, partageaient, créaient, inventaient, riaient ensemble. Elle se leva pour aller chercher de la fleur de sel à la cuisine. Peu importait si elle embellissait la situation, si elle mentait, complice avec son mari d'en inventer sans doute un peu trop, elle méritait cette soirée de gloire.

Jeanne

Je ne vais tout de même pas lui dire la vérité. Je ne vais pas lui raconter les coulisses, les dessous du décor ! Elle qui me jauge et me juge.

Le quotidien ressemble à l'enfer et je ne respire que lorsque vous êtes chez les Duval. C'est ça la vérité. Cruelle, abominable. Quand vous vous échappez par la haie, j'ai le sentiment d'être libérée, et aussitôt que je formule ma pensée, je me sens ignoble, indigne d'être votre mère.

Ce n'est pas un problème d'amour. Enfin je ne crois pas. C'est juste que nous ne vivons pas dans la même dimension. Dehors, tu es un ange. Tout le monde t'adore, tu récoltes les bons points et les médailles : élève (parfait), joueur de foot (émérite), copain (rigolo), grand frère (à la vie à la mort). Et à la maison, rebelle, dictateur, ingérable. C'est comme si après avoir franchi la porte d'entrée, tu déposais ton costume et que tu redevenais toi. Le vrai toi, celui qui refuse les limites, qui me tient tête, qui est obsédé par Ninjago, ton nouveau dessin animé fétiche. Tu ne penses qu'à ça : prendre la tablette et regarder les épisodes les uns après les autres. Quand je te dis non, tu griffes, tu tapes, tu deviens menteur et roublard. Tu caches la tablette, tu me mens les yeux dans les yeux.

Et moi que fais-je ? Je n'essaye plus de comprendre, je ne vois rien, je fonce dans le tas. Je m'oppose, je résiste, je te prends de haut. Je crée un fossé qui nous sépare tant et tant qu'il n'y a plus de lien entre nous. Tu me détestes et tu te persuades que c'est réciproque. Et puis quand ta violence émerge, qu'elle nous terrasse, je cède. Je fais semblant de ne pas voir les dégâts que je crée ainsi. Pathétique...

24

Bruno tempérait sans succès, et plus les semaines passaient plus il appréhendait le retour à la maison. Baptiste cachait la tablette, changeait les mots de passe. Entre lui et sa mère, le dialogue avait disparu pour faire place à une guerre ouverte dont l'issue était systématiquement la même : une dispute, une punition, des mots dits trop vite, des pensées qu'ils regrettaient. Jeanne le trouvait injuste, il était persuadé qu'elle le persécutait.

— Il est comme tous les enfants de son âge, essayait de le défendre Bruno, quand elle se plaignait de leur fils.

— Tu lui trouves toujours une excuse, répondait-elle.

Elle s'agaçait, s'énervait. Baptiste s'épuisait et plus rien ne pouvait lui apporter de réconfort. Le petit garçon enchaînait les TOC et les tics avec la minutie d'une horloge suisse que sa mère prenait pour d'ultimes provocations : un bruit au fond de la gorge qui se répétait toutes les trente secondes, les mains qu'il portait à son nez et reniflait après avoir touché un objet, il refusait de manger son yaourt avec autre chose qu'une cuillère en plastique blanc et il demandait l'heure, tout le temps, sans raison. Il devait savoir l'heure. Comme s'il ne pouvait pas reprendre son souffle autrement qu'en rythme avec les secondes.

Au milieu de leurs combats, Paul gardait le sourire et son caractère heureux, Bruno courbait l'échine craignant le pire : Jeanne faisait une obsession sur le temps d'écran ce qui pour lui n'était qu'une petite concession qui n'avait pas d'importance et n'en faisait pas des parents démissionnaires ! Il constatait qu'elle s'épuisait au même titre que leur fils plongeait dans une rébellion injustifiée.

Pendant que Baptiste se concentrait sur une vie en pixels, Paul avait définitivement pris possession de tous les jouets de son aîné. Lego démembrés, vaisseaux Star Wars, même les dinosaures : la chambre de Baptiste s'était vidée au gré d'un exode définitif vers celle de son petit frère. Incapable de lui exprimer sa colère, il n'en ressentait pas moins une jalousie et une colère froide, exacerbées par sa mère qui ne faisait jamais de reproches au cadet tandis qu'elle l'abreuvait de remarques : « Encore sur un écran ! » ; « Tu pourrais faire un effort et jouer avec ton frère ! » ; « Oh, et puis arrête ce bruit dans ta gorge ! »

Elle n'avait pas compris que le raclement le calmait, que l'écran l'apaisait. Il rentrait parfois de l'école si fatigué, il n'avait plus d'énergie. Ses dessins animés étaient comme un hypnotique qui le rassurait et le réconfortait de ses efforts. Transporté dans les dessins animés, il n'avait plus besoin d'être lui. Son esprit se déconnectait de la réalité, il se reposait.

Mais tous les jours, elle lui rappelait à quel point il n'était pas un bon garçon, à quel point il était difficile.

Jusqu'à exploser.

— Tu ne m'aimes pas !

C'était à l'aube. La routine matinale avait été rompue. Bruno avait dû partir plus tôt et ne s'était pas occupé, comme le reste de la semaine, des petits-déjeuners de ses fils. D'habitude, quand Baptiste descendait à la cuisine, son bol était préparé, et la texture des céréales, parfaite, idéale, mais ce jour-là, rien n'était prêt, ce ne serait pas comme il aimait, cela n'aurait ni le même goût ni la bonne texture. Son ventre se contracta immédiatement sous l'effet de la contrariété et il se mit à se racler la gorge pour endiguer l'angoisse qui montait en lui. Mais Jeanne s'agaça et lui demanda plusieurs fois de se dépêcher. Au fond d'elle, elle savait ce qui contrariait son fils, mais elle n'avait pas envie de céder, non pas encore.

La boule qui se formait dans la gorge de l'enfant se transforma en rage. Et plus la boule grandissait, plus la colère et l'angoisse augmentaient, moins il était capable de faire ce que sa mère lui disait. Il était comme paralysé.

— Je sais bien que tu préfères Paul !

Les mots résonnèrent comme un coup de tonnerre dans la petite cuisine. Jeanne se retourna vers son fils. Qu'est-ce qui lui arrivait encore ? Il n'allait pas de nouveau lui sortir le refrain du favoritisme sous prétexte qu'elle le pressait d'avaler ses céréales. À sept heures du matin !

D'un coup, elle en voulut à la terre entière : à Bruno d'être absent, c'était toujours quand il n'était pas là que les drames se produisaient, à Baptiste qui n'en faisait toujours qu'à sa tête et se braquait au lieu de parler, et même à Paul, si seulement il pouvait arrêter de voler les affaires de son frère ! Baptiste restait dans sa position et boudait, Jeanne lui fit face. Elle serra les poings, et ne put contrôler la violence qui l'envahit. Elle attrapa le bol de céréales plein, et le lança de toutes ses forces dans l'évier. Il se fracassa avec bruit et projeta des débris partout autour d'eux.

— Tu me fais chier !

Paul retenait ses larmes, terrorisé par sa mère. Elle était de plus en plus souvent fâchée, mais jamais elle ne criait si fort ou était violente. Le corps de Baptiste céda : il se mit à pleurer sans pouvoir se contrôler.

Jeanne se rendit compte de ce qu'elle venait de faire.

— Pardon… Pardon, je suis désolée. Pardon…

Elle répétait les mots en boucle, entre deux sanglots. Comment avait-elle pu se laisser aller à une telle crise ? Son fils ne pouvait pas comprendre, ne pouvait pas être rassuré si elle n'était pas capable d'utiliser des mots au lieu de sacrifier un bol. Alors qu'elle l'aimait tant, qu'elle le chérissait de tout son cœur. Elle l'adorait. Elle l'entoura de ses bras, il se laissa faire. Il retrouva la tendresse, la sécurité, il s'y blottit, réconforté. Paul les rejoignit. Elle déversa le flot d'amour qu'elle avait en elle pour eux, eux deux, pas l'un plus que l'autre, mais bien pour les deux, elle leur redit qu'elle avait été conne, qu'elle était sans aucun doute une mauvaise mère, mais que l'amour était là, vraiment. Il fallait que Baptiste la croie et la pardonne. Elle avait la nausée, elle se sentait monstrueuse, elle était monstrueuse. Elle ne valait pas mieux que ces hommes qui battaient leurs femmes et pleuraient ensuite dans leurs bras. Est-ce que Baptiste et Paul étaient dupes ? Est-ce qu'eux aussi voyaient le monstre, est-ce qu'ils ne finiraient pas un jour par l'accuser, la rejeter et lui mettre le nez dans sa violence en lui criant : « Oui, tu es une mauvaise mère ! Oui, tu es un monstre ! » ?

Les autres rituels du matin furent bousculés, mais étrangement, Baptiste se sentait apaisé. Il n'avait pas eu le besoin pressant de sentir ses mains ou de se racler la gorge. La colère de sa mère avait désamorcé la sienne, et elle lui avait du bien : elle l'aimait. Autant que Paul, pas plus, mais pas moins. Il la croyait, il savait qu'elle ne lui mentait pas… Il lui avait aussi promis de dire les choses, de montrer plus ses sentiments, de l'aider à mieux le comprendre.

Ce matin-là, Jeanne resta longtemps face au désastre du bol explosé.

Bruno

Je la vois qui s'enfonce et je te vois qui te débats avec qui tu es. J'ai du mal, moi, à savoir qui je suis, alors toi qui n'es même pas ado ! Je vous en veux à tous les deux. Je sais que c'est con, mais parfois je me dis que tu pourrais faire un effort. Manger un bol de céréales le matin, ce n'est tout de même pas très compliqué, et je voudrais aussi que ta mère arrête de se proclamer victime.

Je regarde Paul, innocent, au milieu de tout ça. Qui t'accepte avec ton caractère compliqué, qui semble n'y voir aucun problème, qui te contourne et sait. Il possède ce sixième sens avec toi qui me rend jaloux. Il n'a pas besoin de mots, il comprend. Et plus je vous observe, plus je me rends compte de votre chance, d'être deux, d'être ensemble. Vous êtes liés, le mot fraternité est bien plus qu'une définition avec vous, c'est une osmose.

Je vous ai fait un monologue sur le respect de l'adulte, sur le fait de bien écouter votre maman, mais je me trouvais ridicule. Ce n'est pas ça le fond du problème, on le sait.

Jeanne

Nous sommes au parc, comme tous les jours après l'école. Rien, rien, absolument rien ne change de la routine quotidienne. Goûter, jeux, foot, chat. Je discute avec la maman de ton ami Titouan. Ils sont arrivés cette année après avoir vécu en Angleterre et en Suède. C'est une femme intéressante, pleine de ressources et d'inventivité pour résoudre les conflits entre ses cinq enfants qu'elle gère d'une main de maître.

Notre attention est attirée par des cris. Non pas des cris, mais plutôt des hurlements, stridents, qui provoquent sur mon épiderme des frissons de terreur. J'ai la chair de poule tant ils traduisent une rage hors norme. Nous tournons la tête. Je blanchis.

Une femme, que je ne connais que de vue, s'avance vers nous, elle tient par le bras son fils, un de tes camarades, je crois, qui pleure. Elle marche à grands pas, si pressée que l'enfant a bien du mal à suivre. Il trébuche, elle le secoue, et repart. Ses yeux me fixent, son visage rouge, sa bouche tordue dans une grimace qui me glace le sang. Elle n'est plus qu'à un mètre, mon regard est alors attiré par toi qui te relèves plus loin dans un coin du parc. Toi aussi, tu pleures, mais tes sanglots sont silencieux.

– Vous !

La voix déshumanisée vomit sa fureur. Je sais que c'est moi qu'elle apostrophe, et mon corps se referme sur lui-même, devient armure contre la violence étrangère, chaque nerf se tord, chaque muscle se resserre. La douleur m'envahit, des pieds à la tête, elle monte et referme chaque pore de ma peau, je suis un nœud. Dur. Je m'imperméabilise face à l'agresseur.

– Il faut faire soigner votre gosse ! Il a mordu mon fils ! Regardez ! Mais regardez !

Sur le bras de l'enfant que la mégère tord à souhait pour bien me montrer l'horreur, la trace des dents parfaitement incrustées dessine le contour précis d'une bouche. J'avale difficilement ma salive, et ma respiration est courte. Qu'as-tu fait ? Je n'entends pas ses insultes, elle me harcèle de reproches, je ne vois que tes jolies petites dents que tu brosses matin et soir, le léger espace qui sépare tes incisives, je les imagine qui se plantent avec force dans le bras de ce pauvre garçon innocent. Et puis tu viens vers moi, les yeux bas, la tête penchée vers tes chaussures, ton visage est rouge, tes larmes ressemblent à des torrents. La bonne femme se tait, avant de t'apercevoir et de reprendre sa diatribe :

– Toi là ! Tu vas t'excuser ! Je vais porter plainte, je vous préviens !

Ta main s'accroche à moi, mais j'ai mal, mal de devoir te la serrer, mal de te considérer comme un barbare, mal de croire qu'elle puisse avoir raison. Le reste du monde s'est tu pour l'écouter. Il est autour de nous, il nous épie et nous juge. Je vais m'écrouler, je n'ai plus de forces et pourtant, je dois jouer mon rôle, je dois défendre mon enfant, je dois être enfin cette mère que je prétends être, une mère digne d'être aimée par ses enfants.

Une petite voix, fluette et tendre comme la mie du pain chaud qui sort du four se fait entendre.

– C'est pas Baptiste le coupable.

Je n'arrive pas à me tourner vers la petite fille qui me dit ça. J'ai trop mal. Au cou, au dos, aux jambes, si contractées qu'elles sont dures comme du bois.

– Baptiste, il s'est cogné la tête en jouant, il est tombé par terre. Timéo, il lui a sauté dessus.

La petite fille est si jolie. Avec ses cheveux bruns qui encadrent son visage en triangle couleur du miel. Elle me sourit timidement. L'espace d'une seconde, je pense que j'aurais aimé avoir une fille comme elle. Une enfant sans problème aux jolis yeux tendres. Mais l'autre mère s'emporte de plus belle. « N'importe quoi ! Mon fils n'est pas un sauvage ! » et elle se penche vers la gamine et lui éructe au visage : « Tu mens ! »

Les copains de Baptiste affluent et leurs voix montent : « C'est pas Baptiste, c'est pas Baptiste... » Je reste muette, c'est la maman qui m'accompagne qui ose parler à ma place :

– On devrait peut-être demander aux enfants ce qui s'est réellement passé.

Son autorité naturelle fait taire la sorcière, et la petite se met à raconter : le jeu de chat, Baptiste qui veut échapper à Timéo en sautant sur un banc, mais l'autre le tire et le fait tomber. Il lui saute dessus et commence à l'étrangler.

Les mots se dispersent autour de nous, les autres approuvent, soupirent et chuchotent. Enfin, j'arrive à te prendre contre moi, à t'entourer de mes bras. Enfin, je te protège. Je baisse les yeux vers toi : tu fixes celui que tu considérais comme un ami. Il n'en mène pas large non plus, désolé du scandale déclenché par sa mère. Il sait qu'il est le méchant de l'histoire, que son esprit de compétition est responsable de ton humiliation. Il le sait.

– Bapt n'arrivait plus à respirer, il a mordu pour se défendre.

En passant la main sur ton front, je remarque la bosse, un œuf de pigeon, au-dessus de tes yeux immenses et tristes qui me donnent enfin la force de parler : « Tu n'as rien fait de mal mon cœur, tu n'as fait que te défendre. » Garder la mâchoire serrée. Ne pas pleurer. Ne pas s'écrouler devant lui, devant eux. Devant elle, surtout.

« Elle » est acculée. Sans un mot, elle tourne le dos, retourne sur son banc de reine mère où elle s'assied avant d'attraper le bras de son fils qu'elle secoue comme un prunier pour se venger. La douleur des dents sur sa peau est bien moins importante que le discrédit qu'elle s'est infligé elle-même.

– Les enfants, on rentre.

Le poids de Timéo sur ton corps, ses mains autour de ton cou, les accusations laisseront des cicatrices indélébiles. Mais le pire, c'est mon silence.

Ce silence qui emplit tout. Insupportable. Il envahit mon cerveau et laisse les mots de la sorcière me désagréger. Ce silence qui multiplie ma douleur par cent. L'immobilisme est si douloureux, je bouge, je gigote, je tente tout pour oublier le mal qui durcit tout mon corps : le ménage, changer les draps, cuisiner, rien n'y fait. Chaque geste est un supplice, mais ne rien faire me provoque encore plus de souffrance. Je brûle de l'intérieur. Le cou coincé, les mains crispées, le dos meurtri. Mais ce qui est bien pire que mon mal c'est que je suis incapable de porter sur mes épaules le poids du traumatisme causé à mon propre enfant.

25

Lorsque Bruno rentra après une longue journée de travail, Paul se précipita vers lui pour lui raconter. Il essaya alors de prendre en charge la maison. Mais il était maladroit, et il se fit bousculer par sa femme qui ruminait, soufflait, tel un taureau prêt au combat que l'on retenait de force dans son box. Il lui tournait autour comme une mouche sur la queue d'une vache.

— Il faut appeler SOS Médecins, chérie. Tu ne peux pas rester comme ça.

Elle le regarda. Qu'il était con. Qu'est-ce qu'il en savait de ce qu'elle pouvait supporter ? Elle était épuisée, à tourner en rond, à marcher pour ne pas s'arrêter. Et lui, il restait là, planté devant elle, bras ballants, incapable de la soulager. Alors qu'est-ce qu'il en savait ?

Mais les heures passaient, ses muscles se tendaient, à minuit la douleur la rendait folle. Elle appela la plateforme médicale. Il était cinq heures du matin quand elle entendit enfin la voiture du médecin se garer dans la petite rue. Elle n'était pas une urgence vitale, elle passait la dernière dans la longue liste des patients nocturnes de cet homme fatigué.

— Asseyez-vous.

— Non j'ai trop mal.

— Je vais vous soulager, mais ce sera difficile de vous piquer si vous êtes toujours en mouvement.

Elle ricana. Le bruit était affreux, on aurait dit un hamster en fin de vie. Le docteur avait planté une aiguille dans sa cuisse. Elle se trouva grosse, maigre, moche, elle ne voyait que sa cellulite, et un bout de chair flasque. Elle se détestait.

— C'est un antispasmodique. Cela va vite faire effet.

Effet sur quoi ? Sur sa vie ? Sa lâcheté ? Elle n'avait pas su défendre son fils, elle n'avait pas su dire à l'autre conne de fermer sa gueule de pétasse. Elle était restée livide devant l'attaque, mordue au sang, inerte. Elle n'était pas une bonne mère, depuis le temps qu'on le lui rabâchait, et qu'en secret, elle se le répétait, elle en avait la preuve ultime ! Elle voulait partir loin de ses enfants, c'était mieux pour eux, elle ne les méritait pas, ils avaient besoin d'une femme forte et digne d'eux. Elle était épuisée d'être sollicitée en permanence, de se lever le matin avec le désir violent de se recoucher immédiatement. Le liquide se diffusa dans ses muscles, la tension s'amenuisa.

— Une dame m'a insultée aujourd'hui. Accusant mon fils à tort d'avoir agressé le sien.

L'homme ne dit rien. Il prescrivit un traitement d'une dizaine de jours. Il s'en foutait de ses états d'âme. Qui cela intéressait ?

— Pour que la douleur passe, restez allongée et laissez la vague s'en aller.

Elle le maudit. Il n'avait jamais dû avoir mal de sa vie.

Trois semaines après, Jeanne était toujours coincée. Elle ne dormait plus, mangeait à peine. Elle décida de consulter de nouveau, mais cette fois son médecin de famille, même s'il n'était pas connu pour sa compassion.

— Vous êtes consciente que vous me décrivez tous les symptômes d'une dépression ?

Assise comme si elle avait un balai planté dans le derrière, à l'écouter lui annoncer ce qu'elle niait depuis longtemps, et à se demander pourquoi, si cela était si évident, il ne l'avait pas mise en garde avant, Jeanne continuait à serrer les mâchoires jusqu'à en avoir des crampes. Il assénait les mots. Les uns après les autres, dans une froideur qui lui gela les os. Elle hochait la tête, comme les chiens sur les plages arrière des voitures, mais n'était pas d'accord. Elle subissait sa douleur, son mal, mais tout cela était physique. Elle ne voyait pas bien le rapport avec sa tête.

— Non.

Le médecin se redressa de l'ordonnance qu'il s'appliquait à rédiger d'une écriture illisible, et la fixa.

— Comment ça, non ?

Il y avait comme une légère note de mépris dans sa réponse.

— Non, je ne ferai pas de dépression.

Il ricana.

— Écoutez madame, je crois que vous n'avez pas bien compris, on ne choisit pas d'êt…

— Non, je ne ferai pas de dépression.

Il haussa ses sourcils gris, puis posa son stylo et croisa ses mains velues sur le papier.

— Pourquoi êtes-vous venue me voir, alors ?

Chaque muscle était un nœud solidement amarré à sa culpabilité, chaque geste douloureux la ramenait à la vérité. Le professionnel de santé, aux murs recouverts de diplômes, avait raison : elle sombrait, elle n'y arrivait plus. Son couple, sa famille. Tout cela n'existait plus face à la détresse qui l'emprisonnait. Elle était amorphe, déshabillée de toute humanité, la colère devenait son seul radeau, elle s'y accrochait avec tant de force qu'elle n'en avait plus pour le reste, tout le reste, pour ce qui lui avait été jusqu'alors essentiel. Cette rage pouvait devenir son anti-dépresseur, sa lumière au bout du tunnel. Elle pouvait ne pas se laisser aller, ne pas renoncer. Elle avait juste à le décider, au fond d'elle, elle en était persuadée.

Elle n'avait pas le droit de renoncer.

Pas pour ses enfants, pas pour Bruno.

Pour elle, pour elle, pour elle.

Elle voulait du bonheur, elle voulait de la joie, elle voulait se retourner un jour sur ces temps opaques et pouvoir dire : j'ai réussi. Si elle acceptait le diagnostic de l'homme assis en face d'elle, elle s'enfermerait dans une cage. Et une fois prisonnière, elle ne pourrait plus chercher la clé. Elle ne voulait pas de cage. Elle eut l'impression physique d'arriver au bout d'un long voyage, de sortir du brouillard. Elle s'était égarée, elle avait fait des détours, elle avait écouté les mauvais conseils, mais qui devait lui imposer le reste de la route si ce n'était elle-même ? Elle seule se devait de redresser la tête, de reprendre sa boussole et de se diriger dans la bonne direction, celle qui lui convenait à elle.

— Je ne sais pas pourquoi je suis venue, reprit-elle après un long silence. J'ai mal, et je ne vais pas bien. C'est un fait. Mais est-ce que cela fait de moi une personne dépressive ? Non.

Le médecin ne répondit pas, il avait bien autre chose à faire qu'écouter les divagations de cette mère hystérique, d'autres patients l'attendaient, des vrais, avec des maux visibles, des virus et des bactéries à combattre, pas des états d'âme de bourgeoises. Il lui tendit une ordonnance, puis se ravisa et gribouilla sur un second papier des séances chez un kiné, et une liste de psychologues disponibles. On ne pourrait pas lui reprocher de ne pas avoir fait le nécessaire… Ah ces bonnes femmes, elles avaient voulu l'égalité des sexes, un travail, un salaire... et ensuite elles déraillaient au premier coup de vent !

Dès qu'elle sortit du cabinet médical et qu'elle se retrouva à l'air libre, Jeanne se dirigea en souriant vers la pharmacie. Elle tendit l'ordonnance fraîchement rédigée : non elle ne prendrait pas l'antidépresseur, elle voulait juste les anti-inflammatoires, oui c'était ça, oui oui merci c'était très bien comme ça, au revoir, bonne fin de journée ! La journée serait belle et celles qui suivraient aussi. Elle avait oublié la peur dans le cabinet médical, sur le siège à côté d'elle, et elle se sentait plus légère.

Le lendemain au parc, elle se dirigea vers la mégère. Elle se planta devant elle et fit signe à Baptiste de la rejoindre. L'autre arborait un air indifférent, mais remuait sur son siège, mal à l'aise. Au bout d'un moment, vraiment gênée par la présence de l'intruse, elle regarda Jeanne.

— J'attends, dit cette dernière.

La voix était rauque et grave. La colère et la détermination ne faisaient aucun doute. La mère de Timéo la regardait, l'air buté et hautain. Jeanne s'en moquait, et même, au fond d'elle, elle jubilait, elle espérait le scandale.

— J'attends. J'attends que vous nous présentiez vos excuses. À mon fils. Et à moi. Cela fait vingt et un jours exactement que vous l'avez accusé et insulté devant tout le monde. À tort. Ce n'est pas rien. Je pense que vous serez d'accord pour dire que vingt et un jours c'est long, et quand on a fait du mal à un enfant, c'est encore plus long... Alors j'attends maintenant que vous fassiez vos excuses, devant tout le monde, et à voix haute.

Elle tremblait. Après trois semaines de nœuds, son corps se déliait et se réveillait. C'était presque aussi douloureux que lorsqu'il s'était refermé, mais elle savait qu'au bout, l'attendait la délivrance. Elle était calme et déterminée. La femme rigola, genre « mais enfin c'est du passé », et tenta de se détourner vers sa voisine de banc. Sans succès.

— J'attends.

Jeanne patientait. Baptiste aurait aimé qu'elle arrête. Elle l'affichait. Mais elle ne lâchait pas l'affaire. L'autre enfin baragouina quelque chose.

— Non, ce n'est pas assez fort. Levez-vous ! Ayez le courage de vous excuser avec la même force que vous avez eue à nous insulter !

Elle n'en tira aucune gloire, aucune satisfaction. Mais elle avait prouvé au monde entier que personne n'avait le droit de toucher à ses fils qu'elle serait lionne, louve et enragée pour les défendre.

26

Baptiste s'était refermé sur lui. Il n'avait pas apprécié la sortie de sa mère au parc. Les regards braqués sur eux, ce n'était pas agréable. Déjà quand la mère de Timéo l'avait grondé devant tout le monde, il s'était senti si mal. Sa mère n'aurait pas dû en rajouter aujourd'hui, cela ne changerait rien, sauf que, depuis l'incident, Timéo était devenu le méchant de l'école et que beaucoup d'enfants lui avaient tourné le dos, ce qu'il n'avait pas trouvé juste. Il en voulait maintenant à sa mère, car elle ne lui avait pas demandé son avis avant de l'afficher ainsi devant tout le monde.

Quand ils arrivèrent chez les Duval pour la pause habituelle, il resta la tête baissée, le regard éteint. Il ne pipait mot, et ne désirait qu'une seule chose : être seul. Mais sa mère restait hermétique à son humeur. Depuis qu'elle avait vu le médecin, elle avait changé, elle était à la fois plus drôle, plus libre et en même temps, moins disponible, comme si elle avait érigé des frontières entre ses besoins et ceux de ses fils. Mais quand elle était avec eux, elle était là parce qu'elle le voulait, sa présence bouffait l'espace et il ressentait son amour pour eux puissance dix mille. C'est un peu comme si elle avait trouvé la règle du jeu pour les aimer mieux. Même si pour le moment elle lui cassait les pieds et qu'il n'avait aucune envie de rester ici à se tourner les pouces. Il irait bientôt au collège, il pouvait bien rester seul deux heures à la maison !

Avec Paul... Ça faisait moins peur.

— Je peux aller jouer au basket ?

Il n'hésita pas à interrompre sa mère qui racontait avec grandiloquence, l'épisode du parc à Marie. Elle acquiesça et Paul partit avec lui.

— Ils grandissent vite, remarqua la vieille dame. Bientôt le collège.

Elle eut un pincement au cœur et sa gorge se serra et Jeanne remarqua son trouble. Malgré elle, ses yeux se reportèrent sur le buffet. Dans un élan d'affectation, elle se leva pour enlacer son amie.

— Si tu veux m'en parler un jour, je suis là.

Elle aurait aimé dire des tas d'autres choses, sur la confiance qui les unissait bien au-delà de la simple relation de voisinage et de toutes les confidences du quotidien que Jeanne déposait aux pieds de Marie. Qu'elles avaient aussi des silences, ceux d'un passé, disparu avec l'arrivée de la petite famille dans la maison d'à côté. La jeune et la moins jeune, si proches et si loin. L'une avec un avenir, l'autre cramponnée à un passé.

Marie avait eu si souvent voulu se confier. Elle y pensait, se lançait même dans une hésitation, une suspension qu'elle seule percevait. Mais on ne racontait pas la douleur. On n'avouait pas le deuil. Il faisait partie d'elle, d'eux avec Armand. Il était devenu le ciment de ce couple qui avait tangué, une seule fois.

Ce soir-là, pourtant, la flamme dans les yeux de Jeanne la libéra de son silence. Marie se mit à raconter, sans qu'elle ne puisse retenir les mots, ils sortaient d'elle, comme une délivrance, un aveu lâché dans le noir du confessionnal.

Marie

Notre vie aurait pu être si douce, si belle, si tendre. Je regarde en arrière, mes yeux fatigués d'être plissés à force de consulter mes souvenirs. Ils sont omniprésents, mais depuis votre arrivée, ils s'effacent un peu chaque jour, vous prenez leur lumière, vous éclairez la fin du chemin. Si tu savais le bonheur qu'avec ton frère vous nous apportez chaque jour. Vous êtes notre famille.

Ce qu'Armand ne vous a pas raconté, c'est ma trahison.

J'ai cessé de croire à notre amour.

Après tant d'années passées à attendre un miracle, à désirer un enfant qui ne venait pas, je me suis asséchée. Mon cœur s'est ratatiné, et j'ai laissé l'aigreur et l'amertume m'envahir.

À l'approche de mes quarante ans, j'ai remplacé les hormones par les antidépresseurs et la rancune. L'amour est allé voir ailleurs, je devais trouver un coupable et il n'y avait qu'Armand pour tenir le rôle. Je détestais sa gentillesse, sa présence constante et rassurante, sa renonciation. Je le trouvais lâche. Je le détestais autant que je me haïssais.

À nous voir maintenant, on ne dirait pas. Mais non contente de ne pas lui avoir donné de famille, je rompais notre promesse de mariage ; notre amour désavoué à l'autel de la stérilité, je suis partie, je l'ai quitté.

Le matin de mon quarantième anniversaire, celui que je redoutais tant, qui signait la date de péremption de mes ovules recouverts de moisissure. Je me souviens de son regard, du désespoir qui émanait de tout son être. Je savais ce qu'il ressentait puisque je ressentais la même chose, mais peu importait, j'avais besoin de faire du mal, profond, violent, insoutenable, de détruire le peu qui me restait d'humanité à travers lui.

Il ne m'a pas suppliée.

Ses yeux embués, il m'a juste demandé de faire une dernière fois l'amour. Notre union, cette nuit-là, a été d'une beauté tragique. Nos orgasmes et nos larmes mêlées. Nos adieux.

J'ai refermé la porte, une seule valise à la main, j'avais laissé dans la maison qui j'étais, mes rêves, mes espoirs et mon grand amour. Je me suis enfermée dans une chambre d'hôtel miteuse. Chaque soir, je me scrutais dans le miroir blanchi par un néon de mauvaise qualité, je comptais mes rides, autant de déceptions, j'avais envie de mourir.

J'alignais devant mon lit les bouteilles de whisky que je ne buvais pas, elles me défiaient, sournoises, me rappelant sans cesse ma lâcheté, même me soûler je n'en étais pas capable !

Presque un mois plus tard, j'ai ressenti les premiers symptômes. Ceux que j'avais tant souhaités, qui s'étaient refusés à moi toutes ces années. J'ai fait la queue des heures dans un laboratoire à l'autre bout de Paris, dans un quartier où j'étais certaine de ne connaître personne. Il a fallu patienter pour avoir les résultats. Je me suis assise à la terrasse d'un café, il pleuvait tant et si fort, je riais que le plus beau jour de ma vie ressemble au déluge.

« Positif. »

Il a suffi d'un seul mot. Minuscule presque ridicule pour que je me retrouve, que je veuille de nouveau vivre et aimer.

Armand !

Vite courir me jeter dans ses bras, lui demander pardon d'avoir douté, lui dire qu'il avait raison ! Et que je n'avais jamais été aussi heureuse d'avoir eu tort.

Je suis revenue avec le résultat du test dans la main. J'ai demandé à Armand de me pardonner. « Aimer ce n'est jamais à avoir dire qu'on est désolé. »,[3] m'a-t-il répondu en me laissant entrer dans la maison. Bien plus tard, il m'avoua qu'il avait rêvé de mon retour et de ma grossesse.

Son amour a porté les neuf mois qui ont suivi avec une douce allégresse. Et puis Stéphane est né.

Ta mère m'a révélé il n'y a pas très longtemps que dès ta naissance, elle a compris que quelque chose était différent chez toi. Moi, je n'ai rien vu chez mon fils. Je l'ai entouré d'amour, je l'ai chéri comme un diamant, et je l'ai tant couvé, que j'ai oublié de le regarder tel qui était. En décalage. Si calme, si posé. Il n'aimait rien de plus que lire, tenir mes pelotes de laine, jardiner avec son père. Il étudiait les arbres et les fleurs, il adorait les abeilles. Il nous vénérait Armand et moi. Que pouvions-nous lui trouver de mal ? Il nous apportait ce qui nous avait tant manqué depuis le début de notre mariage, il avait fait de nous des parents, nous lui donnions donc un amour inconditionnel et totalement aveugle.

Il était intelligent, mais délicat. Il n'aimait pas le ballon ou le sport, il préférait étudier les fleurs et la nature, écouter de la musique et danser pour moi, à la manière d'un Patrick Dupont.

À l'école, il se faisait bousculer, on se moquait de lui. Les garçons l'appelaient Stéphanie, les filles faisaient semblant d'être ses copines pour mieux le harceler. Et nous, ses parents, ceux qui étaient censés le protéger, nous ne voyions rien, nous minimisions les attaques, nous lui prodiguions des conseils idiots

---

[3] *Love Story* film de Arthur Hiller - 1970

pour lui apprendre à se défendre. Mais comment se défend-on de qui on est ?

Il n'était pas ce que le monde attendait de lui.

La veille de ses treize ans, il est parti au collège.

Il a acheté un ticket de RER, il est allé sur le quai, il a attendu qu'une rame sans arrêt passe à grande vitesse, et il s'est jeté dessous.

27

La nuit tombait au même rythme que les aveux de Marie, soutenue par son mari, soufflaient sur l'âme de Jeanne. Elle ne bougeait pas, emprisonnée dans l'idée aiguë de ce qui se jouait avec la révélation de son amie. Les garçons avaient joué au basket jusqu'au retour de leur père, qui lui avait ensuite envoyé un SMS « prends ton temps, je gère. » Elle n'avait pas répondu. Bien sûr qu'elle allait prendre son temps. Bien sûr qu'il gérerait ! Et si ses enfants ne mangeaient pas tout de suite, s'ils regardaient la télé, s'ils ne prenaient pas de bain et qu'ils se couchaient un peu plus tard ce soir, quelle importance ?

Elle caressa d'un pouce distrait le cadre photo que Marie lui avait tendu : Armand et elle le jour de la naissance de Stéphane.

— Tu te rends compte Jeanne ? Il était si malheureux qu'il a décidé d'arrêter de vivre ! Et la seule chose à laquelle il a pensé c'est nous écrire une lettre, nous expliquer pourquoi il ne voulait plus vivre, et dans aucun de ses mots, il ne nous a accusés son père et moi… Même au plus profond de son désespoir, il a d'abord pensé à nous. Mais quel enfant qui reçoit assez d'amour peut en arriver là ?

Jeanne rentra groggy chez elle. Les confidences qu'elle venait de recevoir résonnaient comme un écho en elle. Elle imaginait Stéphane et sa douleur, et elle revit tous ces moments insignifiants aux yeux du monde, mais qu'elle seule percevait, où Baptiste ne se comportait pas comme les autres. Elle le savait, elle le ressentait au fond de son ventre depuis qu'il était né, son fils portait en lui quelque chose de spécial. Les mots de ses voisins, le timbre de leurs voix unies jusque dans le deuil, vibraient en elle. En traversant le trou dans la haie, elle s'arrêta une seconde essayant de comprendre pourquoi Baptiste avait eu besoin de faire cette liaison entre sa maison et celle des Duval. Avait-il dès son plus jeune âge ressenti leur douleur, l'absence de leur fils ?

— Coucou !

Bruno était dans le salon, il somnolait à moitié devant un film. Elle vint s'asseoir près de lui.

— Il faut que j'aille voir les garçons ?

Il ne répondit pas. Elle observa son profil. Sa bouche était fermée et tendait vers le bas. Il boudait.

— Merci d'avoir tout géré.

Seul le dialogue du film de seconde zone lui répondit.

— Tu sais… Marie et Armand… ce soir… enfin, ils m'ont parlé.

Silence.

— De Stéphane. Ils m'ont raconté toute l'histoire.

Bruno se leva.

— Super.

Il éteignit la lumière et se dirigea vers l'escalier.

— Tu m'en veux ?

Jeanne posa la question d'une voix légère, mais son mari se tourna vers elle.

— Pourquoi ? Je devrais ?

Son ton était agressif, et dans son attitude, une forme de violence contenue.

— Pourquoi je ferais la tête ? C'est vrai… après tout, j'ai passé une soirée magnifique à gérer des gosses surexcités, à devoir trouver de quoi faire un dîner dans un frigo vide et des placards dignes de l'époque de l'URSS, pendant que madame se la coulait douce à côté, à pleurer sur le malheur des autres. C'est vrai, c'est tellement plus intéressant que notre vie à nous, hein ? C'est passionnant d'aller se gorger de l'histoire sordide de deux vieux qui n'ont rien à faire d'autre que s'occuper de nos enfants !

Bruno hurlait, mais à voix basse pour ne pas alerter les garçons. Il n'arrivait plus à retenir sa frustration et sa colère. Elle l'avait laissé seul. Seul face à l'inquiétude de Baptiste, face aux questions de Paul « Maman revient ? Maman va faire un bisou ? Maman est chez Marie ? Pourquoi maman ne revient pas ? »

Plus il crachait sa rage, plus sa bouche se déformait, il devenait laid et ses yeux injectés de sang. Mais ce que vit Jeanne c'est un petit garçon qui criait sa frustration.

— Pardon…

— J'en veux pas de tes excuses ! Putain !

Les larmes roulaient sur ses joues rouges. Il se sentait tellement nul.

Bruno

Elle est debout, dans le salon, elle me dit pardon, mais je vois bien dans son regard qu'elle me toise, qu'elle voudrait me dire d'aller me faire foutre avec mes états d'âme et ma colère ridicule.

Et moi, je lui en veux, parce que ce soir, elle n'a pas été là quand j'ai eu besoin d'elle, de son soutien, de son réconfort, de ses idées, de tous ces détails qu'elle connaît sur vous deux et qui m'échappent. Elle écoutait la vie des Duval. Je les adore, ils sont tops et tiennent un rôle important dans votre vie d'enfants, mais ce soir, moi, j'avais besoin d'elle.

Puéril.

J'ai pété les plombs. Et je suis à deux doigts de t'en rendre responsable. Pathétique. Jusqu'au bout.

Cela fait plusieurs semaines que tu recules l'heure du coucher, que tu ajoutes encore et encore des rituels, que tes tocs deviennent encombrants et ingérables : allumer la lumière du couloir, laisser la porte entrouverte d'une certaine manière, ni trop ni pas assez, la lecture, dix, quinze, vingt minutes, la couette comme ci, les peluches comme ça. Ce soir, c'était pire. Et en plus tu savais que je n'étais pas d'humeur, que je voulais être tranquille. Je t'ai demandé plusieurs fois « d'être gentil », « maman n'est pas là, je suis fatigué, tu peux comprendre à ton âge », mais c'est comme si plus je te suppliais plus tu en étais incapable.

Tu m'as appelé, rappelé. Une fois, deux fois trois fois. Je ne suis ni aveugle ni con, j'ai bien vu que tu avais peur, que tes angoisses du soir étaient plus tenaces que d'habitude. Certainement parce que tu imaginais ta mère à côté parlant d'un mort. Je m'en foutais, j'avais ma colère et ma rancune à entretenir. Moi aussi je peux être égoïste et penser qu'à ma gueule. J'ai fini par sortir une phrase que je regretterai toute ma vie.

– Écoute cela suffit maintenant. J'en ai marre ! Tu ne veux pas arrêter ton cinéma, regarde ton frère ! Il est gentil lui !

« Regarde ton frère... » Bravo mec, t'assures dans le rôle du père parfait. Tu viens de rabaisser ton gosse. J'avais pas fini de parler que je me rendais compte de la connerie de ce que je t'avais balancé. Je me suis excusé, bien entendu, mais sur ton visage était empreint d'une douleur presque physique.

Je suis resté alors avec toi, j'ai ravalé mes larmes, même si je bouillais intérieurement. Cette situation ne serait jamais arrivée si ta mère était rentrée, si elle ne jouait pas à l'indépendante et à celle qui passe au-dessus des règles, de nos règles, de ses règles, putain ! Depuis qu'elle a envoyé bouler le docteur, elle se comporte comme si tout ce qu'on avait construit n'avait plus d'importance, comme si notre vie n'avait plus de sens. Elle décide, elle agit et elle me laisse sur le bas-côté.

Elle me réduit à rien.

28

Jeanne fixait son mari. Un étranger. Que se passait-il dans sa tête et dans son cœur, pour que d'un seul coup il se transforme en ce monstre vengeur ? Il vomissait les reproches, déversait tout son ressentiment sans pouvoir s'arrêter.

— Est-ce que tu réalises à quel point tu m'exclus de ma propre famille ?

Il tournait en rond. Elle était encore debout près du canapé, plantée au milieu du salon.

— Tu arrives la bouche en cœur d'avoir reçu les confidences de Marie ! Super ! Et les miennes de confidences ? Et mes peurs et mes angoisses ? Tu ne t'en soucies jamais ! Je suis bon à rapporter l'argent, à faire le « papa rigolo », à hocher la tête comme un béni-oui-oui !

Elle voudrait s'approcher de lui, tendre la main. Le contact restait toujours le meilleur des remèdes. Leurs peaux se reconnaîtraient, elles se sentiraient, ce serait comme une odeur familière qui apaiserait tout. Mais Bruno n'avait pas encore tout craché.

— C'est mon fils aussi ! Pourquoi j'ai le sentiment que je ne fais jamais ce qu'il faut ? Que quoique je te dise, tu n'en feras qu'à ta tête, que tu décideras seule ! Non ! Tu n'as pas le droit !

Il s'assit, épuisé. Il cacha son visage dans ses mains, renifla, elle l'entendit qui répétait « ce sont mes fils aussi, ce sont mes fils… »

— Je te demande pardon. Je suis désolée. C'est vrai tu as raison. Je ne te laisse pas l'espace qui est le tien. Mais… j'avais l'impression que tu n'en voulais pas, que notre *deal* du « je travaille de la maison » sous-entendait aussi que je gérais tout. Pourquoi tu n'as rien dit avant ?

Il releva la tête.

— Je suis le roi des cons. Baptiste a eu du mal à s'endormir, je voulais que tu sois là, je voulais que tu t'en occupes, pas que tu jacasses avec la voisine. J'avais pas envie d'en faire une histoire, j'ai pas envie qu'on dise de notre fils qu'il est asocial, je voudrais que tu fasses attention à moi. Même quand t'étais au plus mal, que t'étais coincée, j'ai voulu t'aider et tu ne l'as même pas remarqué.

Elle vint s'asseoir près de lui.

— Il est asocial. Mais ça va, on gère. Il s'adapte…

— Non tu gères. Tu l'adaptes. J'ai l'impression parfois que mon propre fils est un étranger.

— Il va rentrer au collège dans pas très longtemps. Il aura besoin de toi, c'est pas facile l'adolescence, le corps change. Et puis, vous avez le foot, vous avez l'humour…

Elle tendit la main qu'il saisit avec force. Comme un noyé qui revenait à la surface après avoir bu la tasse.

— Mais tu ne peux pas me reprocher de tout prendre sur moi. Non… t'es aussi responsable que moi, tu m'as laissée faire. Tu n'as pas toujours pris ma défense lorsqu'on se faisait critiquer parce que Baptiste ne disait pas bonjour, tu ne m'as pas soutenue pour aller voir le psy…

— Excuse-moi, mais quand on voit le résultat !

— Oui, mais si je suis seule à m'inquiéter, à vouloir faire quelque chose, si son propre père se met des œillères…

— Donc en fait c'est ma faute maintenant ?

Il se leva et ne lui laissa pas le temps de finir. Il quitta la pièce. Jeanne ne supportait pas cette situation. Elle eut envie de le secouer, de lui ouvrir les yeux. Qu'il prenne une semaine sa place et il comprendrait : anticiper les sorties scolaires, tous les matins rappeler les horaires, les événements qui sortent de l'ordinaire… Ils ne se dirent pas bonne nuit, c'était la première fois depuis le début de leur histoire. La nuit fut blanche, les pensées noircies par le ressentiment.

29

Bruno descendit à l'aube. Il avait trouvé la place vide et froide à côté de lui dans le lit. Encore dans un demi-sommeil, il avait caressé l'oreiller de Jeanne jusqu'à ce que les événements de la veille remontent à sa mémoire et que la rancune ne remplace le manque. Il descendit, laissant ses bruits envahir l'espace, conscient d'être désagréable dans ses mouvements, de bouffer le silence de la maison endormie comme ce sentiment qui l'oppressait de plus en plus. Il avait besoin d'air. Il se fit un café, ouvrit la porte de la cuisine sur la cour, laissant l'air frais entrer : il avait vue sur le trou. Il laissa sa tasse sur la table, et remonta prendre une douche. Il se préparait comme si de rien n'était, comme si les autres habitants n'avaient pas besoin de lui, de sa routine matinale pour entamer la leur, comme si son rôle n'était que le néant de ce qu'il ressentait.

Jeanne l'avait entendu. Bien sûr qu'elle l'avait entendu. Le cou tordu par la nuit passée sur leur vieux canapé, le même sur lequel dormaient Bruno et Baptiste lorsque bébé, ce dernier n'acceptait que la chaleur humaine comme doudou, elle attendit. Qu'il vienne, qu'il fasse un geste vers elle, lui demande pardon, engage la discussion, réveille les enfants dans un rire, apporte le café. Peu importe, mais qu'il refasse à l'inverse d'hier le chemin vers la réconciliation.

— J'y vais. À ce soir.

Il passa devant elle, sans un mot, sans un regard. Et la seule pensée qui lui vint fut : « les enfants vont être si tristes de ne pas le voir ce matin. » Puis elle se leva pour préparer à temps le bol de céréales.

La journée s'étala en longueur dans un brouillard épais, entre fatigue et rancœur, entre inquiétude et colère. Elle refusait l'idée que leur union sombre et qu'ils ne réussissent pas à surmonter cette épreuve. Mais elle n'acceptait pas les reproches de son mari. Elle se répétait qu'il avait la place qu'il prenait. Les heures tournaient sur le cadran de l'horloge vintage de la cuisine, elle n'arrivait pas à se concentrer : sur son écran d'ordinateur, les mots valsaient, s'échappaient et n'avaient plus aucun sens. Elle attendait avec impatience de retrouver ses fils, de les embrasser, de leur dire à quel point ils étaient exceptionnels. Sa dispute avec Bruno avait annihilé les émotions des confidences des Duval, mais seule, elle revivait la scène de la veille, elle revoyait les yeux de leurs amis, le silence qui leur avait volé leur enfant.

L'enceinte Bluetooth de la cuisine balançait ses morceaux préférés, ceux qui la rendaient nostalgique. Son esprit dériva vers son couple, vers Bruno, l'amour qu'elle ressentait pour lui malgré la colère. Voilà maintenant qu'elle riait à écouter Charles Aznavour ou la version de *Every Breath you take* chantée par Robert Downey Jr. dans *Ally McBeal*. Elle se transformait en une véritable éponge sentimentale. Elle se laissa aller à la rêverie et imagina que son mari était à côté d'elle, qu'ils se criaient à quel point ils s'aimaient, qu'ils se demandaient pardon et se promettaient de nouveau un amour éternel, qu'ils se répétaient que leurs défauts étaient les premières choses qu'ils avaient aimées chez l'autre et que leur vie ne valait d'être vécue que parce qu'ils étaient eux et qu'ils étaient ensemble. Oui, cela aurait été si beau, si émouvant. Les enfants seraient venus ensuite se jeter dans leurs bras, « Papa, Maman ! Nous aussi on vous aime ! »

Jeanne éteignit son enceinte, referma l'ordinateur qui n'avait servi qu'au reflet de ses idées folles, et reprit sa routine de mère au foyer. Immuable. Boulangerie, pain et goûters, puis école primaire. Elle se posta à la même place, comme toujours, et attendit patiemment que ses enfants sortent de l'école. L'autre folle, la mégère hystérique du parc arriva, hésita, puis se mit à l'opposé. Jeanne sourit, victorieuse. C'était mesquin, mais elle s'octroya ce plaisir méchant en toute conscience.

Pendant ce temps, Bruno se traînait au travail comme s'il avait pris une cuite la veille. Son mal de tête n'était pourtant pas un reste d'alcool, mais bel et bien un mal d'amour. Il ne comprenait pas comment il avait pu se mettre dans un tel état pour si peu. Il était littéralement sorti de son corps et avait craché des reproches qui ne lui étaient jamais venus à l'esprit avant. Il s'en voulait, mais ne parvenait pas à revenir en arrière. Il pensa à ses fils : il était parti sans les voir ce matin, c'était tellement nul de sa part. Il se rattraperait ce soir. C'était vendredi, il organiserait un week-end festif, les emmènerait au ciné, au resto, il se ferait pardonner. Quand dix-huit heures sonnèrent, il quitta son entreprise, il était rare qu'il fût aussi inefficace.

Ni Paul ni Baptiste n'eurent envie d'aller au parc, ce qui donna l'occasion à Jeanne de se réfugier chez les Duval. Elle en ressentait un besoin presque physique et n'hésita pas une seconde à étreindre Marie. Armand lui caressa maladroitement l'épaule, puis il entraîna les deux garçons avec lui pour jardiner, comme tous les jours. Les deux femmes se retrouvèrent seules.

— Tu me sembles bien fatiguée, remarqua la retraitée.

La mère de famille haussa les épaules.

— Tout va bien ? Je…

Marie la coupa.

— Notre histoire ne t'a pas trop chamboulée ?

— Non !

Jeanne redressa la tête, il était hors de question que son amie puisse se sentir responsable de son état ! Devant sa mine interrogative et inquiète, elle n'avait pas d'autre choix que d'être honnête.

— Disons… Disons que mon retour à la maison a été houleux hier soir. Je n'ai jamais vécu de dispute aussi forte avec Bruno.

Elle grimaça un sourire, la tristesse accrochée à son visage fatigué.

— Je n'ai pas envie d'affronter sa colère. Il mélange tout.

De nouveau ce poids sur sa poitrine. Ce poids qu'elle pensait avoir déposé dans un coin après avoir refusé d'être déclarée « dépressive », le même qu'elle sentait sur les épaules de son fils les jours « sans ». Et il fallait que cela soit son propre mari qui lui remette dessus !

— Penses-tu que nous devions faire quelque chose pour Baptiste ?

La question était abrupte, elle ne l'avait pas préméditée. Mais chaque jour, un peu plus, elle se sentait déroutée par ce qu'elle pressentait chez lui et ce que les autres ne cessaient de lui renvoyer, à commencer par son propre père ! Sans qu'elle y ait réfléchi, il lui sembla évident de solliciter le conseil de sa voisine qui connaissait l'enfant depuis sa naissance et qui avait été la seule à remarquer « sa différence » alors que le psy, le pédiatre et autres directrices d'école la prenaient de haut et la renvoyaient dans ses pénates.

Elle n'avait rien dit à personne, mais elle ressassait une découverte faite quelque temps auparavant alors qu'elle écoutait une émission de radio. Les invités, des parents et des psychiatres, étaient venus parler d'une pathologie compliquée et difficile à diagnostiquer : l'autisme. Comme la moitié de la planète, adolescente, elle avait vu *Rain Man*[4] au cinéma et en avait gardé l'image d'un Dustin Hoffman à mi-chemin entre idiot du village et singe savant. Assise sur une chaise de la cuisine, telle une image fanée d'un temps ancien, elle avait écouté de grands psychiatres reconnus égrener comme un chapelet certains signes qui devaient alerter les parents, comme l'obsession pour un sujet unique et l'inadaptation à l'environnement social.

Les mots avaient traversé les ondes et étaient venus percuter son cerveau. Elle sortait d'un long sommeil, elle ouvrait les yeux après un rêve dont elle comprenait enfin le sens.

Attentive jusqu'au bout du programme, elle avait noté les références, puis s'était empressée de surfer sur le web à la recherche de concordances avec son fils. Les sites spécialisés insistaient sur le regroupement de plusieurs symptômes particuliers et uniques avant d'envisager l'autisme : manque d'interaction, le regard fixe, intérêts répétitifs et envahissants, ne pas supporter le bruit ou la lumière, certains allaient parfois jusqu'à donner des descriptions détaillées comme le fait de se taper la tête contre les murs. Les pages défilaient, amenuisant sa certitude. Quel que fût le site consulté, la conclusion n'était pas celle qu'elle

---

[4] *Rain Man* avec Dustin Hoffman et Tom Cruise, film de Barry Levinson, 1988.

attendait : le regroupement des symptômes n'accordait aucun crédit à sa théorie. Elle devait avoir un grain pour ne serait-ce qu'envisager que son fils puisse être autiste !

Elle revint à Marie qui la fixait.

— Je ne sais pas. Penses-tu que tu doives faire quelque chose ? N'as-tu pas déjà essayé ?

La voix était plus ferme que d'habitude. Jeanne se demanda si elle n'avait pas blessé son amie.

— Je… Pardon, Marie, je ne voulais pas…

— Je sais. Nos vies n'ont rien à voir Jeanne. Ton fils est peut-être différent, mais crois-moi, pour le moment ta priorité n'est pas là. Tu ne pourras plus l'aider si votre couple bascule.

L'image de Bruno s'imposa. Douloureuse. Les yeux de la jeune mère s'embuèrent.

— Je vais rentrer.

La retraitée hocha la tête en signe d'assentiment.

Jeanne arriva en même temps que lui. Les garçons étaient restés avec Armand, ils devaient planter des radis et semer des fleurs des champs.

— Où sont les enfants ? l'interrogea Bruno en la voyant pénétrer seule par le jardin.

Elle s'arrêta une seconde. Le ton était encore brutal, elle hésita à lui dire la vérité, qu'ils avaient voulu rester chez les voisins une partie de la soirée à s'amuser. On était vendredi, ils n'avaient pas école le lendemain…

— Ils… sont chez Marie et Armand.

Elle déposa leurs cartables au bas de l'escalier et évita de poser les yeux sur lui. Il soupira.

— J'espérais passer une soirée en famille.

— Désolée, tu veux que j'aille les chercher ?

Aucun d'eux n'était dupe. Leurs voix sonnaient faux, la distance physique qu'ils préservaient de toutes leurs forces, les regards qui ne se croisaient pas…

— Non… tant pis. Tu veux boire quelque chose ?

Il n'eut pas d'autre geste. Pas de tendresse ni de baiser sur le bout des lèvres.

— Euh… Oui, merci.

Il ouvrit le réfrigérateur, sortit une bouteille de vin blanc, servit deux verres, tendit le sien à sa femme.

— Veux-tu qu'on s'installe dehors ? demanda-t-elle.

— Non.

Il retourna dans le salon, s'installa dans le canapé et alluma la télé assez fort pour qu'elle comprenne qu'il ne voulait pas parler. Mais elle n'y tint plus.

— Chéri, je crois… enfin, je ne sais pas, j'espérais qu'on discuterait.

— Et c'est pour ça que t'as laissé les gosses à côté ?

Aucun doute, il était en colère.

— Non… ce n'est pas pour ça. Ils en avaient envie, ils n'ont pas école demain…

— Et moi ? Le fait que j'ai envie de faire une soirée en famille, tout le monde s'en fout ?

— Tu fais chier.

Elle l'avait dit tout bas, d'une voix grave et distante. Elle n'avait pas envie de se battre, pas envie d'argumenter, pas envie de devoir encore se justifier. Il la fixa d'un air méprisant puis quitta la pièce, elle entendit la porte d'entrée claquer. Après quelques secondes, pendant lesquelles elle avait retenu sa respiration, elle laissa échapper un long soupir. Elle se détesta de se sentir libérée d'un poids, d'être soulagée. Elle vida son verre d'un trait, hésita encore une seconde avant d'aller le remplir de nouveau.

Dans la rue, Bruno parcourut son répertoire téléphonique de A à Z. Il appela d'abord un des anciens potes, de ceux qu'il avait connus étudiant, oubliés sur le bord de la route, entre le mariage et les mômes. La conversation fit long feu : à l'autre bout du fil, derrière la voix fatiguée de son vieux copain de beuverie, des cris d'enfants, un bébé qui pleurait. Il ne tombait pas très bien. Il pouvait rappeler à un autre moment ? C'était l'heure du dîner des enfants.

Deux heures plus tard, après dix tours du quartier, et avoir effacé tout autant de numéros erronés, il ne s'était même pas arrêté boire une bière dans le seul bar du coin. Il avait marché, rôdé, erré.

C'était la fin de leur histoire.

Demain il serait célibataire, il aurait à gérer ses gosses un week-end sur deux, il n'aurait aucune idée de ce qui les rend heureux ou tristes, et surtout sans Jeanne à ses côtés, il ne pourrait plus partager avec elle des fous rires, des blagues idiotes, il vivrait dans un appartement miteux pour payer la pension alimentaire, les enfants le considéreraient comme un traître et un lâche, et lui aurait perdu sa femme. L'amour de sa vie, celle qui se battait, qui osait, qui ne se décourageait pas, même alors qu'elle était au fond du trou. Mais quel couillon il faisait, il allait perdre Jeanne pour une histoire de fierté mal placée !

Baptiste

Il va faire nuit. Il faut rentrer.

Moi, le noir, ça me fait peur, je ne pourrai pas passer par le trou s'il fait noir.

Mais j'ose pas. Paul s'amuse.

J'ai la boule qui s'installe. Je baisse la tête. Je ne veux pas montrer que j'ai peur, je suis le grand.

Paul me dit : « On y va ? » Je vois bien qu'il a compris.

30

Quand ils arrivèrent, sales et transpirants alors que la nuit commençait à tomber, Jeanne mit ses deux fils à la douche comme si de rien n'était. Elle leur lava les cheveux en pestant par habitude, mais au fond, elle était soulagée qu'ils n'aient pas assisté à sa dispute avec Bruno.

— Il est où Papa ? demanda le benjamin de la famille en enfilant son pyjama.

— Il est sorti.

Elle répondit vite, et détourna l'attention sur le dîner qu'ils allaient prendre devant un dessin animé. Elle évita de regarder son portable, de guetter les bruits qui indiqueraient le retour de son mari. Elle écouta d'une oreille distraite le film. Et puis, ce fut l'heure de les coucher. Baptiste se referma.

— Papa va revenir quand ? Il va venir nous dire bonsoir ?

L'angoisse s'installait dans son corps de petit garçon. Papa revenait toujours pour leur faire un bisou, l'histoire ou les dents. S'il devait être absent, il les prévenait avant parce qu'il savait à quel point c'était important de savoir, surtout pour le soir, surtout pour aller au dodo. Baptiste devinait le malaise de sa mère qui se rongeait les ongles. Elle essaya une nouvelle fois de faire comme si tout était normal. Mais elle savait que ce petit grain de sable dans le rouage du coucher provoquerait chez son fils aîné une terreur difficile à contenir.

Dans son lit, l'enfant guettait. Il observait en tremblant les ombres qui se dessinaient sur les murs de sa chambre et se persuada qu'un monstre était tapi dans le placard. Il appela sa mère. Elle était fatiguée, et sans doute avait-elle trop bu, il avait bien remarqué la bouteille de vin vide sur la table de la cuisine, et il devinait son impatience à travers ses gestes.

— Baptiste, il est tard, il faut dormir.

C'était si facile pour eux, les adultes, de toujours répéter cette phrase. Il faut dormir, oui, il savait, il essayait de toutes ses forces, ils n'avaient pas l'air de s'en rendre compte à quel point il essayait, à quel point cela l'épuisait et à quel point ses yeux restaient ouverts.

— Tu veux dormir avec ton frère ?

Sa mère avait lancé l'idée, excédée, à bout d'arguments, comme la dernière des solutions, une bouée à la mer, l'ultime sauvetage du naufragé. Mais dans la poitrine de Baptiste, ce fut l'explosion, la libération. Même si Paul dormait déjà, sa présence, son souffle régulier et ce petit grognement qu'il faisait lorsqu'il changeait de position, tout cela était pour Baptiste une musique douce, aussi rassurante que les battements du cœur de sa mère quand il était bébé. Il hocha la tête.

— Oui…

Alors en silence, ils déménagèrent la couette, le matelas, les doudous. Le garçon glissa sur le parquet de la chambre de son frère avec la légèreté d'un patineur sur la glace. Il se sentait heureux et reconnaissant. Ce soir, ses rêves seraient doux. Maman s'accroupit pour lui faire un dernier bisou.

— T'exagères quand même, lui murmura-t-elle dans un sourire.

Il put sentir une dernière fois son parfum. En bas, ils entendirent la porte d'entrée de la maison. Son père était de retour ! Il n'osa pas demander qu'il vienne le border, quelque chose sur le visage chiffonné de sa mère l'en empêcha.

Elle quitta la chambre, laissa la porte entrouverte, puis descendit les escaliers en prenant soin de ne pas faire de bruit. Dans le salon, Bruno l'attendait debout dans un coin, proche de l'entrée, prêt encore à se faire la malle en cas de désaccord.

— J'ai été con.

Il ne lui laissait pas l'opportunité de l'engueuler.

— J'ai été con, et jaloux, et… je crois que je ne vais pas très bien et que voir que toi tu es capable de t'en sortir, que tu n'as pas l'air d'avoir besoin de moi… Je…

Il osa enfin la regarder. Il la trouvait si belle. Il se savait totalement incapable de vivre sans elle.

— Tu veux bien me pardonner ?

Elle hocha la tête. Les larmes coulaient de ses si jolis yeux. Il s'apprêta à traverser la pièce, mais elle prit la parole.

— Évidemment que je te pardonne. Je t'aime. Mais oui, tu as été con et méchant. Et… si tu ne vas pas bien, je ne peux pas le deviner, il faut me le dire et non m'engueuler. Et moi non plus je ne vais pas « super bien », mais j'ai envie de m'en sortir, j'ai envie d'être heureuse ! Et je peux y arriver si tu es avec moi, pas si tu es contre moi. On est une équipe. Une putain d'équipe !

Il traversa la pièce, l'enveloppa de ses bras et posa son nez dans son cou pour s'enivrer de ce même parfum qui venait de rassurer leur fils aîné. Ils restèrent ainsi pendant de longues minutes.

Ils parlèrent beaucoup cette nuit-là. Bruno raconta ses ressentiments, Jeanne décrivit de ce poids qu'elle transportait H24 et qu'il ne semblait pas vouloir partager. Certaines phrases furent dures à entendre, mais ils s'écoutèrent.

Ils se couchèrent réconciliés, conscients aussi que rien n'était définitif et qu'ils avaient tout intérêt à faire attention l'un à l'autre. La main dans la main, les visages l'un contre l'autre, ils s'endormirent, trop épuisés pour faire l'amour.

31

Le lendemain matin, Bruno passa une tête dans la chambre de Paul. Baptiste dormait encore à poings fermés. Il descendit préparer le café, bientôt rejoint par Jeanne.

— Tu crois qu'il faudrait les mettre dans la même chambre ?

Le nez dans son café, sa femme le regarda. Elle y avait déjà pensé, mais elle était heureuse que l'idée vienne de lui.

— Il faut leur en parler, mais je n'ai pas vraiment de doute sur leur réponse.

Paul fut le premier des enfants à ouvrir les yeux. Ce fut quand il manqua de tomber sur son frère en descendant de son lit qu'il se rendit compte qu'il n'était pas seul dans sa chambre. Baptiste se réveilla à son tour.

— J'avais peur. C'est maman qui a proposé, dit-il à son petit frère en s'excusant.

Mais le plus jeune était si heureux, il adorait tout partager avec son aîné et il se sentait flatté que son superhéros de grand frère ait eu besoin de venir dormir avec lui. Ils descendirent ensemble.

— Tu peux venir quand tu veux, tu sais. Je suis petit, mais moi je suis content de partager avec toi.

Le cœur de Baptiste se dilata de bonheur : il s'était senti si nul la veille d'avoir peur, Paul rendait ça tendre et sympathique. Ils entrèrent dans la cuisine qui sentait bon le pain grillé, et découvrirent leurs parents assis qui se tenaient la main.

— Papa !

Le plus jeune des garçons se précipita dans les bras de son père. Baptiste hésitait. Mais Bruno lui fit signe de venir. Il chassa son appréhension habituelle pour faire plaisir à son père et alla se blottir contre eux. Il n'était pas idiot, quelque chose ne tournait pas rond entre ses parents, sentir la chaleur du corps de son frère, et même entendre les battements de cœur de son père le rassura. Il eut l'impression d'appartenir au même clan qu'eux, mais la proximité le gênait, et il n'aimait pas ce mélange de fluides qui que le rendait mal à l'aise. Il se dégagea dès qu'il sentit que son père ne serait pas blessé par son attitude et entreprit de faire son petit-déjeuner, seul.

— Les gars, on a quelque chose à vous proposer.

Bruno avait parlé d'une voix claire et rieuse. Paul s'assit sur ses genoux et croqua dans une tartine grillée et recouverte de beurre.

— Baptiste, on s'est dit avec maman que tu ne pouvais pas continuer à avoir autant d'angoisses le soir avant de dormir. On a une solution à te proposer, mais il faut que Paul soit d'accord.

Il souriait, et son sourire était contagieux. Les deux enfants le scrutaient, attendant la suite. Jeanne lui fit signe d'accélérer, mais il appréciait d'être le centre de leur attention et de les faire mariner un peu.

— Vous aimeriez partager la même chambre ?

Paul sauta de ses genoux en poussant des cris de joie, Baptiste, toujours en retrait, examina ses parents. Leur air sérieux confirmait que ce n'était pas une blague. Son cerveau réfléchissait déjà. Sa chambre était la plus grande, mais il se sentirait plus à l'aise dans celle de son frère. Elle n'avait pas de recoin qui faisait peur, pas de porte qui grinçait et la vue sur le jardin d'Armand et Marie le rassurait. Il espérait que c'était celle à laquelle tout le monde pensait, il n'oserait jamais dire non si Paul et leurs parents choisissaient la sienne.

— Dans quelle chambre ? demanda-t-il timidement.

Bruno qui avait pris le petit dans les bras et jouait à faire l'avion avec lui s'arrêta.

— Celle que vous voulez.

— La mienne ! cria le plus jeune des garçons.

Jeanne se tourna vers son aîné. Elle guettait ses réactions, étudiait son visage à la recherche de signes qui diraient le contraire de ce qu'il approuva à voix haute.

— Oui, je suis d'accord.

Paul l'entraîna dans les chambres. Du rez-de-chaussée, leurs parents les entendirent trier, chercher, pousser. Un vent de fraîcheur et de légèreté traversa la maison. Il leur fit, à tous, du bien Après les jours sombres de disputes entre eux, Bruno et Jeanne avaient retrouvé leur complicité, ils étaient de nouveau unis et prêts à affronter l'adversité. En entendant et acceptant le malaise de leur fils, ils l'avaient aidé à se sentir mieux, à retrouver une certaine confiance.

Ils passèrent le week-end à installer la nouvelle chambre, celle vidée ferait office de dressing, pièce de rangement. Dès le samedi, les lits furent installés, les bureaux rangés, les Lego bien alignés. Les enfants réclamèrent une histoire dans le lit de Baptiste. Installé entre eux, Bruno éprouvait un sentiment de gratitude, comme s'il avait grandi, qu'il était devenu plus adulte, mieux armé, il pouvait être ainsi leur rempart, leur appui et leur pilier. Il lut comme s'il jouait une pièce de théâtre, faisant rire aux éclats ses fils. D'en bas, Jeanne les écoutait, les larmes aux yeux. Ces derniers jours avaient eu aussi leur impact sur elle : elle se jugea différente, plus fragile, plus sensible, mais aussi plus solide. Bruno avait tendu la main : à deux, ils étaient toujours plus forts, mais elle avait conscience que rien n'était définitif. Leur histoire et celle des Duval en étaient les preuves. L'amour peut tout combattre, à condition de ne pas y mêler l'ego.

Baptiste

Maman a activé le mode relou. Elle ressemble à un perroquet. « C'est bientôt la rentrée ! C'est bientôt la rentrée ! », « Il faut vous préparer ! Il faut vous préparer ! » Elle tourne en rond, lit et relit les listes de fournitures, fait l'inventaire de ce qu'il nous reste, rature, note des chiffres. Quand je vois le papier traîner sur la table de la cuisine, j'en ai mal au ventre.

Je rentre au collège.

Je suis heureux d'avoir quitté l'école primaire et la plupart des élèves, que je ne trouvais pas très intéressants, mais c'est l'inconnu qui m'attend. Des salles différentes à chaque cours, un professeur par matière, de longs couloirs, un self pour la cantine... Je ferme les yeux pour oublier le monstre qui s'installe dans mon ventre à chaque fois que j'y pense, je repars en pensée vers Hossegor, la petite maison que les parents ont achetée, notre chambre à Paul et moi que nous avons eu le droit de décorer comme on voulait. La plage, les vagues, la couleur de l'océan le soir, le surf qui me fait rêver, mais je ne veux pas prendre de cours tout seul avec ces gens que je ne connais pas. Les gambas que Papa fait flamber à la poêle, le regard qu'il échange avec maman le soir. Ils s'aiment encore. C'est cool, je n'ai pas apprécié qu'ils se disputent. J'ai enfermé tous les bons souvenirs dans ma mémoire pour me les projeter comme au cinéma quand je me sens mal. Ils me soulagent, ils font partir la bête.

Je sais bien que maman veut me préparer au changement quand elle me répète les horaires, la liste des choses à faire avant la rentrée, et elle a raison, il y a des tas de choses que j'oublie, « un comble avec la mémoire que tu possèdes ! », mais si je n'écoute pas, si j'oublie c'est sans doute parce que mon cerveau analyse avec trop de précision que dans chaque chose qu'elle énumère il y en a mille qui m'effraient. Tais-toi m'man je t'en supplie...

Elle ne s'en rend pas compte, mais je capte très bien ses regards sur moi, je vois très bien qu'elle s'émeut, qu'elle ne veut pas que je grandisse, qu'elle est déjà nostalgique de ce qui n'a pas encore eu lieu...

Je rentre en « section Europe », c'est sa parade pour que je sois avec le même groupe d'élèves pendant quatre ans. Si je les aime pas, c'est la louze. Mais papa me dit que lui a fait la même chose, et que son pote Renaud, celui avec lequel il fait du squash, eh bien il l'a connu au collège, et que maman a rencontré Lucie, ma marraine, à mon âge. S'il savait comment ça me fait flipper encore plus !

« Tu me rends chèvre »

C'est la phrase de maman au supermarché. Elle nous a traînés de force Paul et moi pour acheter les fournitures. Il y a tellement de monde, j'en ai des suées, mais elle ne remarque rien, bulldozer au milieu des allées entre les cahiers et les taille-crayons.

– Bleu ou noir ?

De quoi elle parle ? Elle agite des classeurs sous mes yeux. Trop de bruit, trop de lumières, trop de gens. J'ai mal à la tête, je suis fatigué, elle me pose trop de questions. Je ne sais pas celui que je préfère, ils sont pareils. Le stylo-plume ? Je ne sais pas, je finis toujours par écrire au Bic. Cela dure si longtemps, j'ai faim, j'ai mal au cœur, je suis de mauvaise humeur, maman aussi et comme d'hab, Paul reste tout sourire. Parfois j'ai envie de le taper, il est trop gentil tout le temps.

Je sais très bien que maman veut que je range illico mes fournitures, que je colle mes étiquettes et que je prépare mon sac à dos. Mais moi ce dont j'ai besoin c'est de me réfugier au calme, loin de tout.

Dans trois jours, c'est la rentrée.

Tout pour ne pas y penser. Pour que le monstre ne s'installe pas.

32

La veille de la rentrée, ils avaient beau avoir pris toutes les précautions, Jeanne et Bruno se trouvèrent démunis face à l'angoisse de Baptiste. Il n'arrivait pas à s'endormir, malgré les huiles essentielles, la veilleuse et les paroles chuchotées par sa mère. La sérénité de son petit frère qui ronflait tranquillement à ses côtés ne fit qu'augmenter sa peur. Il se demandait comment serait sa classe, qui seraient les professeurs, et s'il se perdait, où trouver le plan du collège ?

— Tu sais, demain vous serez tous nouveaux, vous allez tous avoir les mêmes peurs. C'est naturel. Et si tu te trompes, si tu te perds, si tu es en retard ou que tu oublies quelque chose, ce n'est pas grave. Tu as le droit à l'erreur, tu as le droit de te tromper, et tu vas là-bas pour apprendre. Tu sais ce que je te dis souvent ?

— C'est en se trompant qu'on apprend…

Baptiste répéta la phrase fétiche de sa mère, espérant que la plaisanterie le libérerait de la boule qui enserrait sa gorge et paralysait le reste de son corps. Il était fatigué, si fatigué, mais son cerveau résistait et son corps luttait.

Bruno vint prendre le relais. Il s'assit au pied du lit de l'enfant, attrapa sa main.

— Tu ne te souviens peut-être plus, mais quand tu étais petit, c'était moi qui te berçais et qui te chantais des chansons. On va faire la même chose ce soir, OK ?

Puis après un temps de pause, le temps de trouver une position assise confortable :

— Tu devrais penser à Hossegor, aux souvenirs que nous y avons créés cet été, à ce que tu aimes faire quand tu es là-bas. Pense à ce qui te fait du bien…

Baptiste s'endormit longtemps après, bercé par les images d'océan et la voix de son père qui chantait tout bas. Il serait épuisé demain. Mais au moins, il avait fini par lâcher prise.

Le lendemain, Paul était déjà prêt pour retrouver son école primaire, tandis que son frère se battait contre une irrépressible envie de pleurer. Il était presque jaloux de la facilité avec laquelle son cadet envisageait sa rentrée.

— Baptiste, on ne peut pas t'accompagner tous les deux. Un de nous doit accompagner ton frère.

L'enfant approuva en hochant la tête. Est-ce que son chocolat chaud lui sortirait des narines s'il vomissait ?

— Tu préfères que cela soit papa ou Maman ?

Paul posa brutalement son verre.

— Pourquoi c'est lui qui choisit, c'est pas juste !

Les parents se regardèrent, étonnés. Ils n'avaient pas, une seule minute, pensé à Paul. Il était toujours si arrangeant, si gentil, qu'ils oubliaient que c'était aussi sa rentrée, et qu'il pourrait avoir besoin de l'un et l'autre sans se sentir volé par son aîné.

— Oui, c'est vrai…

— Paul peut choisir, c'est mieux, dit Baptiste, la voix enrouée par l'émotion.

Son petit frère le regarda, sa colère retombée comme un soufflé trop cuit. Il ne savait pas qui choisir. S'il demandait maman, papa pourrait être triste, s'il demandait papa, maman en aurait le cœur brisé. Il était trop bête d'avoir crié ! Devant son visage chiffonné, et parce qu'ils cherchaient tous les moyens pour détendre l'atmosphère, Jeanne et Bruno, loin d'être dupes, exagérèrent la situation en surjouant la comédie :

— C'est difficile… Si tu choisis Maman, je vais être si triste !

Bruno fit mine d'exploser en larmes. Paul pouffa. Jeanne posa une main sur son front et cria au scandale : « Trahie ! Je suis trahie ! Par mon propre fils ! La chair de ma chair ! » Baptiste se fendit d'un sourire, timide, mais sincère.

Finalement, leur mère proposa :

— On peut tirer au sort ? Comme ça, pas de jaloux, mais celui qui tombe sur moi ne se plaint pas si je pleure en le laissant à l'école !

Les deux garçons se regardèrent, paniqués. Ils n'avaient ni l'un ni l'autre pensé à ça : leur mère allait leur mettre la honte ! Elle explosa de rire en voyant leurs mines déconfites.

— Eh ! Ça va, je sais me tenir !

Baptiste grimaça une moue circonspecte, tandis que Paul cria au secours. Elle afficha un air vexé tandis que Bruno parada en grand vainqueur.

Sur le chemin de l'école, Paul parla et combla le silence de son frère chez qui l'angoisse reprenait sa place fétiche au creux du ventre. Mais les mots et les encouragements de ses parents lui laissaient apercevoir aussi la joie et l'excitation qu'il y avait à découvrir un nouvel univers, des professeurs différents, d'être un grand et d'avoir un emploi du temps à trous. Et puis ce n'était que quelques heures ce matin : tandis que Paul devrait rester toute la journée à l'école, lui rentrerait au déjeuner !

Arriva le croisement de la séparation. Bruno partit avec Baptiste, Jeanne sentit son estomac se nouer. Mais c'était mieux ainsi : dans la cour de l'école primaire, elle connaissait les autres mamans, elle pourrait faire semblant d'être sereine. Paul lui tint la main avec l'innocence de l'enfant confiant dans son avenir. Un comble ! Son fils de huit ans la rassurait.

Elle aurait tant aimé être une petite souris, espionner les deux autres, envoyer des mots silencieux dans le cœur de Baptiste pour lui donner du courage. Elle reçut assez vite un SMS de son mari : « Tout s'est très bien passé. Il a retrouvé un copain du primaire, en section Europe avec lui. » Elle souffla et sentit la tension s'évacuer de son corps. Paul n'avait pas quitté sa mère des yeux. Il perçut sans mal le changement d'humeur. Il était ravi. Il n'en parlait jamais, sauf avec son frère, dans leurs lits le soir avant de s'endormir, mais il voyait bien que ce n'était pas facile pour les parents, et pour Bapt. Ils étaient toujours anxieux, comme si rien dans la vie ne pouvait se faire sans prévoir, programmer, et surtout il avait bien compris que le moindre changement ressemblait à une montagne à gravir sans le bon équipement. Papa avait parlé de grimper l'Everest en tongs un jour. Il avait trouvé l'image drôle, mais Baptiste pleurait fort et Paul s'était senti méchant et bête d'avoir ri à quelque chose qui lui faisait du mal. Il l'adorait, il l'aimait presque plus que papa ou même maman ! Ensemble, ils faisaient tout, ils pensaient pareil, ils avaient les mêmes idées et les mêmes envies de jeux. Souvent, il se répétait qu'il en avait de la chance, car il voyait autour de lui que ses amis ne s'entendaient pas aussi bien avec le reste de leur fratrie.

— Je vais y aller mon Paul. Ça va aller ?

Il adorait quand maman se penchait vers lui, il pouvait sentir son parfum. Cela le rassurait toujours, c'était une douceur qui lui rappelait les câlins et la douceur de ses bras. Baptiste détestait qu'on le prenne dans les bras, il disait à Paul que cela « le chatouillait » très très fort. Mais lui, il aurait adoré y passer ses journées entières. Les bras de maman, les blagues de Papa, le rire de Baptiste, et les histoires du soir. Ça, c'était sa vie et c'était le bonheur.

— Oui, maman. Tu viens me chercher ce soir ? Comment ça va se passer pour Bapt ? Il va rentrer seul ? À quelle heure il finit ? Est-ce qu'il va venir me chercher aussi ?

Ce n'était pas le moment de poser toutes ces questions, la cloche venait de sonner, Jeanne devait quitter l'enceinte de la cour, mais d'un coup, il eut peur, et il avait besoin de savoir. Et si cela se passait mal pour son frère, et s'il avait mal au ventre ou que le monstre dont il lui avait parlé hier soir dans le noir venait l'engloutir ? Il fallait absolument que maman sache pour qu'elle puisse intervenir ! Il sentit les larmes monter dans sa gorge et ses yeux se mouiller. Face à lui, Jeanne sembla décontenancée.

— Qu'est-ce qui t'arrive Paul ? demanda-t-elle en se penchant, lui donnant de nouveau l'occasion de humer son odeur.

— Je veux que Baptiste soit heureux.

Jeanne fut bouleversée. Elle connaissait ses fils, leurs disputes, les colères du grand quand le petit piquait ses affaires, le besoin du plus jeune de rester collé à son aîné et de jouer les paravents en cas de situation difficile. Elle savait tout ça par cœur, surtout leur complicité et ce lien quasi gémellaire qu'ils avaient développé.

— Ne t'inquiète pas pour lui, OK ? Tout va très bien se passer.

Elle devait vraiment quitter l'école, le groupe de Paul commençait à entrer dans le bâtiment et la directrice de l'école, même si elles se connaissaient depuis longtemps, lui fit les gros yeux.

— Allez, allez ! Il faut partir !

La mère de famille courut jusqu'au portail.

— Un peu plus et je vous gardais pour faire la classe aux nouveaux CP !

La grille se referma derrière elle. Le vide. Son corps ne ressentait plus rien. Elle revint à la maison, prit son temps. Elle n'avait pas envie de ce silence qui suivait les petits-déjeuners joyeux, de l'écho que renvoyaient ses paroles marmonnées à elle-même pendant qu'elle rangeait le linge. Elle n'avait même pas envie de franchir le trou et de se réfugier chez sa voisine. Elle ne réussit qu'à penser à Paul, ses yeux apeurés, son angoisse. Elle se demanda si cela était normal qu'un si petit garçon fût capable d'autant d'inquiétude et d'empathie.

— Ma pauvre fille…

Elle continua son monologue.

Bien entendu que c'était normal ! C'était surtout parce qu'elle, en tant que mère, n'arrivait pas à construire de mur entre ses propres émotions et celles de ses fils. Elle leur transmettait tout, et trop souvent ce qui est négatif !

Elle s'activa toute la matinée sans relâche pour occuper son esprit : cuisiner, passer l'aspirateur, préparer les petits cookies préférés des garçons pour leur goûter. Mais à midi trente, elle trépignait. Elle faisait semblant d'être efficace, mais elle s'arrêtait devant la fenêtre qui donnait sur la rue, aux aguets, cherchant dans le paysage vide le moindre signe de vie annonçant le retour de son fils aîné.

Enfin elle l'aperçut !

Elle se précipita dans la cuisine, arrangea le couvert, sortit de l'eau du réfrigérateur. Le bruit de la porte. Quelques pas.

— C'est toi mon cœur ?

Jeanne garda un ton qu'elle espérait neutre et se fit violence pour ne pas se précipiter sur Baptiste.

— Oui !

Il pénétra dans la pièce.

— Ça sent bon.

— Je t'ai préparé une escalope aux champignons avec de la crème et du riz et des carottes râpées ! Pour avoir les fesses roses !

— Miam ! Merci maman !

Il se dirigea vers l'évier, se lava les mains. Puis les porta à son nez pour les sentir. Elle avait remarqué. Depuis quelques semaines, il avait recommencé cette manie : toucher quelque chose, se laver les mains, les sentir et répéter l'action régulièrement. Jeanne ne disait rien. C'était moins bruyant que de se racler la gorge comme il le faisait à une époque, même si c'était presque plus effrayant de le voir porter ses mains au visage aussi souvent. Et puis, pour le moment, elle avait d'autres questions en tête, elle était impatiente.

— Alors ?

Baptiste s'assit et fit mine de ne pas comprendre.

— Alors quoi ?

Mais il sourit. Jeanne lui fit les gros yeux.

— C'est pas gentil de me faire poireauter comme ça ! Alors ? Comment ça s'est passé ? Tu as ton emploi du temps ? Et des copains que tu connais ?

Baptiste enfourna une grosse bouchée de viande dans sa bouche. Comme sa mère lui avait appris, il ne fallait pas parler la bouche pleine. Il plaisantait.

S'il pouvait faire des blagues, c'est que cela s'était bien passé… non ?

Baptiste avait voulu faire le malin, mais il avait bien du mal à avaler l'énorme bouchée. Cela dit, il était fier de sa plaisanterie et de voir sa mère piétiner.

— C'est trop bien maman. On change de classe chaque heure, on a plein de profs différents. Y en a un qui a trop l'air méchant, il fait peur, mais quand il parle il a une voix toute douce, du coup on a envie de rire. C'est grand. J'avais peur ce matin, mais on était tous pareils, tous perdus, alors c'est moins grave. La CPE nous a prévenus qu'on aurait du mal à se repérer, elle a dit que la première semaine on avait le droit de se perdre. Et que le seul endroit qu'on devait éviter de trop bien connaître c'est le bureau du principal. Ben tu sais, c'est pile à ce moment qu'il est entré dans notre classe en lui faisant des gros yeux. On a tous rigolé, mais après il a été super sérieux.

La voix de son fils devint un flux ininterrompu de mots, mais le découvrir, lui d'ordinaire taiseux, aussi loquace, était une victoire sur ses appréhensions.

— J'ai encore des fournitures à acheter.

Elle hocha la tête. Elle était prête à vider toutes les papeteries du monde tant que son fils conservait cette expression de joie.

— Tu es content ?

— C'est trop bien, oui trop bien.

Ils finirent leur repas, emportés par le flot de la discussion, Baptiste toujours bavard. Puis au moment de débarrasser :

— Maman ?

Le jeune garçon fit une pause. Il hésitait.

— Non… ce n'est pas grave.

Sa mère le regarda et l'incita à aller au bout, mais il bloquait.

— Mais vas-y mon chat, au pire je te dis non.

— Non, mais laisse tomber.

Elle sourit.

— Deux heures au collège et tu me parles déjà comme un ado ?

Il lui tira la langue. Mais comme il hésitait encore, elle insista :

— Tu veux me demander quelque chose ? C'est grave ou tu as peur que je te dise juste non ?

Il prit une grande inspiration.

— Des potes vont jouer au stade.

Elle lui tourna le dos, pour ne pas lui montrer l'émotion qui la submergeait.

— Et tu as envie d'y aller ?

— Nan, mais c'est pas grave…

Il avait pris sa question pour un refus. Elle lui tendit une gourde d'eau fraîche.

— Vas-y ! Prends ça, il fait chaud.

Le visage de l'enfant s'éclaira.

— OK, merci m'man !

Il monta en courant les escaliers pour se changer. Jeanne s'attendrit. Il passait une étape, elle devait rester vigilante et ne pas l'empêcher de grandir malgré ses appréhensions.

Plus tard, à la sortie de l'école, Paul fut déçu de ne pas voir son frère. Il se sentit abandonné et même trahi. Mais lorsqu'ils arrivèrent devant chez eux, Baptiste les attendait, les cheveux en bataille, les joues rouges d'effort.

— Paul ! C'est trop bien le collège !

Et avant que le petit n'ait eu l'occasion de lui exprimer son mécontentement, il partit dans le détail de tout ce qu'il avait découvert le matin même. Le cadet oublia aussi vite sa rancœur. Il ne résistait pas au charme de son frère et à l'envie de l'écouter.

Jeanne

– Je peux pas y aller.

Ton visage est crispé et je sais que le drame va suivre. Pourquoi faut-il que cela soit encore un matin où ton père est absent, un matin où je suis vraiment pressée, un matin où j'ai tout sauf le temps et la patience de gérer une crise ?

– Il me gratte.

Je tente de rester calme, mais le t-shirt que tu portes, ton préféré il y a encore trois semaines, ne t'a jamais gratté, et tu l'aimais tellement qu'il fallait que je le lave et le relave tous les deux jours, parce que tu refuses de porter un vêtement plus d'une journée : pull, pantalon, polo ou t-shirt ! Je devrais céder, mon cerveau m'intime l'ordre d'être compatissante, de jouer la carte de la mère cool, mais tu as ravivé la flamme, la colère, l'étincelle qui met le feu aux poudres. Pourquoi faut-il toujours que cela soit TOI qui fasses un scandale pour RIEN ?

– Non mais tu réalises à quel point c'est ridicule ? Tu es en train de te rendre malade pour un putain de t-shirt !

Ma voix sort de mon corps sans que je puisse la contrôler, elle est basse, elle est grave, elle possède l'arme de destruction massive d'enfants capricieux, elle va dévaster la pièce et ceux qui s'y trouvent. Je sais que je ne dois pas me répandre ainsi, que je vais faire des dégâts irréparables, mais je ne contrôle plus rien. Tu es comme statufié devant moi, ton visage ravagé par les larmes, tu pleures, tu sanglotes, et tu me regardes déverser le contenu de ton armoire au sol.

– Alors, vas-y, trouve un t-shirt !

Je crie, mais je sais que tu diras non, parce que tout ce que je te propose est trop petit, trop grand, trop chaud.

– Et le polo que papa a acheté ?

Paul est sur le pas de la porte. Il pleure aussi. Petit homme de huit ans que je force à se conduire comme un adulte et qui trouve la solution. Il a chuchoté les mots et je lis la terreur et le dégoût que je lui inspire. Je devrais vous protéger et je vous fais du mal. J'ai si honte de moi ! Rien, rien n'effacera jamais de ma mémoire le mal que je vous fais à cet instant précis. Mes gestes viennent rejoindre la honte de ceux déjà exécutés, ils s'accumulent, montagne d'ordure pour une mère indigne.

Ton frère me défie de son regard mouillé, il me rappelle qu'il connaît tout de toi, tes peurs et tes joies, tes désirs et tes rêves, tes jeux et tes histoires. Il te connaît mieux que votre père et moi, il est ton ombre, ton double, il devine et anticipe, il comprend et résout.

Ma fureur retombe comme un soufflé. Je hoche la tête, Paul va chercher le vêtement. Tu l'enfiles et dis merci. Tu sanglotes des excuses. Je m'écroule.

– Non... C'est moi. C'est moi... C'est moi qui vous demande pardon à tous les deux. Je n'ai pas réagi comme une maman doit le faire, j'ai laissé ma frustration prendre le dessus. Je suis désolée...

Vous m'enlacez. Mais le regard de Paul me dit qu'il n'oubliera pas. Plus tard, quand tu pars au collège et que nous nous apprêtons à en faire de même pour le primaire, il me dit :

– Tu sais si t'avais regardé Baptiste ce matin, t'aurais vu qu'il était pas bien. En fait le t-shirt le gratte pas, mais il est

trop petit. Bapt il veut qu'on voit pas ses fesses. Et il y peut rien. C'est pas sa faute. Faut plus que tu le grondes pour ça.

33

Mars 2020.

Après avoir traversé le trou dans la haie, à la manière d'un automate, Armand restait planté devant la porte de la cuisine. Son corps et son visage transpiraient l'épuisement, la panique, l'hébétement face à une situation incontrôlable.

Sa femme se mourait.

Il en avait la conviction intime.

Bruno lui fit signe d'entrer, appela Jeanne dans le salon. Le vieil homme porta ses années péniblement jusqu'à la première chaise et s'y affala sans plus de force. Les larmes et l'émotion l'emportèrent sur la bienséance. Peu importait d'ailleurs, il était venu pleurer dans les bras des seules personnes qui connaissaient leur histoire. Jeanne arriva presque en courant, s'accroupit à côté de lui, tandis que son mari remplissait un verre d'eau.

— Ils l'ont emmenée. Elle…

Il s'étouffa dans un sanglot.

— Mais… quand ? demanda la jeune femme apeurée.

— Ce matin… J'ai… j'ai appelé le médecin, sa grippe n'allait pas mieux, elle avait beaucoup de mal à respirer. Il est venu, et puis, d'un coup, il a appelé les secours. Je… Je n'ai pas pensé à vous appeler, c'est allé si vite. Ils n'ont pas voulu que je monte avec elle dans l'ambulance, vous n'étiez pas là…

Désorienté et affolé par l'état de sa femme, le vieil homme se désincarnait et tenait un discours décousu.

À l'entrée de la pièce, attiré par le bruit, Baptiste fixait son grand-père adoptif. Il tentait de faire rentrer les phrases dans sa tête, mais il se sentit surtout transpercé par une flèche. Marie malade. Marie ne pouvait pas être malade. Marie était éternelle !

— Ils disent que c'est peut-être le Covid.

Le virus envahissait le monde. On commençait à parler de pandémie. Pourtant, ici dans leur petite ville de la banlieue parisienne, ils se sentaient à l'abri et si loin de cette réalité internationale. Mais elle venait frapper à leur porte, elle s'était invitée sans autre préambule.

— Attendons de voir, Armand. Tu la connais, elle est solide !

Jeanne parla sans conviction, la gorge nouée.

— Ils lui ont mis un tube dans la gorge pour l'aider à respirer.

Baptiste remonta dans sa chambre, tandis que Paul vint se glisser sur les genoux du vieil homme, l'entourer de ses bras d'enfant.

— Ils disent que peut-être je ne pourrais pas aller la voir à cause du virus.

Bruno s'approcha de Jeanne, la serra dans ses bras. Marie était une membre de la famille.

— Elle faisait si petite dans cette grande ambulance.

— Mais il y a deux jours cela allait si bien !

— J'espère que ce n'est pas nous qui avons contracté ce truc et lui avons refilé. Ils disent qu'on peut être asymptomatiques…

— Il faut que tu te reposes. Laisse-nous t'aider, dit Jeanne avec fermeté.

Mais leur voisin, cet homme au regard pétillant, bon vivant, drôle et amical s'éteignait devant eux.

— Armand, tu ne dois pas te laisser aller, Marie va avoir besoin de toi.

Il leva les yeux vers elle, brillants et rouges de tous les pleurs qu'il déversait.

— Elle va mourir.

— On n'en sait rien !

Jeanne rejeta cette idée. Elle revoyait Marie, son amie, sa confidente, la mamie de cœur de ses fils, leur complicité, leurs liens, et elle refusait de renoncer à elle.

Les jours qui suivirent furent tristes et froids. Le printemps les narguait, utopie vivante et agressive au milieu de leur hiver sentimental. Tous les cinq restaient suspendus aux nouvelles distillées avec parcimonie par l'hôpital. Les portes de l'hospice se refermaient, la rumeur d'un confinement général grossissait, le gouvernement envisageait d'enfermer tout un chacun chez soi pour une durée indéterminée.

— Même pas en rêve ! disaient les uns.

— Youpi, espérait Baptiste.

Les jours d'école l'angoissaient, il avait de plus en plus de mal à rester concentré une journée entière sans que le monstre ne vienne l'embêter et lui tordre le ventre. Il se sentait très fatigué, tout le temps.

— Je veux pas arrêter l'école, sanglotait Paul.

Jeanne ou Bruno accompagnaient, chacun leur tour, Armand à l'hôpital, mais un jour il se vit refuser l'accès à sa chambre.

— Elle va mourir seule. Je ne veux pas qu'elle meure seule.

Il pleurait, se laissait aller, oubliait de se laver, de manger, de dormir. Il tournait en rond dans sa maison devenue hostile et malveillante. Il scrutait chaque cadre photo.

— On avait tant de rêves, lorsqu'on a emménagé ici. Regarde ce que la vie n'a cessé de nous prendre. L'espoir, l'amour, notre enfant, et maintenant Marie va partir. Je le sais, Jeanne, je le ressens au plus profond de moi, elle quitte ce monde et on m'oblige à la laisser seule, on nous vole nos adieux ! Est-ce humain ? Je ne pourrai pas lui tenir la main et lui dire d'embrasser notre fils de l'autre côté…

Quand le soir s'installait, Jeanne pleurait en imaginant leur ami, dont la peau décharnée le transformait en vieillard, errer seul dans sa maison. Paul posait beaucoup de questions, sur la mort, la maladie. Baptiste s'obstinait dans un silence hostile. Bruno était triste. Le monde basculait, leur vie aussi. Ils savaient au fond d'eux que les craintes de leur voisin étaient fondées. Ils avaient vu Marie lorsqu'elle était tombée malade, ils l'avaient vu dépérir en si peu de temps. Elle qui était vaillante et forte, dynamique, avait quitté sa demeure dans une civière, si petite et si fragile.

Les chaînes d'informations relataient les drames, les morts. La planète devenait la vedette principale d'un film hollywoodien de science-fiction. Le mois de mars débutait dans une peur mondiale, la paranoïa s'installait dans les foyers.

Puis le 12 mars 2020, à vingt heures, le Président Macron fit la première des nombreuses annonces qui suivraient dans les deux mois à venir.

« […] Dès lundi et jusqu'à nouvel ordre, les crèches, les écoles, les collèges, les lycées et les universités seront fermés pour une raison simple : nos enfants et nos plus jeunes, selon les scientifiques toujours, sont celles et ceux qui propagent, semble-t-il, le

plus rapidement le virus, même si, pour les enfants, ils n'ont parfois pas de symptômes et, heureusement, ne semblent pas aujourd'hui souffrir de formes aiguës de la maladie. C'est à la fois pour les protéger et pour réduire la dissémination du virus à travers notre territoire. […]»[5]

Armand était dans le salon entre Paul et Baptiste. L'hôpital avait appelé : les médecins l'autorisaient à venir dire au revoir à Marie. Dans un état second, il était venu prévenir ses voisins. Bruno et Jeanne tenaient à l'accompagner, même s'ils n'entraient pas dans la chambre, pour rester à ses côtés avant et après. Dans la cuisine, Jeanne retenait ses larmes en serrant fort ses mâchoires, mais son visage ruisselait. Son mari vint la prendre dans ses bras.

— Je sais que c'est dur, mais on pleurera après… O.K ? Il faut qu'on soit encore plus forts pour Armand…

Elle hocha la tête, essuya ses yeux.

— Maman !

Paul arriva en courant.

— On ne va plus à l'école !

Le petit garçon était dévasté. Il ne verrait plus ses copains, il ne jouerait plus au foot, il ne courrait plus au parc. Macron avait parlé, Macron avait décidé. Encore à côté de son vieux voisin, Baptiste demeura muet. Il était dévasté par l'absence de Marie, conscient que c'était à cause du Covid qu'elle allait mourir, mais la pandémie réalisait son plus grand rêve : ne plus aller à l'école ; rester chez lui, tout le temps ; ne plus être obligé de subir les autres, leurs regards, de lire ses rédactions devant toute la classe. Il avait cherché la définition de « confinement », et il ne s'était jamais senti autant en accord avec un mot.

Les adultes étaient sur le pas de la porte, prêts à partir.

---

[5] Discours télévisé du Président Emmanuel Macron du 12 mars 2020

— Ça va aller ? On peut vous laisser seuls ?

Baptiste et son petit frère hochèrent la tête. Ils n'avaient pas envie de faire des bêtises. Ils savaient que demain serait à jamais différent. Marie mourait. Ils se serrèrent contre leur voisin.

— J'ai fait une carte pour elle, dit Paul.

Son grand frère n'avait rien à donner, il se sentit égoïste, mais les autres ne s'en souciaient pas. Elle n'était déjà plus de ce monde. Les soignants maintenaient les tuyaux le temps de lui dire adieu.

— Maman, Papa… vous viendrez nous voir dans notre chambre quand vous reviendrez ?

Les lumières aux fenêtres, les rues vides, il régnait dans la ville une ambiance de fin de monde. Ils roulèrent en silence. Armand assis à la droite de Bruno se tenait droit, les yeux secs. Il n'avait pas bien compris comment les choses allaient se dérouler. Il avait préparé une valise avec la tenue préférée de Marie, sélectionné les photos qu'elle voudrait garder avec elle, il avait même pris le sac à tricots. Sa femme mourait, et l'esprit d'Armand dérivait avec elle.

Devant l'entrée de l'hôpital, plusieurs ambulances faisaient la queue. Il y avait du mouvement et l'atmosphère était électrique. Le contraste avec le vide des rues les tétanisait.

— Allez-y tous les deux, je vais me garer et je vous rejoins.

Armand descendit péniblement de la voiture, son corps refusait presque d'avancer et d'aller faire ce pour quoi il était là. Le téléphone de Jeanne sonna. Elle jeta un œil rapide pour s'assurer qu'il ne s'agissait pas des garçons. Elle n'était pas rassurée de les avoir laissés seuls et son angoisse maternelle parasitait la raison de sa présence. Elle s'en voulait, mais elle n'avait pas envie d'être là. La colère l'envahit. Elle aurait voulu que les choses aillent vite, se débarrasser de sa peine, laisser Armand gérer, rentrer chez elle et étreindre ses enfants dans ses bras. Elle se rendit compte à quel point ils devaient être effrayés, qu'ils allaient affronter un nouveau mode de vie qui n'avait pas de sens, pas de but si ce n'était celui de se préserver d'une maladie dont on ne connaissait rien. Armand traînait les pieds. Il avançait à l'allure d'une tortue, elle eut une envie irrépressible de le secouer.

À travers les couloirs, les brancards, le personnel qui s'affairait, dans les chambres, le silence brisé par les respirateurs. Des tenues qu'elle n'avait vues qu'au cinéma, dans *E.T*, dans les fictions de fin du monde. Mais plus ils avançaient, moins Armand semblait stable sur ses pieds. Il titubait, fragile. Elle l'attrapa par le bras, il posa sa main sur la sienne. Il avait froid. Elle avait honte d'avoir songé à le bousculer.

On les introduisit dans un sas où il leur fallut revêtir une tenue de protection. Armand protesta. À quoi bon ? Il pourrait toujours retirer son masque pour embrasser une dernière fois la compagne de sa vie, d'une vie. La mère de son fils, sa meilleure amie et confidente, celle qui lui avait brisé le cœur, mais qui était revenue lui offrir le plus beau des cadeaux, la paternité. Dans la chambre, déjà si froide, il frissonna. Elle était là, le cheveu sale et mal peigné, le masque vert de la mort avait recouvert son beau visage. Il ne vit plus que les rides, et le filet de bave qui coulait le long de son cou. Ils avaient retiré le respirateur, mais avaient oublié la fin du tuyau. Sa femme mourait sans dignité. Objet inanimé au milieu d'un combat désespéré mené par toute une profession au désarroi.

Jeanne resta sur le pas de la porte. Elle leur devait cet instant d'intimité. Elle entraperçut malgré tout son amie et ne put retenir son chagrin. Mais elle garda la sensation accrue d'être en terrain de guerre. L'activité autour d'eux ne seyait pas au recueillement nécessaire. Elle observa et constata qu'ils n'étaient pas les seuls venus faire leurs adieux. Elle surprit un médecin qui donnait des ordres aux infirmières.

— C'est trop dangereux, ils ne doivent pas rester. Il faut les éloigner.

Le visage des soignants était livide, ils secouaient la tête, dévastés par l'ampleur de la tâche qui ne faisait que commencer.

— Où est le Docteur Treillis ?

— Malade…

— Et le docteur Julien ?

On lui répondit encore « malade ». Tout à coup, des bips résonnèrent, le médecin et l'infirmière partirent en courant. C'était la cavalcade dans le couloir qui puait la mort. Une équipe passa avec des appareils : « Pardon ! Poussez-vous ! Laissez-nous passer ! » Ils s'engouffrèrent tous dans une chambre, loin de Marie, loin du chagrin d'Armand et de la détresse de Jeanne. La main de son mari se posa doucement sur son épaule. Elle se retourna et se blottit contre lui, laissant ainsi disparaître l'agitation et les bruits, elle n'entendait plus que le signal plat d'une machine derrière elle. Bruno la serra un peu plus fort.

Marie n'était plus.

Ils rentrèrent tard. Après les démarches et les questions. Armand était revenu chez lui, le sac qu'il avait préparé dans une main, un plastique dans l'autre : les affaires sales dans lesquelles sa femme avait été hospitalisée. Des habits qui n'avaient déjà plus son odeur, aseptisés par celles de l'hôpital.

— Ça va aller ?

Bruno soutint son ami pour qu'il montât les quelques marches jusque chez lui. Il ressentit au plus profond de lui le vide entre les murs, l'absence de celle qui avait été l'âme sœur d'Armand. Ce dernier n'était déjà plus qu'une ombre silencieuse. Que pouvait-il dire ? Non ça n'irait pas. Cela n'irait plus jamais. Et à quoi bon continuer maintenant qu'elle n'était plus là ? Il se mura dans un silence douloureux. Puis il tourna le dos à Bruno pour monter dans sa chambre froide.

De l'autre côté de la haie, Jeanne grimpa les escaliers, elle voulait s'assurer que les garçons dormaient. La porte de leur chambre était entrouverte. Elle glissa dans l'entrebâillement, s'approcha des lits. Baptiste avait les yeux ouverts.

— Tu ne dors pas mon cœur ?

Il secoua la tête. Elle comprit qu'il avait peur, qu'il avait besoin de savoir, qu'il attendait de savoir. Et maintenant qu'elle était là, elle ne pouvait pas faire semblant de ne pas comprendre. Elle posa la main sur son fils, approcha sa tête de la sienne.

— Ça y est. Marie est partie.

Le visage de l'enfant resta stoïque, puis il se retourna brusquement.

— Elle a attendu Armand avant de partir. Il a pu lui dire au revoir.

Jeanne attendit encore quelques secondes avant de se décider à quitter la pièce.

Dans le semi-noir, Baptiste fixait le mur. Il réentendait en boucle les mots de sa mère. Il s'en imprégnait. Mais son cerveau refusait de comprendre. Il pensa à Marie, à sa gentillesse, à son parfum très discret qui ne lui donnait pas la migraine, à cette manière qu'elle avait de tirer la langue quand elle épluchait les haricots ou qu'ils arrachaient les mauvaises herbes au jardin. Petit à petit, face à son mur, les ombres dessinant ses souvenirs, il prit conscience de ce que l'absence signifierait. Alors qu'il se réjouissait de ne plus aller à l'école, alors qu'il rêvait déjà à tout ce qu'il pourrait faire avec Paul ici et dans la maison d'à côté, Marie ne serait plus là, plus jamais là. Plus jamais.

La boule dans sa gorge explosa. Il ne fit rien pour la retenir. Il était si fatigué d'avoir guetté le retour de ses parents, et si triste. Si triste. Est-ce que cette tristesse partirait un jour ou serait-elle présente en lui en permanence comme la boule ? Les larmes mouillèrent son oreiller et l'impression désagréable d'humidité le mit en colère. Il voulait dormir et oublier. Il retourna le coussin, serra très fort la mâchoire, ferma ses yeux.

Le lendemain matin, Bruno vint réveiller les garçons. C'était le dernier vendredi d'école avant cette période étrange où chacun s'enfermerait chez soi. Sa boîte mail et son téléphone débordaient de messages de sa direction, de collègues, d'amis, de la famille, loin de chez eux. Sa direction décidait des mesures de télétravail, écoutait les recommandations présidentielles. Après le week-end, ils seraient donc tous les quatre dans la maison, matin, midi et soir. Comme pendant les vacances, mais sans le repos et la liberté d'agir comme bon leur semblait. Il n'en avait encore rien dit à sa femme. Ils allaient d'abord affronter ce dernier jour de la semaine, et la réalité du décès de Marie. Jeanne avait pleuré toute la nuit. Quand il était rentré après avoir raccompagné Armand, elle lui avait raconté que Baptiste ne dormait pas, qu'elle avait dû lui dire, qu'il était resté muet, qu'elle s'en voulait.

— Tu ne peux pas le protéger de tout, avait-il tenté de la rassurer.

Dans le fond, il pensait le contraire. Pourquoi avait-elle ressenti le besoin de vérifier que les enfants dormaient ? Ils étaient bien assez grands pour se manifester ! Il appréhendait l'humeur de leur fils aîné.

Paul et Baptiste descendirent, le plus jeune vint se poser près de sa mère et chercha le réconfort dans ses bras. L'aîné resta encore silencieux.

— Les enfants… on doit vous parler.

Bruno avait la voix cassée par l'émotion. Jeanne cacha son visage dans les cheveux de son fils blotti contre elle. La fatigue et la peine la submergèrent. Elle fut prise d'un sanglot bruyant.

— Marie est morte ? demanda Paul timidement. Ça y est ?

Bruno hocha la tête pour dire oui. Baptiste se leva brusquement en raclant sa chaise sur le sol.

— On va devoir aller à l'école ? dit-il en sortant de la pièce.

Ils n'en avaient pas discuté, ils n'avaient pas pris de décision. Bruno devait se rendre au travail, récupérer tous les dossiers et prendre toutes les directives nécessaires à la mise en place d'un télétravail à durée indéterminée. Jeanne devait s'occuper d'Armand, préparer les faire-part de décès, l'enterrement, elle n'aurait pas le temps de s'occuper de ses fils.

— Ce serait mieux.

Paul s'accrocha à sa mère. Il refusait de quitter ses bras, il déversait sur elle son chagrin.

— Non, je ne veux pas y aller, je veux aller voir Armand, je veux rester avec lui. Il a besoin de nous, on est sa famille.

Du haut de ses huit ans, il était déterminé. Son ami, son papi de cœur, avait besoin de lui et c'était bien plus important que tout le reste.

— Baptiste ! cria-t-il. Viens ! On va chez Armand.

Il ne laissait pas le choix à leurs parents.

Mais Baptiste était sur son lit. Il avait si mal, la peine qu'il ressentait n'était pas acceptable, elle le foudroyait et l'empêchait de respirer. Il ne faisait que penser à Marie, à son absence, il n'avait pas dit au revoir, elle était partie sans savoir qu'il l'aimait vraiment beaucoup. Derrière son dos, il entendit son frère.

— Bapt, tu viens ?

Il eut envie de le frapper, de lui faire mal, de lui faire ressentir ce que lui-même n'arrivait pas à expulser. Qu'il lui foute la paix avec sa gentillesse et sa bienveillance, qu'il arrête de comprendre et d'être si attentif ! Lorsque la main de Paul se posa sur son épaule, il se retourna et lui lança son poing dans la figure.

— Dégage !

À l'instant où il toucha le visage, il vit la surprise se transformer en douleur, et à cette seconde où le monde s'arrêta de tourner, car il n'avait pas su maîtriser sa rage, quelque chose se fissura en lui, son corps entier exprima enfin sa souffrance. Paul fut foudroyé par la violence du coup qui enflammait sa joue. Il sanglota bruyamment, affolé par la fureur de son frère. Ce fut dans ce chaos fraternel que Jeanne arriva. Elle saisit immédiatement la situation. Elle entoura Paul de ses bras, le berça et le consola, mais ne fit aucun reproche à Baptiste, il se punissait déjà tout seul et elle n'avait pas oublié la brutalité dont elle avait voulu faire preuve la veille au moment où Armand avait eu le plus besoin de sa compassion.

— Papa vient de partir pour le travail. Je vais aller chez Marie… chez Armand. Vous avez encore le choix d'aller à l'école ou pas. Et vous n'êtes pas obligés de rester ensemble.

Les mots de leur mère traversèrent le brouillard de Baptiste. Paul se releva et se dirigea hors de la pièce. Sa joue était rouge et douloureuse, mais ce qui lui avait fait le plus mal, c'était la colère de son frère. Elle était injuste, elle n'était pas méritée.

— Pardon Paul…

Lui tournant le dos, sur le pas de la porte, il haussa les épaules. Parfois un pardon ne suffisait pas pour effacer le mal qui avait été fait.

Paul

Tu crois que t'es le seul à souffrir ?

34

Dans la maison des Duval, Jeanne nettoyait les derniers vestiges de la réception donnée en l'honneur de Marie. Elle ressassait son discours prononcé quelques heures plus tôt en hommage à son amie. La gorge nouée et les sanglots dans la voix, cela avait été difficile d'aller au bout. Maintenant, avec le recul, elle trouvait ses mots fades, inutiles, loin d'être à la hauteur de cette femme, qui avait tenu le rôle de confidente, de soutien, de grand-mère. Non, elle n'avait pas su dire tout cela, elle n'avait été capable de retranscrire ses sentiments et de rendre honneur à Marie.

Le Covid menaçait de plus en plus, ombre vivante qui rôdait à tous les coins de rue, et la cérémonie avait été expédiée, l'émotion de l'adieu gâchée par un prêtre rigide, qui avait refusé à Armand la seule musique qui lui tenait à cœur, *Si toi aussi tu m'abandonnes*, la version française du film *Le train sifflera trois fois* :

Si toi aussi tu m'abandonnes
Ô mon unique amour, toi !
Nul ne pourra plus jamais rien, non, rien pour moi !
Si tu me quittes plus personne
Ne comprendra mon désarroi...
Et je garderai ma souffrance

Dans un silence
Sans espérance
Puisque ton cœur ne sera plus là ! [6]

Malgré des négociations âpres et un appel à son esprit chrétien et généreux, le curé avait répondu à Jeanne qu'enterrer une personne restait un acte dû à Dieu et non à l'homme et que cette chanson marquant le désespoir d'un seul homme n'avait pas son affaire dans l'accès au Paradis. Seul le climat avait semblé clément et entendre la douleur du veuf : le soleil brillait, déposant sur ses épaules la chaleur qui lui manquait tant depuis le départ de l'absente. Soutenu de part et d'autre par Jeanne et Bruno, Armand avait tout de même remarqué la présence de beaucoup de leurs amis et connaissances de voisinage, et ce, malgré les nombreuses restrictions imposées par le confinement. Sur le cercueil recouvert de fleurs blanches, lui seul déposa une rose rouge de leur jardin, signe de leur amour éternel.

À l'entrée de la maison, Bruno recevait ceux qui arrivaient après la cérémonie. Il observait la file de ces vieux couples qui marchaient les uns derrière les autres, le pas traînant, le dos courbé. Certains, plus âgés et fragiles, renoncèrent au risque d'entrer dans une maison contaminée. Il se représenta leur propre vieillesse à Jeanne et lui.

— Vous êtes Stéphane ?

La question le foudroya. Une vieille dame, chapeau vissé sur le haut d'un chignon parfaitement exécuté, lui tendait sa main bleuie par les veines, et lui offrait un sourire tendre et affectueux.

— Vous ressemblez à votre mère, ajouta-t-elle devant le silence de son interlocuteur.

---

[6] John William 1958

— Oh... Non... Je...

L'absence du fils et la place que sa famille avait prise dans la vie des Duval. L'évidence pour eux prêtait à confusion pour d'autres.

— Non, je ne suis pas Stéphane, répondit-il dans un filet de voix.

Mais la dame était déjà partie.

— Comment on va faire avec lui, maintenant qu'on est censés rester chez nous ? demanda-t-il plus tard à sa femme.

Jeanne hésita avant de répondre :

— On ne va rien changer. Il est notre famille, il est seul et il a besoin de nous.

Son ton était ferme, sa résolution définitive.

— On ne va pas l'abandonner au moment où il a le plus besoin de nous. Et puis, ce trou dans la haie, c'est un passage que personne ne voit. On s'en fout ! On paiera des amendes, mais je refuse de l'abandonner.

Plus elle parlait, plus ses idées devenaient claires : elle aimait ce vieil homme, elle voulait en prendre soin, il faisait partie de leur tribu. Elle qui n'avait jamais réussi à se sentir bien au sein de sa propre famille, étrangère au milieu de sa fratrie, enfant rebelle pour ses parents, elle ne renoncerait pas à Armand qui les connaissait mieux que ceux de leur sang.

— Il perd la tête, tu sais, murmura-t-elle ensuite comme pour s'assurer que personne ne puisse l'entendre alors même qu'ils étaient seuls dans la pièce.

Elle l'avait déjà retrouvé deux fois en bas de la rue en pyjama, il avait oublié de fermer le gaz, et le matin, il cherchait encore Marie. Bruno vint déposer un baiser sur son épaule.

— C'est pour ça que je t'aime. Tu es une lionne. Tu n'abandonnes jamais ton clan.

Elle sourit, mais ses yeux se voilèrent. Le chagrin n'était pas un sentiment qui s'évapore facilement et la disparition de leur voisine venait bouleverser leur vie à tous les quatre. Ils avaient fini de ranger, il était temps de laisser leur voisin se reposer.

Armand attrapa la main de Jeanne :

— Tu sais, je lui avais dit que je ne voulais pas qu'elle s'attache à vous. Je voulais garder mes distances. Mais elle a eu un coup de cœur pour Baptiste. Elle voulait le préserver de ce que notre fils avait vécu !

Ses yeux brillaient de larmes et de souvenirs.

— Elle était têtue. Elle ne m'a pas écoutée ! Et regarde, regarde…

Il balaya la pièce. Sur le buffet, les photos de Stéphane étaient cachées par celles de Baptiste et Paul.

— Vous étiez ses petits-fils, dit-il aux deux garçons assis par terre à ses pieds.

Paul s'appuya contre la jambe du vieil homme, tandis que Baptiste détournait la tête.

L'atmosphère générale, la peur du virus, le confinement, tout pesait de façon exagérée sur leurs émotions et la famille Morel avait dû faire face à des tempêtes très violentes en quelques jours. Le décès de Marie avait exacerbé leurs peurs : ni Paul ni Baptiste n'avaient plus l'énergie pour apaiser leurs tensions et apprivoiser leurs angoisses. Deux jours plus tôt était survenue une grosse bagarre à propos de Lego que le cadet avait encore démontés. Et contrairement à son habitude, lorsque son frère aîné s'était énervé et avait voulu s'en prendre à lui, il avait riposté au point de le mordre jusqu'au sang.

Leurs parents avaient tenté le dialogue, mais Paul avait alors laissé éclater toute sa rage et sa frustration :

— Quand lui, il me tape, vous ne faites jamais rien ! C'est pas juste ! Moi je fais jamais de bêtises !

— C'est sûr, toi t'es le préféré ! Le petit parfait ! Celui qui fait jamais rien de mal ! avait répliqué Baptiste sur un ton méchant.

Bruno l'avait pris à part tandis que Jeanne discutait avec le plus jeune. Alors que le confinement durait, il n'était pas question que la famille se délite.

— Il n'y a pas un coupable. Vous êtes tous les deux responsables. Maintenant vous filez tous les deux dans votre chambre et vous réfléchissez ! avait finalement grondé leur père.

Baptiste

J'ai pas envie de lui parler, pas envie de « comprendre » ou « d'expliquer » comme disent papa et maman. Depuis qu'il est tout petit, Paul me vole mes jouets. Il vient, il se sert et ensuite il met le bazar. Là, j'en ai assez ! Il le sait que cela me rend fou, il le fait exprès !

Nan, mais c'est un gros bébé. Il a tellement pleuré à l'enterrement de Marie, il faisait de la peine à se montrer comme ça. Il arrête pas d'en parler, il a peur pour Armand, Marie lui manque, et si on allait là-bas, et si on cherchait des gendarmes comme avant. Il me gonfle ! Je veux rester seul, je veux plus partager ma chambre avec ce naze. Gros bébé.

Mais seul, j'ai peur. Il le sait, il va se moquer de moi. Et puis j'aime bien jouer avec lui. On n'a pas besoin de parler, on se comprend. On a toujours envie de faire les mêmes choses en même temps et quand je disais ça à mes copains du collège, ils trouvaient ça génial. Eux, ils s'entendent pas aussi bien avec leurs frères, petits ou grands.

– Bapt ?

Il a l'air si triste. Je m'en veux un peu. En ce moment, c'est lui qui prend dès que je suis de mauvaise humeur. Il se fâche jamais contre moi. Je suis pas cool.

– Pardon. Je voulais pas casser tes Lego.

– Je sais…

– Ton monstre il est là en ce moment ?

– Oui.

– Et c'est lui qui n'est pas heureux, pas content ?

– Peut-être…

– Tu pourrais lui dire qu'il a le droit d'être triste aussi.

– C'est pas si simple.

Mon cerveau ne fonctionne plus. Je suis heureux d'être enfermé chez moi tout le temps, je peux faire ce que je veux et je n'ai pas à voir « les gens », « les autres », mais c'est à cause de ça que Marie n'est plus là. Paul se lève et vient s'asseoir à côté de moi, il me tend la main.

– Pour la vie ?

– Et au-delà.

35

— Maman ! Maman !

La voix de Baptiste était stridente. Elle provenait du jardin des Duval. Le mois d'avril était bien entamé et la fin du confinement loin d'être d'actualité.

Depuis le décès de Marie, ils avaient instauré une routine surréaliste. Bruno travaillait tous les jours chez Armand : il s'enfermait dans la chambre de Stéphane, qu'il avait transformée en bureau, et revenait à la maison, accompagné de son voisin à tous les repas. De son côté, Jeanne corrigeait trois manuscrits et gérait parallèlement les différentes heures de cours en « visio » de leurs fils. Tous les après-midi, après la sieste, Baptiste et Paul construisaient des Lego et s'inventaient un univers secret dans lequel personne d'autre n'était convié, puis se rendaient chez leur voisin et jardinaient avec lui. Leurs parents leur avaient attribué un budget illimité chez les pépiniéristes en ligne et ils s'amusaient à vouloir faire revivre d'anciennes espèces avec l'aide de leur papi de cœur. C'était d'ailleurs bien la seule chose qui motivait ce dernier.

On était samedi, le soleil brillait et Bruno avait prévu de faire un barbecue. Le confinement leur tapait sur les nerfs et tout était bon pour détendre l'atmosphère. Entre lui et Jeanne, les relations devenaient compliquées. Ils s'opposaient : quand un disait oui, l'autre disait non. Les enfants jouaient souvent dessus et provoquaient sans le vouloir des disputes. Les corps et les cœurs s'éloignaient. Et pourtant, Bruno appréciait cette proximité nouvelle avec ses fils. Ils jouaient au basket, cuisinaient ensemble, débattaient, c'était fou comme les deux garçons étaient capables de discuter à propos de leurs idées. Oui, c'était une drôle de période, il gagnait d'un côté ce qu'il perdait de l'autre.

— Mamannnnn !!!

Jeanne se précipita hors de la cuisine, interrogea son mari du regard. Il haussa les épaules. Elle était sur le point de l'engueuler et de lui dire d'aller voir lorsque Paul arriva surgissant du trou dans la haie. Il était paniqué, le visage déformé par la peur et ne parvenait pas à articuler.

— Vite, vite ! C'est… c'est… c'est Ar… Armand !

Bruno laissa tomber son barbecue, Jeanne était déjà dans le trou.

— Il respire plus !

Dans le jardin des voisins, Baptiste était assis par terre, la tête du vieil homme sur ses genoux. L'enfant pleurait, les joues inondées de larmes, le corps bousculé par les sanglots.

— On jardinait, et tout à coup…

— Il est tombé ! Bam, comme ça !

Paul s'accrocha à son père.

— Papa, papa, fais quelque chose !

Jeanne se précipita vers son fils et son voisin, tandis que Bruno appelait le SAMU. Il faisait les cent pas, suivi par Paul terrorisé. Baptiste refusa de bouger et lorsque sa mère vint s'asseoir à côté de lui pour tenter de le soulager et de prendre le relais, il hurla.

— Non ! Je reste ! Je reste avec lui ! Lui, il va pas mourir ! Non !

Il secouait la tête, ses mains immobiles sous la nuque d'Armand. Jeanne s'approcha plus doucement, se colla derrière lui, de manière à ce que, sans lâcher leur voisin, il puisse tout de même s'appuyer sur elle et trouver la chaleur dont il avait besoin.

L'attente et les explications au SAMU parurent durer un siècle, mais quand il raccrocha, Bruno enlaça Paul qui s'était accroché à sa jambe et le souleva pour le porter jusqu'au reste de la famille. Tous les quatre formaient autour d'Armand un rempart, une ultime barrière. La vie le quittait, inexorablement, il partait retrouver Marie et Stéphane. Les Morel lui avaient offert un dernier refuge, ils avaient été son réconfort, mais il n'avait plus envie de se battre. Il y eut un râle. Baptiste se crispa un peu plus. Paul enfouit sa tête dans l'épaule de son père.

Ce dernier regarda sa femme. Ils venaient de perdre un autre membre de leur famille. Au lieu de leur douleur, dans leurs regards qui s'accrochaient l'un à l'autre, ils anticipaient le deuil, la colère, et le traumatisme. Le vieil homme était décédé dans les bras de leur fils de onze ans.

Les minutes ressemblaient à des heures, et lorsque les pompiers arrivèrent enfin. Baptiste n'avait pas bougé. Il leur fallut beaucoup de patience pour le détacher du mort.

Le corps levé, le décès constaté, le garçon muet repassa par le trou, et s'enferma dans sa chambre.

36

Avec la disparition d'Armand, la discordance familiale s'accentua. La façade s'ébréchait. Paul exprimait sans mal ses sentiments et faisait valoir son droit au chagrin, à la douleur, ce qui s'opposait en tout point avec Baptiste, dont la violence ne trouvait plus de paravent. Jeanne ne comprenait pas son mari qui continuait à utiliser la chambre de Stéphane comme bureau. Elle y voyait une forme malsaine de morbidité. Bruno fuyait, aspirait au calme et s'imaginait loin.

La fin du confinement leur fit l'effet d'une remise en liberté. Masqués et armés de leur gel hydroalcoolique, les garçons reprirent le chemin de l'école, Bruno le RER. Jeanne entendit le vide des deux maisons résonner jusque dans son ventre.

Paul ne se remettait pas de l'absence des Duval : chaque soir, dans son lit, il les pleurait. Incapable de compassion et cherchant sans cesse la bagarre, Baptiste se moquait et ne cessait de le renvoyer à un statut de bébé pleurnicheur. Un jour, le cadet n'y tint plus. Excédé, à bout, ivre de colère, il tira son frère hilare hors de leur chambre, lui jeta ses livres et ses affaires à la tête :

— Dégage ! Va-t'en ! T'es méchant ! Je te déteste ! Retourne dans ta chambre ! J'espère que tu vas crever de peur !

Jeanne arriva en courant pour trouver le couloir envahi par les affaires de Baptiste, et ce dernier qui avait perdu son sourire narquois et toute envie de provoquer de nouveau son petit frère. Elle lui demanda des explications. Il haussa les épaules, puis d'un pas lourd, descendit les escaliers pour aller dans la cour faire un basket. Paul sanglotait, vidait tout son corps de sa peine, et elle eut bien du mal à comprendre ce qu'il lui racontait.

Elle alla ensuite trouver Baptiste.

— Mon cœur, je crois qu'il faut qu'on parle.

— Ouais, je retourne dans ma chambre, c'est ça ? C'est un bolosse.

Que pouvait-elle faire de plus ? Il restait hermétique à tout ce qu'elle lui disait et même la perspective d'être de nouveau seul dans sa chambre ne semblait plus l'atteindre. Dans la résignation de son fils, elle vit le miroir de ce que tous les quatre vivaient depuis plusieurs mois. Chacun se laissait aller sans envie.

— Il faudrait que tu lui parles, s'il te plaît. On ne peut pas continuer comme ça.

Bruno avait à peine posé son sac en rentrant qu'elle l'avait chopé de son ton de maîtresse d'école. Il haussa les épaules, fatigué. La pandémie tapait sur les nerfs de tout le monde, on ne pouvait pas tout simplement faire semblant et attendre que ça passe ? Mais ce soir-là, elle ne lui laissa pas le choix :

— Il nous fait vivre un enfer. Je n'y arrive plus Bruno. Tu dois m'aider.

Ils s'étaient installés, comme à leur habitude en cas de conflit familial, dans la cuisine. Les garçons étaient couchés, Baptiste n'avait rien montré de la terreur qui avait tordu son ventre au moment de dire bonne nuit, et de devoir de nouveau dormir seul dans sa chambre. Il s'était mordu l'intérieur de la bouche au sang, et alors que la nuit était tombée, qu'il aurait dû dormir depuis longtemps, ses yeux scrutaient l'obscurité et il devinait la discussion de ses parents au rez-de-chaussée. Non seulement il s'était une fois encore disputé avec Paul, mais il savait que certains professeurs avaient alerté sa mère.

— Ses résultats ont chuté. D'après son professeur principal, ils s'inquiètent aussi de sa timidité exacerbée. Il m'a demandé plusieurs fois comment il se comportait à la maison, et surtout s'il avait des copains. Il paraît qu'il n'arrive pas à prendre la parole devant tout le monde !

Elle se leva, se servit un verre d'eau qu'elle but d'une traite.

— Et maintenant ça !

Elle était à bout. Si seulement Bruno pouvait prendre la situation au sérieux ! Il espérait qu'ils en avaient terminé pour ce soir, mais il ne se faisait pas d'illusions et il connaissait assez sa femme pour comprendre qu'elle ne lâcherait pas l'affaire. Elle avait besoin de vider son sac et de trouver un coupable : lui. Il avait oublié qu'elle avait eu un rendez-vous avec la psychologue scolaire après la première alerte donnée par le collège.

— J'ai encore eu le droit au même refrain : « Madame, votre fils est normal, vous ne devez pas lui mettre la pression ».

— Oui, je sais chérie. Tu me l'as déjà dit. Plusieurs fois… Devoir retourner seul dans sa chambre, c'est sans doute ce qui pouvait lui arriver de mieux non ? Il va devoir assumer ses bêtises. Et cela va peut-être lui remettre les idées en place.

Elle soupira.

— Et tu ne crois pas que tu attends trop de lui ?

Elle lui envoya un regard qui lui fit froid dans le dos. Elle le méprisait. Il n'avait plus droit au chapitre et chaque fois qu'il osait s'opposer à sa manière de faire, elle le lui faisait payer. Pourtant, elle continuait inlassablement à lui demander d'agir. Ils étaient entrés dans une spirale infernale qui les opposait en tous points. Il voulait qu'elle relâche la pression.

Debout près de l'évier, Jeanne sentit la pointe d'un couteau venir déchirer son cœur. Quand Bruno lui parlait sur ce ton, légèrement distant, avec des mots qu'il choisissait pour ne pas froisser sa susceptibilité, c'est comme s'il lui jetait à la figure toute la déception qu'il ressentait : déçu de leur famille, de leur couple, de leur fils. Déçu et blasé.

— Je n'attends rien de lui ! Tu es le premier à le forcer à faire des choses qui le mettent mal à l'aise ! J'ai été la première à vouloir le protéger, mais là le collège nous met la pression ! Ils pensent qu'il se passe quelque chose de grave chez nous !

Bruno haussa les épaules, se servit un verre de vin.

— Désolé. Je ne réagis pas comme tu l'attends. Je vais aller lui parler.

Bruno

J'ai la gorge serrée. Me voilà dans les escaliers, les larmes aux yeux. Bapt, je ne sais pas ce qui se passe dans ta tête, je t'assure, j'ai beau vouloir comprendre, mais je n'y arrive pas. Tu dresses un mur entre toi et nous. Nous aimerions tant t'aider, te tendre la main. Et c'est l'opposé qui se passe. La famille s'effrite, on se déteste les uns les autres. On se toise, on se défie. J'ai honte. Je devrais être le pilier. Je suis aussi ébréché qu'un vieux pot en terre.

Ta mère s'active dans la cuisine, je dois prendre mon courage à deux mains, redescendre vers elle, lui annoncer que oui je t'ai parlé, que tu étais terrorisé d'être seul dans ta chambre, mais que je n'ai pas fait de geste, j'ai ignoré ton regard, je t'ai juste fait la morale.

Les mots que Marie avait dits à ta mère me reviennent : « Baptiste est différent. » Ta mère en est persuadée aussi. C'est vrai, quelque chose en toi ne s'adapte qu'avec rudesse, violence au monde, tu es parfois si rigide, j'appelais ça des caprices, mais si c'était autre chose ?

Je remonte dans ta chambre. Tes yeux sont grands ouverts, leur bleu m'enveloppe, ton désespoir est palpable. Je te prends la main, je m'assieds contre le mur.

« Comme quand tu étais bébé. »

37

Bruno était submergé : son couple battait de l'aile, et il ne parvenait pas à faire grand-chose pour améliorer la situation. Il était toujours amoureux, et lorsque ses yeux se posaient sur sa femme, son cœur continuait d'accélérer ses battements comme cette toute première fois où il l'avait croisée chez un ami commun presque quinze ans auparavant. Il savait que le Covid avait provoqué beaucoup de divorces, mais il ne supportait pas l'idée de faire partie d'une statistique, il ne se faisait pas à l'idée que leur histoire pouvait avoir une fin. Il trouvait Jeanne souvent injuste avec lui, car elle attendait de sa part autant de recul sur la situation que d'action. Or chaque fois qu'il proposait quelque chose, il s'opposait à ses réflexions et une sorte de mépris qui avait fini par le faire désespérer de pouvoir améliorer les choses.

Le destin avait doublement décidé pour eux.

On venait de lui proposer un nouveau poste important et parallèlement, le notaire des Duval les avait prévenus que Jeanne et lui avaient été désignés exécuteurs testamentaires en faveur de leurs deux fils. Baptiste et Paul héritaient de la maison de Marie et Armand. Il restait encore une certaine somme d'argent, que les retraités souhaitaient voir distribuer en moitié égale à une association qui luttait contre le harcèlement scolaire et l'autre au bon vouloir des Morel. Bruno avait compris qu'il s'agissait d'un message de Marie à l'égard de Jeanne et un rappel de leurs nombreuses confidences.

Lorsqu'ils rentrèrent après ce rendez-vous, Bruno était décidé à entamer la discussion : ils devaient prendre une décision concernant l'héritage de leurs fils et il voulait avoir l'avis de sa femme au sujet du nouveau job. Mais depuis leur dispute au sujet de Baptiste, Jeanne était murée dans un silence hostile.

— Chérie, il faut qu'on parle.

— Encore ?

Les garçons étaient à l'école, c'était un jour de télétravail, Bruno aurait dû traverser la haie, et se réfugier dans la seule pièce où il se sentait maintenant le bienvenu, l'ancienne chambre de Stéphane. Il y avait tellement d'ironie dans tout cela.

— Oui, encore ! répondit-il sur un ton agressif.

Jeanne ne cacha pas sa surprise, mais elle hocha la tête. Elle lui montra la chaise de la cuisine. Il eut le sentiment étrange et très désagréable de passer en jugement.

— J'ai deux questions pour toi Jeanne.

Elle sursauta. Il ne l'appelait jamais Jeanne, et jamais il n'utilisait son prénom, même lorsqu'il était en colère – ce qui était plutôt son domaine à elle, si elle était honnête. Bruno posa les mains sur la table. Elle devina que cela dépassait ce qu'elle pouvait imaginer.

— Première question : que faisons-nous de la maison des Duval ?

Elle soupira et secoua la tête.

— Je ne sais pas, je... je ne m'attendais tellement pas à ça !

Elle avait les larmes au bord des yeux et son chagrin était si épais que Bruno aurait pu le serrer entre ses bras pour essayer de l'évaporer.

— Si on la vendait, on pourrait mettre de l'argent de côté pour leur avenir ? proposa-t-il.

Il craignait sa réaction, mais il avait longuement réfléchi : ils ne s'installeraient jamais dans la maison de leurs anciens voisins tant ils y avaient de souvenirs, et le profit de la vente donnerait un bonus de départ aux garçons dans leur vie d'adultes. Contre toute attente, Jeanne, les yeux embués, hocha la tête.

— Oui… oui, tu as raison. C'est juste que… on est pressés ? Je ne sais pas si j'aurais la force en ce moment de m'occuper de tout cela.

Bruno osa poser la main sur celle de sa femme.

— On va le faire à deux.

Il lui sourit, mais son cœur se serra un peu plus.

— Et ta deuxième question ? lui demanda-t-elle.

Il prit une profonde inspiration. Un grand vertige s'empara de lui. Sa vie entière se jouait dans les trois prochains mots qu'il s'apprêtait à prononcer.

— Veux-tu divorcer ?

Jeanne retira sa main et posa sur lui des yeux effrayés. Il pouvait deviner tout ce qui se passait dans sa tête, il voyait derrière son regard noisette, les questions qui défilaient. La pièce s'était assombrie, il aurait juré que l'orage grondait derrière eux, et pourtant lorsqu'il tourna la tête vers la cour de la maison, il put voir les rayons du soleil danser avec la brise estivale sur les feuilles de leur arbre.

— Mais…

Elle balbutiait, tentant de contrôler les sanglots qui l'étranglaient.

— Je…

Ce qu'il vit, ce qu'il devina sur le visage tant aimé, chéri, adoré, brisa son cœur. Elle avait envie de dire oui. Oui au divorce, oui à la séparation, oui à la fin d'une histoire qu'ils s'étaient juré de faire durer une vie.

— On m'a proposé un nouveau poste, ajouta-t-il, certain maintenant que son sort était décidé et que leur histoire entamait son dernier virage. Et le poste est en Belgique.

Jeanne se leva précipitamment. Elle faisait les cent pas dans leur petite cuisine.

— Et toi ? Que veux-tu ?

Elle le fixait, tremblante.

— Moi ? Mais c'est évident non ? répondit-il, soudain sur la défensive.

Elle lui sourit, pencha la tête et fit un non silencieux.

— Je n'ai pas envie que notre histoire s'arrête là, mais je ne vois plus d'issue à notre couple. Nous ne sommes jamais d'accord, tu m'en veux pour tout et je ne fais plus d'efforts.

Les mots sortaient, comme s'il avait attendu un signe d'elle pour qu'ils puissent enfin se libérer. Il parlait, il s'autorisait à vider son sac.

— Je t'aime, c'est à peu près la seule chose dont je sois encore certain, mais l'amour ne suffit plus. Entre le décès des Duval et les problèmes avec Baptiste… Notre vie de famille ressemble à un combat de boxe et je crois que je suis K.O.

Au fur et à mesure qu'il parlait, elle se tassait. Elle finit par s'asseoir, ses yeux ne le quittaient pas. Elle faisait oui de la tête, elle disait non. Il avait fallu arriver à ce point de non-retour pour que pour la première fois depuis longtemps, ils se sentent en harmonie.

— Tu m'aimes encore ? répéta-t-elle, la voix cassée.

Il ne répondit rien.

— Je t'aime, reprit-elle, tu fais partie de moi, mais je crois que oui, nous avons des soucis et qu'il serait temps pour nous de les régler.

Jeanne

C'était donc tout ce que nous avions à vous offrir à Paul et toi ? Une vie de famille détruite ? Quand j'ai compris que ton père était prêt à me quitter, j'ai vu notre vie future défiler, j'ai deviné les reproches que vous me feriez avec ton frère, la solitude, le manque. Le manque de lui, le manque de sa présence, le manque de tous ces petits riens qui font toute une vie et qui construisent les souvenirs. Son renoncement m'a donné de nouveau envie de me battre, non pour vous, mais pour moi, pour lui, pour notre bonheur, pour notre amour. Parce que je reste persuadée que l'amour peut tout vaincre, que si on lui donne une chance de mener la danse, il éclairera tous les matins du monde.

Mais j'ai mis tellement d'énergie à nous détruire, qu'il faudra du temps pour qu'il me pardonne et me fasse à nouveau confiance. Je dois ranger ma rancune et ma colère, je dois déconstruire et retrouver la définition du mot bonheur.

38

Ce fut autour d'un apéritif dînatoire que Bruno et Jeanne annoncèrent leurs décisions aux enfants. Ils avaient attendu la fin de l'année scolaire, et la perspective du départ à Hossegor pour les vacances, espérant ainsi faire mieux passer leurs décisions aux enfants.

Baptiste s'était éteint de plus en plus pendant son année de 5e, caché derrière son masque, au point de ne plus retrouver ses amis après les cours. Il tapait dans le ballon de basket, se cachait pour jouer aux jeux vidéo. Il paraissait vidé de toute énergie, n'exprimait plus ni colère ni envie, ni motivation ni ressentiment. Seul Paul avait retrouvé grâce à ses yeux. Leur complicité se reconstruisait, et le petit passait beaucoup de temps, silencieux, assis à côté de son frère. Présence rassurante et réconfortante. Leurs parents démunis, car l'adolescent ne parlait pas et ne semblait pas non plus souffrir de ne pas exprimer ses sentiments, décidèrent donc qu'un été complet au bord de l'océan Atlantique ne pouvait qu'être bénéfique. Une autre manière aussi de faire passer la pilule du départ de Bruno en Belgique et de la vente de la maison des Duval.

Peu de temps avant de prendre la route pour le Sud-Ouest, ils s'étaient donc installés dans la cour, et avaient entonné ensemble et d'une même voix leur grande déclaration.

— Tu veux dire que la maison est à nous ? demanda Paul, les larmes aux yeux.

Jeanne hocha la tête pour approuver.

— Mais donc vous n'avez pas le droit de la vendre sans notre accord ?

Baptiste sortait de son silence. Il n'affichait ni animosité ni hostilité, il voulait comprendre.

— Eh bien, c'est un peu plus compliqué. Vous êtes mineurs et nous sommes les exécuteurs de leur volonté testamentaire, cela nous donne le droit de faire des choix. On pourrait envisager de garder la maison, pour que vous puissiez la récupérer plus tard, mais la vérité, mon cœur, c'est que cela coûte beaucoup d'argent à entretenir. Il faudrait faire un choix entre elle et Hossegor. On ne pourra pas avoir trois maisons.

Paul pleura sans retenue, puis une fois ses larmes séchées, leur mère leur avait suggéré d'aller récupérer dans la maison vide quelques souvenirs qui avaient une signification particulière et leur permettraient de faire ce nouveau deuil avec plus de sérénité.

— Qui va habiter la maison ? avait-il demandé.

— On ne sait pas encore. Certainement une famille… avait répondu Jeanne, se rappelant leur propre arrivée presque quinze ans auparavant.

— C'est bon ?

La question venait de Baptiste. Le visage fermé, il n'avait qu'une envie, disparaître. Il sortit de la pièce et grimpa les escaliers vers sa chambre. Jeanne s'apprêtait à le rejoindre, mais son mari lui fit signe de rester avec Paul. C'était l'occasion pour lui de se rapprocher de son fils et d'essayer de l'aider.

Assis sur son lit, les pieds posés à plat au sol, les bras autour de son ventre, Baptiste était comme prostré.

— C'est dur de perdre les gens qu'on aime, avait suggéré son père en s'asseyant à côté de lui.

Les yeux de son fils s'étaient emplis de larmes, et pendant plusieurs minutes, il fut secoué de gros sanglots. Bruno resta à côté, sans jamais le toucher. Il ne voulait pas briser le fragile élan de Baptiste pour se livrer.

— Tu as raison, cela fait du bien de pleurer. Ça lave.

Ils restèrent ainsi jusqu'à ce que le jeune garçon n'ait plus rien à sortir.

— Tu veux choisir quelque chose ? avait alors demandé son père. Tu veux prendre un souvenir dans la maison ?

L'adolescent avait secoué la tête en signe de négation. Rien de ce qu'il pourrait récupérer ne lui rendrait Marie et Armand.

— Tu as sans doute raison, mais parfois, longtemps après, on est content de retrouver cet objet, tu l'auras oublié et alors il te rappellera plein de bons souvenirs, et à ce moment-là, il te fera du bien.

Mais Baptiste s'obstina dans son refus, et son père, conscient qu'il venait de faire un pas énorme vers la résilience, n'insista pas. Sur le palier, il croisa Paul qui vint se blottir dans ses bras. Ce court moment de tendresse lui redonna du courage. Ses fils étaient si différents l'un de l'autre, et si complémentaires. Souvent il se disait qu'ils étaient les deux faces d'une même médaille, le Yin et le Yang. Il souhaitait plus que tout que leur fraternité résiste au temps et aux épreuves de la vie.

Le soir, Jeanne revint de chez les Duval avec dans ses mains un carton du format d'une boîte à chaussures.

— J'ai trouvé cela, dit-elle en s'asseyant par terre, en tailleur après avoir déposé la petite caisse sur la table basse.

Elle ôta le couvercle : à l'intérieur, des photos, mais surtout plusieurs carnets. Écrits à la main.

— On dirait des journaux intimes.

Ensemble, ils les feuilletèrent : les mots de Marie traversèrent le temps jusqu'à eux. Depuis sa rencontre avec Armand, jusqu'à celle avec Baptiste. De leur désespoir de ne pas être parents jusqu'à la joie de voir débarquer Paul avec son casque de vélo sur la tête, tenant la main de son grand frère. Ensemble, ils lurent la vie de leurs amis, ils redécouvrirent des souvenirs qui leur appartenaient aussi. Bruno fut ému de tout ce que Marie pensait de lui, elle le décrivait comme un arbre solide, dont les racines profondes seraient le ciment de sa famille, elle insistait sur son regard terrien qui était la ligne d'horizon de ses fils, de son fils.

— Elle parle de nous, murmura-t-il, ému.

À ses pieds, Jeanne hocha la tête.

— Elle parle de Baptiste, elle parle de Paul, elle nous raconte. C'est beau.

À travers les mots manuscrits, Jeanne reçut l'amour de leurs voisins. Elle comprit aussi qu'elle avait quelque chose à leur rendre.

Marie

Janvier 2020, j'écris les dernières pages de ce carnet. Je n'en prendrai pas d'autres. La fin est proche, je le sens. J'ai déjà de la peine parce que, même si c'est pour retrouver Stéphane dans l'au-delà, je vais vous quitter ton frère et toi.

Je me dépêche de livrer ici mes dernières confidences.

C'est le 25 décembre qu'Armand m'a dit qu'il voulait que vous soyez nos héritiers. « C'est évident qu'on ne peut pas laisser notre maison à des inconnus, notre famille c'est eux ! » Il était décidé et cela m'a amusée de le voir si motivé à me convaincre d'une chose dont j'étais déjà certaine. Nous revenons donc de chez le notaire. Paul et toi êtes officiellement nos héritiers. Je suis si heureuse ! Je sais que, quel que soit le choix que vous ferez pour cette maison, cela sera le bon.

La vie n'est pas facile, tu sais. Tu vas avoir des hauts qui te paraîtront parfois fades et des bas monstrueux où tu voudras peut-être mourir. Reste droit, reste-toi, reste fidèle à qui tu es, à ce que tu crois, à l'amour de ta famille. Tes parents ont du mal à l'entendre, mais ils sont formidables et ils t'aiment tant ! Quant à Paul… Je sais qu'il est ton reflet, ton double, ton meilleur ami. J'ai confiance en vous. Garde précieusement ta différence et cultive-la pour en faire une force. Tu rayonneras sur tous ceux qui auront la chance de briser ta carapace.

Je t'aime.

Baptiste

Maman m'a donné les carnets après les avoir tous lus. Elle m'a dit qu'ils étaient encore plus précieux que tout le reste, elle m'a demandé de les lire un jour quand je serais prêt et ensuite de les donner à Paul.

Elle m'a regardé avec un drôle d'air, qui m'a touché très profondément. C'est comme si elle avait trouvé la clé. La clé d'un truc au fond de moi. Je ne sais pas vraiment quoi, mais ça a fait chaud, puis froid, c'était bien.

J'ai rangé les carnets. C'est trop tôt. Marie et Armand, ils sont dans mon cœur, j'ai dû lutter fort pour ne plus être en colère contre eux de m'avoir laissé. Je crois que maman a compris. Elle m'a demandé si elle pouvait me faire un câlin. C'était tout doux. Ça m'a fait du bien.

Après ça, avec Paul, on a passé tout l'été à Hossegor, à se baigner, à surfer, à s'évader de la maison. Et pendant tout ce temps, j'ai gardé cette impression bizarre d'être moi, d'être libre.

Je crois que je suis prêt.

À entendre, à comprendre, à accepter et à grandir avec ma différence.

39

Baptiste entra en quatrième et Jeanne mit un point d'honneur à obtenir le plus vite possible un rendez-vous avec son professeur principal : elle voulait que soit noté dans son dossier, qu'il était un enfant timide, plus timide que la moyenne, qu'il fallait respecter son silence et surtout obtenir sa confiance. Le professeur la toisa, un sourire narquois au bord des lèvres. Si tous les parents faisaient pareil ! Elle connaissait le discours, merci bien, s'il pouvait l'écrire en rouge dans le dossier, il serait aimable. Il en prit donc bonne note, c'était son rôle, puis mit le dossier sous la pile des choses plus urgentes à traiter.

En sortant de l'établissement, Jeanne pensa à toutes les rentrées préparées, anticipées, à tous ces regards de haut qu'elle avait subis.

— Et je recommencerai demain ! se dit-elle.

Baptiste n'avait plus rien d'un petit garçon : son corps avait grandi, sa voix mué, sa puberté commencé. Il était officiellement un adolescent. Pourtant, ce fut comme si ses transformations physiques l'avaient apaisé. S'il avait encore des crises pour un t-shirt trop court ou pour la porte du couloir fermée, s'il ne s'endormait toujours pas le soir sans un rituel bien précis, il semblait plus serein. Il partageait avec plaisir des anecdotes sur sa classe, il participait un peu plus à la vie de famille et lorsque la maison des Duval avait été vendue, il avait su réfréner ses pulsions de violence contre l'injustice qu'il ressentait. Le revers de la médaille, c'est qu'il enchaînait les maux de ventre et ce qu'il appelait « ses gastros Flash McQueen [7]» pour ne pas inquiéter outre mesure sa mère. Il ressentait dans ces cas-là une grande fatigue. Et puis, il devait rester à la maison.

Le soir, au téléphone, Bruno et Jeanne débriefaient de cette nouvelle vie qu'il ne vivait qu'à moitié avec eux.

Il avait pris son poste à Bruxelles et faisait des allers-retours réguliers entre la capitale belge et leur petite maison de banlieue. Paul restait persuadé que ses parents divorçaient, au contraire de Baptiste qui prit cela comme une occasion de grandir et de devenir plus mature. Le grand rassurait le petit et l'avait convaincu de continuer à s'occuper du jardin des Duval jusqu'à l'emménagement des nouveaux habitants, comme un hommage posthume aux défunts.

— Ça veut dire quoi posthume ?

[7] Flash Mc Queen : voiture de course, héros du films « Cars »

Paul

On a arrosé pour la dernière fois le potager. Moi je fais que pleurer, ça me fait trop mal de me dire que c'est plus chez nous, que demain il y aura des gens inconnus qui vont habiter ici. Les ouvriers qui ont refait la maison ont fini leur travail. Elle a changé, elle est belle et très blanche, les fenêtres sont neuves, les volets sont bleus comme chez nous… Demain ils rebouchent le trou.

Toi tu restes droit. Toi tu regardes la maison et j'ai l'impression que tu repasses toute ta vie comme un film dans ta tête.

40

C'était un jeudi soir, les garçons jouaient un basket dans le jardin, le trou n'existait plus, chacun faisait semblant de rien. Jeanne entendit la voiture de son mari se garer devant la maison. Un sourire s'accrocha à son visage, et son cœur battit un peu plus fort. Elle aimait cette sensation d'attente et d'excitation. Ils se retrouvaient, ils se draguaient, flirtaient, ils faisaient chacun tous les efforts nécessaires pour séduire l'autre. Lorsqu'il revenait de Belgique, elle oubliait qu'elle était mère de famille, elle redevenait une femme amoureuse. Cette séparation avait été salvatrice. Elle avait aussi renforcé les liens au sein de la famille : Bruno s'était rapproché des garçons. Son absence l'obligeait à être plus attentif, à mieux les écouter, et les deux garçons le lui rendaient bien. Après des années compliquées et les mois difficiles des confinements successifs, ils formaient maintenant un clan soudé.

— Les enfants, Papa est là ! cria-t-elle en direction de la cour, avant de se diriger vers la porte d'entrée pour y accueillir son homme.

Il monta les quelques marches qui les séparaient, et dans une attitude théâtrale la prit dans ses bras pour la renverser et l'embrasser fougueusement.

— Ah, mais beurk, vous êtes dégueu !

Paul fit semblant de se cacher les yeux. En vrai, il adorait voir ses parents si démonstratifs. Baptiste sourit. Il était heureux quand son père rentrait. Ils avaient un tas de choses à se raconter. Le jeudi était devenu pour eux le soir le plus important de la semaine : celui des retrouvailles, des confidences, des petits soucis qu'on jetait à la poubelle, des grands qu'on décortiquait pour mieux en faire des confettis, des espoirs qu'on entretenait, des rêves qu'on agrandissait. Chacun avait son temps de parole, chacun se racontait et tout le monde écoutait.

— Alors quoi de neuf les gars ? demanda Bruno un grand sourire accroché à son visage fatigué par le voyage.

Dans la maison, les effluves du dîner préparé par Jeanne embaumaient la maison. Cela avait quelque chose de magique d'être toujours celui qu'on attend. Et si cela avait permis de ressouder les liens avec sa femme, Bruno ne perdait pas de vue la nécessité de rester vigilant et d'être encore plus un père attentif et droit. « Il était l'arbre de la famille », les mots de Marie flottaient toujours quelque part autour de lui.

Paul, maintenant collégien et grand sportif, raconta son match de basket et la compétition qui devenait ardue pour réussir à devenir champion régional, Baptiste écoutait, mais Bruno lui trouvait quelque chose de différent. Il attendait son tour pour parler et ses mains tapotaient à un rythme très régulier le bout de sa cuisse.

— Et toi Bapt ? finit-il par demander quand le plus jeune de ses fils eut terminé son récit.

Jeanne tourna la tête étonnée vers lui. Il lui renvoya un sourire et fit un mouvement du menton pour désigner leur fils aîné qui se tortillait maintenant sur sa chaise.

— Papa, Maman… aujourd'hui au collège on a eu une conférence. Une dame d'une association est venue nous parler de l'autisme.

Assis à la petite table ronde en métal, un verre de jus de pomme devant lui, le jeune garçon hésitait. Il voulait choisir ses mots avec précaution, car il savait que sa mère serait profondément bouleversée, il plongea son regard dans celui de son frère. Paul savait déjà, ils en avaient discuté ensemble. Il se racla la gorge, empêcha sa main de tapoter le bout de son genou, posa de nouveau les yeux sur son frère. Cela lui donna le courage de continuer.

— Et… je crois que je suis autiste.

Sa voix claire et limpide foudroya Jeanne. Elle repensa aux recherches qu'elle avait effectuées des années auparavant. Son cœur se serra, et l'angoisse s'empara d'elle. Elle avala sa salive, sentant sa gorge se serrer sous le coup de l'émotion. Bruno à ses côtés, faisait preuve d'un calme olympien.

— Ah, et bien c'est assez radical comme diagnostic. Mais raconte-nous : pourquoi tu penses ça ?

En finissant sa phrase, il posa la main sur le bras de sa femme pour l'encourager à écouter leur fils.

— Et bien, la dame nous a parlé des symptômes de l'autisme et sans déconner je coche toutes les cases.

D'un signe, Bruno lui demanda de continuer.

— Et bien par exemple, le repli sur soi et l'anxiété sociale. Je déteste entrer dans une pièce pleine d'inconnus, j'ai peur qu'on me juge tout le temps, marcher dans la rue et le regard des autres c'est toujours une épreuve pour moi. Les gestes répétitifs. Maman tu te souviens comme ça te rendait folle mes bruits de gorge ou que je me sentais les mains ? Je fais plus ça, mais maintenant je pianote avec mes doigts, tout le temps ! Et enfin, je déteste le changement et les imprévus. Les autistes sont très sensibles à ça.

— Effectivement, j'ai lu plusieurs choses à ce sujet, enchaîna Jeanne.

— Et que peut-on faire ?

Bruno cachait son émotion en prenant la direction des opérations. Si son fils était réellement autiste, qu'on pouvait enfin poser un mot sur sa différence, il y avait forcément une solution, un remède, un traitement ! Cela ne pouvait être qu'une bonne nouvelle.

Jeanne

« Je crois que je suis autiste. » Tes mots tournent en boucle dans ma tête. Une toute petite phrase qui soulève un poids énorme de mon cœur. Et si c'était ça ? Je veux dire si vraiment tu es autiste, qu'est-ce que cela veut dire pour toi ensuite ?

Évidemment, je plonge tête baissée dans les recherches.

Comment fait-on pour diagnostiquer l'autisme, qui faut-il aller voir ? Mais le monde, d'un coup, ne tourne pas assez vite pour moi, je voudrais tant que les choses s'accélèrent, qu'on sache, qu'on puisse cocher cette case. Les rendez-vous sont trop loin, les formulaires, les questionnaires, l'attente autour de tous les bilans que tu fais sans sourciller, sûr de toi. Je te répète à chaque entretien avec le neuropsychologue à quel point je suis fière de toi, de ta force, de cette analyse que tu as été capable de faire sur toi-même à quinze ans seulement.

Je ne sais pas de quoi demain sera fait, mais je sais une chose. Quel que soit le diagnostic, tu as la force en toi pour déplacer des montagnes.

Paul

Les choses ne vont pas changer hein ? Ce n'est pas parce que d'un coup on te met dans une case que plus rien ne sera comme avant ?

Les parents ne font pas attention à moi. Je sais qu'ils pensent pas à mal, mais personne ne se demande comment je vais moi et si cela me fait quelque chose d'avoir un frère à qui on colle une étiquette.

C'est aujourd'hui qu'on va te dire. Autiste ou pas ?

Je suis tout seul à la maison, pendant longtemps.

J'attends que vous reveniez.

41

— Baptiste est ce que l'on appelle un « autiste de haut niveau ».

Le verdict est tombé. Aussi violent que la voix du professionnel est douce et chaleureuse. Quatre petits mots pour résumer un être. Quatre petits mots qui se répercutent sur les murs de la pièce, volent autour d'eux et les emportent dans leur écho.

« Autiste de haut niveau. »

Au fond d'eux, ils le savaient. Mais à errer dans le flou toutes ces années, ils en étaient arrivés au déni, cette contrée confortable qui les rassurait.

Bruno et Jeanne entourent leur fils aîné. Chacun d'un côté, ils l'encadrent, piliers solides et immuables de sa vie. Chacun à sa place, chacun dans son rôle. Aujourd'hui pourtant, Baptiste se sent coincé, il voudrait s'enfuir. Échapper à sa mère qui va en faire une tonne. Elle est comme ça, elle vit tous les petits et grands événements dans une surabondance émotionnelle. Échapper à son père, le pragmatique de la famille, qui raisonne, calcule puis utilise les bons outils pour tailler leur chemin avec la précision de l'ingénieur qu'il est, alors qu'au fond c'est un grand sentimental.

« Autiste de haut niveau ».

Baptiste repense à la conférence au collège, et n'est plus certain de ce que cela signifie. Il sait qu'il est sur le bord d'une ligne invisible, qu'il franchit trop souvent, il sait qu'il n'aime pas le bruit, il sait que c'est angoissant d'avoir des invités à la maison, il sait qu'il est incapable de prendre la parole devant la classe. Il sait qu'il est rigide comme le bois : pour lui, l'heure c'est l'heure et il ne supporte pas qu'on parte en retard ou en avance ou que le réveil n'affiche pas la même heure que l'horloge de la cuisine ; quant aux changements et aux imprévus, cela provoque des crises d'angoisse qui le paralysent. Sauf quand il s'agit de se lever plus tard le matin et de narguer son frère, ça c'est cool. Il sait aussi que c'est pour tout ça qu'il a passé les tests.

— Vous pouvez nous en dire plus ?

C'est Bruno qui parle. Jeanne reste figée. Elle voudrait dire quelque chose, elle voudrait tendre la main et prendre son petit dans les bras. Lui demander pardon, la vie n'est pas juste, lui dire qu'elle l'aime. Mais elle se tait et laisse les mots la pénétrer jusqu'au cœur. Ce cœur déchiré en un millier de morceaux par cette simple phrase. Comme elle est muette, elle regarde. Elle fixe le psy qui dessine un segment sur lequel il place des petits traits pour définir un début, un milieu et une fin.

— Cette ligne représente le spectre des troubles autistiques. Tout à gauche, on trouvera les enfants lourdement handicapés, intellectuellement et physiquement, et à droite, les autistes de haut niveau qu'on appelait aussi « Asperger ». Baptiste fait partie de cette catégorie.

L'homme fait une pause pour s'assurer que tout le monde suit sa démonstration.

— Mais il y a des débats autour du terme. Hans Asperger a bien étudié l'autisme chez les enfants, mais il était très proche du gouvernement nazi. On… Comment dire… De nos jours on préfère utiliser le terme d'autiste de haut niveau pour les autistes sans déficience intellectuelle et surtout on parle de TSA, de troubles du spectre autistique, qui est un terme plus proche de la réalité.

Jeanne sent une boule se former dans sa gorge. Elle n'a pas attendu le rendez-vous pour se renseigner sur les différentes formes d'autisme, et elle ne peut s'empêcher de penser à ces enfants qu'on a peut-être exploités pour comprendre le mécanisme de leur cerveau hors norme. Le neuropsychologue reprend son explication.

— L'autisme de haut niveau ne comporte pas de déficience intellectuelle. Même au contraire, certains sont réputés pour avoir des capacités parfois hors du commun. D'ailleurs, votre fils fait partie des 2% de la population mondiale à avoir un niveau de compréhension verbale largement au-dessus de la moyenne. En revanche, il sera en dessous dans ce qu'on appelle les aptitudes sociales. Il ne possède pas les bons codes et cela crée une anxiété qui, dans son cas, se rapproche beaucoup d'une phobie sociale.

L'homme a parlé dans un seul souffle. Il reprend sa respiration, attend les questions. Baptiste lui aimerait qu'on en finisse une bonne fois pour toutes. Il a déjà passé assez de temps ici. Il a rempli des formulaires, répondu à des questions, fait des tests de logique, il a retenu des mots, leur ordre, et même dessiné de mémoire une figure complexe qui ressemblait de très loin à un poisson. Tous ces exercices ont donné ce résultat : il est intelligent, mais autiste, une forme de handicap quoi. C'est bon, maintenant on pourrait passer à autre chose.

— J'ai lu quelque part que…

Jeanne hésite. Sa voix est légèrement éraillée.

— Que cela viendrait de la mère.

Le professionnel se redresse sur son siège, en secouant la tête.

— Une rumeur bien difficile à effacer, hélas, comme tant d'autres.

Jeanne le regarde, éperdue de culpabilité. Il se sent redevable envers ses patients, mais aussi envers leurs parents, souvent maltraités par de fausses croyances.

— Des études sur le facteur génétique sont en cours. Mais pour le moment, il n'y a aucune preuve concrète. Tout comme toutes ces études autour des facteurs environnementaux. Je vous en supplie, n'allez pas croire les charlatans et leurs théories fumeuses. L'autisme est un trouble neurodéveloppemental qui se caractérise par certains troubles comme l'altération des interactions sociales, il ne l'a pas « attrapé » dans un vaccin ou parce qu'il a mangé des carottes mal lavées.

Il reprend son stylo et dessine une flèche qui part du centre de son schéma et s'arrête à l'extrémité droite.

— Baptiste est là. Malgré son handicap, il a su très bien s'adapter.

L'homme sait que le mot handicap a la violence d'un coup de poing à chaque fois qu'il le prononce ; il regarde Jeanne avec bienveillance.

— Chaque enfant est différent, et il y a autant de formes d'autisme que d'autistes. On compte actuellement environ sept cent mille personnes porteuses de troubles autistiques en France[8]. Vous imaginez quelle variété cela représente ?

Il marque un temps d'arrêt. C'est important que l'ensemble des membres de la famille soit bien attentif à ce qu'il va dire ensuite.

---

[8] Selon handicap.gouv.fr : 100 000 jeunes et 600 000 adultes sont autistes en France

— L'environnement que vous avez apporté à votre fils l'a certainement aidé. Vous avez su lui offrir le soutien, l'amour, bien entendu, mais aussi la compréhension et les apprentissages qui lui ont permis de grandir et de s'adapter au mieux compte tenu de son incapacité sociale. Votre instinct était le bon.

Baptiste remue sur sa chaise, gêné. Sa mère doit avoir les larmes aux yeux. Comment pourrait-il en être autrement ? L'homme vient de lui donner raison, après toutes ces années où elle s'est battue pour le soutenir et l'accompagner.

— Comment se fait-il qu'aucun des psys et médecins qui ont pu suivre Baptiste n'ait rien vu ?

Le ton est presque agressif. Le sentiment de culpabilité fait place à la colère. Avec Bruno, ils en ont cherché des solutions !

— Hélas, on parle souvent de « handicap invisible » pour l'autisme. Et très peu de professionnels sont formés au diagnostic, donc à percevoir ces différences.

Le neuropsychologue sait que c'est dur à accepter : Baptiste aurait pu ne jamais savoir pourquoi il se sent marginal.

— Je ne veux pas prendre leur défense, mais je pense que l'essentiel est maintenant de se concentrer sur l'avenir.

Bruno se penche en avant

— Justement que peut-on mettre en place pour continuer à l'accompagner ? demande-t-il.

— Tout dépend de ce que vous voulez.

Il fixe avec bienveillance les parents de l'adolescent. Il devine leur frustration, mais ce n'est pas à lui de définir leurs ambitions pour le futur.

— Je sais, ce n'est pas une réponse. Mais il y a plusieurs voies possibles. Dans l'absolu, Baptiste n'est pas porteur d'un lourd handicap, donc il faut vous poser la question de la reconnaissance médicale. Voulez-vous le faire reconnaître autiste et donc établir des dossiers MDPH[9] pour avoir des aides, des aménagements scolaires ?

Bruno et Jeanne se regardent. Ils ne savent pas ce qu'ils veulent ! Ils ne voulaient pas que leur fils soit autiste, qu'il vive toute sa vie avec ce poids difficile à supporter, alors de là à savoir comment ils envisagent un avenir auquel ils n'avaient même pas songé…

— J'ai noté en bas du bilan mes recommandations, reprend le professionnel d'une voix toujours calme et posée. Comme je vous l'avais expliqué lors de notre premier entretien, ce diagnostic n'a aucune valeur médicale. Si vous décidez de le faire valider, il faudra d'abord trouver un psychiatre. Je vous préviens tout de suite, cela sera sans doute le plus difficile, obtenir un rendez-vous dans des délais raisonnables tient du miracle. Donc en premier lieu, je vous conseille de discuter avec le collège de Baptiste pour le mettre au courant et expliquer ses particularités.

Le rendez-vous est clos. Les particularités de Baptiste inscrites noir sur blanc dans un dossier épais, quinze années d'ignorance résumées en trente pages. Ils quittent le cabinet en silence.

Lorsqu'ils arrivent chez eux, Paul les attend dans le salon. Il piétine et regarde son frère, inquiet.

— Alors ?

Bruno et Jeanne hésitent, mais Baptiste les prend de court.

— Va falloir que tu fasses mes corvées. Je peux plus moi, je suis autiste.

Comme souvent, il désamorce la situation avec son humour décalé. Le cadet lui sourit.

— On se fait un FIFA ?

---

[9] Maison départementale Pour les Handicapés

Dans la chambre de Baptiste, les garçons ne se parlent pas. Le plus jeune se mord la langue pour éviter d'abreuver son frère de questions, mais quand ce dernier gagne son match virtuel, il ne résiste plus :

— Tu vas guérir ?

Baptiste ne le regarde pas.

— Ce n'est pas une maladie. C'est un handicap.

— C'est quoi comme handicap ?

— Ce n'est pas visible. Je le porte dedans. Je ne suis pas social.

— Mais on le savait déjà ça ! Et on peut rien faire ?

Baptiste hausse les épaules.

— Toi t'es blond. Moi je suis autiste. C'est comme ça.

— OK.

Dans le salon, Jeanne se laisse aller sur le canapé. Elle se sent vide.

— On a fait ce qu'il fallait.

Bruno embrasse tendrement sa femme sur le sommet de la tête avant de s'asseoir à ses côtés et de lui tendre un verre de vin blanc frais.

— Tu crois ?

— Tu as entendu ce qu'a dit le psy ? On l'a tiré vers le haut. On a su d'instinct comment se comporter avec lui et comment le protéger. Enfin surtout toi. Tu as été là pour lui.

— T'as honte ?

Bruno sursaute.

— De quoi ?

Les yeux noisette de sa femme le sondent. Elle est triste.

— Eh bien… même si c'est un handicap invisible, cela reste… quelque chose de différent, à assumer et…

— Non ! Bien entendu que non, je n'ai pas honte ! Je ne l'ai pas toujours compris, et je ne vais certainement pas devenir un père parfait du jour au lendemain, mais je l'aime. Et je suis fier de qui il est. Il est intelligent, il est drôle, il est beau, et il est courageux !

Elle garde la tête baissée.

— Je suis fier aussi de ce qu'on a su traverser, ensemble.

Bruno s'approche de sa femme :

— T'as honte toi ?

Jeanne a le cœur qui bat si fort qu'il bourdonne dans ses oreilles. Finalement, l'émotion prend le dessus.

— Non. Mais toutes ces années, on l'a poussé à se fondre dans la masse, on l'a forcé à être ce qu'il n'était pas, et pourquoi ?

— Tu n'es pas coupable.

— Je suis sa mère, je suis forcément coupable.

42

« Madame la Principale,

Notre fils, Baptiste Morel, élève de 4e dans votre établissement, vient d'être diagnostiqué autiste de haut niveau. Dans l'optique de lui offrir l'accompagnement nécessaire et de favoriser le lien avec l'équipe pédagogique, nous nous permettons de solliciter un rendez-vous avec vous et son professeur principal. »

Jeanne appuie sur « envoyer ». Elle soupire et se masse la nuque : elle a passé deux heures à écrire ces simples lignes. Bruno va repartir ce soir pour Bruxelles et elle voudrait valider avec lui l'ensemble des pistes suggérées par le praticien. Elle doit tout d'abord trouver un pédopsychiatre. La tâche s'avère ardue : beaucoup ne s'occupent pas d'autisme ou alors les délais d'attente sont effarants.

— Comment on peut décemment attendre de la part de parents qu'ils patientent près d'un an pour faire valider un diagnostic. C'est inhumain !

Bruno ne sait plus comment faire redescendre la frustration de son épouse. Elle tourne en rond, enchaîne les appels, les mails. Il trouve qu'elle va trop vite : ils n'ont pas eu le temps d'assimiler la nouvelle qu'elle veut déjà avoir tout résolu.

— Tu vas t'épuiser si tu ne fais pas attention. Et avec moi en Belgique plusieurs jours par semaine, cela va être difficile pour toi de tout porter si tu ne fais pas attention.

Jeanne s'arrête, regarde son mari, penche la tête. Il se demande s'il n'a pas été trop fort dans la sincérité. Il la connaît pourtant assez pour savoir qu'il vaut mieux l'enrober que l'affronter. Mais un sourire s'affiche en face de lui.

— Dis donc, ce n'est pas parce qu'on a fait le pacte de tout se dire et de ne plus ruminer que tu te dois d'être toujours aussi direct !

Puis elle explose de rire. Bruno la rejoint en quelques pas pour la serrer dans ses bras. Il aime quand elle se détend et accepte de lâcher prise. Ils s'enlacent et restent un long moment dans les bras l'un de l'autre, conscients qu'ils sont passés proche de la rupture et que leur amour est un survivant.

— Je t'aime, murmure Bruno dans l'oreille de sa femme.

— Moi aussi, lui répond-elle, toujours émue de la tendresse qu'elle trouve dans le regard et la voix de l'homme qui partage sa vie depuis presque vingt ans.

Tout à coup, le cri d'un enfant les immobilise. Un cri de petit enfant, aigu, un enfant qui est tombé, qui s'est fait mal. Un enfant qui n'est pas un des leurs. Un cri qui provient du jardin d'à côté, de l'ancien jardin de Marie et Armand. La vie reprend ses droits dans ce lieu qui a vu leurs enfants grandir et qui ne leur a jamais totalement appartenu.

— Il va falloir qu'on aille les saluer, dit Jeanne en se détachant du réconfort de son mari.

Le trou a été bouché. Les nouveaux propriétaires ont emménagé. Jeanne évite de penser au visage de Marie, au sourire qu'elle lui ferait si elle pouvait encore traverser le jardin. Son cœur se serre. Elle lui parle parfois dans sa tête, elle lui raconte Baptiste, Paul qui grandit, son couple.

Elle tend l'oreille. Les cris ont cessé. Elle se dit que c'est le bon moment pour s'y rendre.

— Bon, j'y vais, lance-t-elle à Bruno surpris qu'elle change si vite de sujet.

— Mais on ne devait pas discuter de ton plan d'attaque nucléaire pour sauver le soldat Baptiste ?

Elle tire la langue et grimace.

— On m'a dit que j'étais trop pressée, du coup je vais m'occuper autrement !

Laissant derrière elle le rire de son mari, elle quitte la maison, avec l'humeur joyeuse d'une femme sereine dans son avenir.

Les quelques pas qui la séparent de la maison voisine la renvoient quinze ans en arrière, lorsque jeune mère désemparée elle avait croisé le chemin de Marie. Elle se remémore cette fête catastrophique, le comportement de Baptiste, sa colère contre lui, et son cœur se serre. Si elle avait su. Elle secoue la tête. Elle savait ! Elle a toujours su, elle l'a senti, mais elle n'a pas réussi à s'imposer, elle a laissé les autres décider pour elle. Elle n'a pas été une mauvaise mère. Il faut qu'elle s'en convainque si elle veut avancer et aider son fils comme il faut. Ce n'est pas d'elle qu'il s'agit, mais de Baptiste !

Devant le portail, elle sonne. Encore de lointains souvenirs, une brèche qui accède à son esprit et la projette vers les années écoulées et les souvenirs. La porte de la maison s'ouvre. Une jeune femme blonde fine, habillée d'un short et d'un chemisier blanc s'avance vers elle :

— Bonjour ! Je suis Jeanne, vous vous souvenez de moi ? On s'est croisées chez le notaire ? Je suis votre voisine, je vous ai apporté une boîte de cookies maison, ma spécialité !

La bonde lui sourit en retour, ouvre le portillon :

— Mais oui ! Je vous ai aperçue plusieurs fois, et vous avez deux grands garçons ? Ils sont beaux !

— Oh merci.

Jeanne est touchée par le compliment spontané de l'inconnue.

— Et vous, vous avez des jumeaux non ?

La blonde hoche la tête, souriant ouvertement.

— Deux monstres à quatre pattes ! dit-elle en éclatant de rire. Moi c'est Gabrielle, je suis ravie de vous rencontrer, enfin de vous re-rencontrer. Je n'ai pas bien compris si vous étiez la propriétaire de la maison ou si vous connaissiez très bien les précédents ?

La flèche touche Jeanne en plein cœur et les larmes envahissent ses yeux sans qu'elle puisse contrôler ses émotions.

— Oh non, pardon, je ne voulais pas vous faire de peine, dit la jeune femme en se précipitant vers sa voisine.

— Non, c'est moi. Leur décès nous a profondément touchés et... j'aimais vraiment beaucoup Marie et Armand.

Elle fait une pause.

— Mais je ne veux pas vous déranger, sans doute avez-vous des rangements à faire. Où sont vos enfants ?

La voisine se saisit de la boîte que lui tend Jeanne.

— Ils font la sieste. Un miracle ! Mais entrez donc, s'il vous plaît, cela me fait plaisir.

Jeanne hésite. Elle a tant connu cette maison, elle doit se faire à l'idée qu'elle ne sera jamais plus la même.

— Vous voulez visiter ?

Gabrielle se tient à ses côtés et devine sans mal le trouble de la femme qu'elle vient de rencontrer.

— Vous habitez depuis longtemps le quartier ?

Elle meuble le silence et tente de détourner l'attention de Jeanne, émue aux larmes de redécouvrir un intérieur, nouveau, inconnu.

— Ça fait un moment maintenant. Nous sommes arrivés lorsque notre fils aîné avait trois semaines et il vient de fêter ses quinze ans.

Gabrielle observe sa voisine. Elle la trouve belle et elle ne fait pas son âge, mais elle porte aussi sur ses traits une mélancolie évidente. Elle l'invite à boire un café, mais Jeanne refuse net.

— Non, c'est gentil, mais mon mari repart ce soir et nous avons pas mal de choses à régler avant. Mais je serai ravie de vous raconter l'histoire de la maison et de vous parler de Marie et Armand. Ils étaient exceptionnels.

— Oui, le notaire nous a un peu raconté. Si vous saviez comme je suis heureuse que nous ayons emménagé ici. C'est parfait pour notre famille.

Une ombre passe sur son visage qui n'échappe pas à Jeanne. Une ombre qu'elle reconnaît. Mais elle ne relance pas la jeune femme, ne voulant pas forcer des confidences qu'elle-même ne sent pas prête à faire.

— Je suis seule le jeudi matin et je ne travaille pas ce jour-là. Si vous êtes d'accord, je vous emmènerai faire le tour du quartier pour vous présenter aux commerçants.

Jeanne

« Allo Madame Morel ? Ici le Docteur Henri, vous avez laissé un message à ma secrétaire. Elle m'a dit qu'elle n'avait jamais entendu une mère aussi déterminée. » J'ai le cœur qui sort de ma poitrine tant je suis contente ! Un pédopsychiatre me répond !

Je souris aussi, car sa voix jeune et son ton légèrement ironique me font penser qu'il a de l'humour. Je lui explique notre situation : tu entres en 3ᵉ, tu vas passer le brevet, le diagnostic, l'urgence de te préserver au maximum. Tu rates beaucoup de jours de cours, la fatigue te terrasse de plus en plus souvent, c'est comme si depuis le compte rendu avec le neuropsy ton corps avait décidé de lâcher prise. Je m'inquiète.

Dès le premier entretien, je sais qu'on a trouvé le bon interlocuteur. Il ne te prend pas de haut. Bien au contraire, il te donne les clés pour accepter.

– Baptiste, il faut que tu te rendes compte que tout ce qui nous semble normal à nous, ta mère, ton frère, moi, ton père, ne l'est pas pour toi. Tu demandes beaucoup d'efforts à ton corps. Il faut que tu t'écoutes. Même si l'école est importante, elle ne l'est pas autant que ta santé.

À partir d'aujourd'hui, ta vie change. Tu n'es plus un enfant qui est seulement différent, tu es un adolescent particulier, spécifique et nous devons te traiter comme un joyau si nous voulons te faire grandir en toute sérénité.

Pourtant une question persiste : qu'est-ce que l'autisme ? Dans son sens profond, dans sa réalité concrète, dans ton quotidien et dans ton avenir.

43

— Maman, pour le brevet je dois présenter un oral.

Le ton de Baptiste oscille entre angoisse et satisfaction, ce qui déroute sa mère concentrée sur son ordinateur. Il lui tend un dossier dans lequel plusieurs feuilles expliquent « l'oral de projet », nouveau dada de l'éducation nationale. Les élèves de 3e doivent proposer un exposé de cinq minutes sous la forme qu'ils veulent et sur un sujet qui répond à l'un des parcours obligatoires. Elle lit attentivement les instructions.

— Je voudrais parler de l'autisme.

Elle relève la tête vers son fils, qui ne la quitte pas des yeux :

— C'est vrai, ça rentre dans le parcours santé et après tout, je sais de quoi je parle non ?

Elle sourit et se retourne vers son bureau et attrape un livre qu'elle vient de finir « *Bienvenue dans mon monde* » de Paul El Kharrat, un jeune autiste qui a gagné des jeux télé. Elle a trouvé son histoire touchante et intéressante, même si elle n'a pas reconnu son fils dans tous les détails de l'autisme que l'auteur évoque dans son manuscrit. Baptiste grimace.

— Tu ne crois tout de même pas que je vais te mâcher le boulot ?

Il hausse les épaules.

— Mais c'est une super idée, et je vais aussi m'y intéresser de plus près.

Il lui offre alors un sourire rayonnant.

— Merci M'man !

Cela fait déjà un bon moment que les deux garçons ne sont plus dans la même chambre, et la révélation de l'autisme du grand n'a en rien entamé leur complicité, qui au contraire est même plus fusionnelle encore. Paul est toujours attentif au bien-être de son frère et dans la cour du collège, il joue les espions pour s'assurer que Baptiste ne soit pas trop fatigué. Il est vrai que les absences de son frère sont devenues plus fréquentes, son anxiété s'exprimant par des crises de diarrhées aiguës qui durent plusieurs heures et le laissent K.O. Dans ces cas-là, on demande souvent à Paul de récupérer auprès de la vie scolaire les devoirs, les cours que l'aîné manque. Les parents ont été agréablement surpris de constater qu'aucun des camarades de Baptiste ne lui manquait d'égards ou ne se moquait de lui. C'est comme si son autisme n'avait surpris personne et que l'évidence se contentait de porter un nom.

Évidence qu'elle digère plus mal qu'elle n'espérait : si tout le monde s'accorde à penser que les troubles de Baptiste n'ont rien d'étonnant et que finalement tout cela tombe sous le sens, elle ressasse les phrases toutes faites, les remarques désobligeantes dont elle n'a jamais oublié un mot depuis la naissance de son fils. Au fil de quelques conversations avec des amies de longue date, elle replace, l'air de rien : « *Quand on me disait qu'il fallait insister sur la politesse ; on me traitait de mère poule surinvestie ; on me répétait que je ne menais pas les bons combats dans mon éducation.* » Autant de piques qu'elle lance, avec la satisfaction sadique du silence gêné qui suit. Puis à la fin de ces conversations aussi stériles que sa rancœur, elle s'en veut et se traite de tous les noms. Ce n'est pas régler de vieux comptes qui va changer l'avenir de son fils. Bien au contraire.

Mais les explications s'enchaînent, et de plus en plus souvent Jeanne a l'étrange impression de répéter des phrases toutes faites, ridiculement biaisées par un imaginaire collectif restreint :

— Non ce n'est pas une maladie, on ne peut pas en guérir. Il est né autiste et non ce n'est pas l'odeur de la peinture fraîche qui a déformé son cerveau.

En terminant son café, la mère de famille se dit qu'elle doit apprendre et en savoir un maximum sur les TSA, ainsi elle pourra clouer le bec aux ignares et aider son fils à préparer cet oral de brevet. Alors qu'elle a coutume de faire son plein de livres à la bibliothèque de la ville ou chez la libraire, elle prend sa voiture et se dirige vers le grand centre commercial. À la Fnac, elle cherche le rayon psychologie et s'installe dans l'allée consacrée aux troubles du neurodéveloppement. Au hasard, elle attrape quelques livres *« L'autisme expliqué par un autiste »*, *« L'autisme expliqué aux non-autistes »*[10], en même temps sur son téléphone, elle recherche d'autres références sur le syndrome d'Asperger dont Baptiste semble faire partie. Elle trouve un certain Tony Attwood[11], spécialiste du genre qui a publié plusieurs manuels traduits en français.

— Je peux vous aider ?

Jeanne sursaute et pousse un cri.

---

[10] *L'autisme expliqué par un autiste* de Thibaud Moulas aux éditions Mardaga ; *L'autisme expliqué aux non-autistes* de Brigitte Harrisson et Lise St-Charles aux éditions Marabout

[11] Psychologue anglais, spécialiste du syndrome d'Asperger et de l'autisme à haut niveau de fonctionnement

— Oh pardon, je ne voulais pas vous faire peur !

Une jeune femme, les cheveux teints en rouge, un piercing dans la narine gauche, attend en souriant au-dessus d'elle. Toujours assise en tailleur au milieu du rayonnage, la mère de famille explose de rire.

— Non, tout va bien ! J'étais concentrée.

La vendeuse s'accroupit à côté d'elle.

— Cela fait plus d'une heure que vous êtes là, sûr que vous étiez concentrée.

Elle prend le livre de Thibaud Moulas.

— Il est très bien quoique un peu… revendicateur. On va dire qu'il ne fait pas dans la dentelle, mais son propos sur la neurodiversité est très intéressant.

— La quoi ?

Jeanne se redresse, se masse le dos.

— La Neurodiversité, répond la jeune fille. Le principe qui dit qu'on est tous différents et qu'on a tous notre place même si certains d'entre nous sont câblés différemment comme les dys[12] ou les TSA.

En écoutant la jeune femme s'exprimer avec autant d'enthousiasme, la mère de Baptiste sait qu'elle a trouvé la perle rare, la personne qu'il lui fallait pour apprendre et comprendre.

— Jamais entendu parler, vous pouvez m'en dire plus ? demande-t-elle dans l'espoir de relancer la conversation.

Joey, c'est écrit sur son badge accroché à sa veste jaune et noir, hoche la tête pour approuver.

— Je pourrais vous en parler pendant des heures, mais si je fais ça je vais me faire virer.

Elle lui prend les deux livres choisis par Jeanne, se relève, et l'entraîne à sa suite.

---

[12] « Dys » : dyslexique, dyspraxique, dysorthographique, etc.

— Oubliez Tony Attwood, enfin sauf si vous voulez avoir des idées stigmatisantes. Enfin, chacun ses idées, je veux dire, moi je m'en fous après tout.

— Comment vous savez tout ça ?

— Je suis HPI, surdouée si vous préférez et autiste.

— Asperger ?

Joey s'arrête net, se retourne vers son interlocutrice. Sur son visage, on lit de la compassion mêlée à de la lassitude.

— Classique… Être haut potentiel et autiste n'ont rien à voir. C'est pas parce qu'on est autiste qu'on est surdoué et inversement. C'est comme si je vous disais vous êtes brune donc belle, c'est débile.

La franchise de la jeune fille la désarme, mais lui fait un bien fou. Jeanne se sent légère, elle a l'impression qu'une porte vient de s'ouvrir.

— Mais alors c'est quoi l'autisme ?

Joey touche son crâne.

— Un câblage différent qui donne une vision différente de la vie. Avec quelques troubles associés, du genre on a du mal à communiquer avec les autres ou alors la putain de lumière qui vous vrille les yeux ou la musique d'ascenseur qui bousille vos tympans.

Jeanne réfléchit. Elle ne voudrait pas vexer de nouveau la vendeuse, mais il lui semble important de soulever un point :

— Mais les troubles sont plus ou moins importants, non ? Ce n'est pas juste un câblage mal fait ? Il y a quand même des autistes qui sont handicapés ?

Elles arrivent à une caisse. Joey approuve.

— Bien entendu, pour moi c'est facile, mais c'est vrai que chaque autiste est différent, et que pour certains les TSA sont si importants qu'ils n'ont aucune possibilité de s'ouvrir au monde et de vivre normalement. Mais si je ne me trompe pas, dans votre cas, on parle d'un autisme « léger ». Lisez ça, je vous assure ils sont bien et vous y apprendrez deux ou trois trucs intéressants. Et si vous avez envie d'aller plus loin, on dirait un prof ! s'esclaffe-t-elle, avant de reprendre, regardez Steve Silberman sur Ted talk[13]. D'enfer.

Elle encaisse Jeanne qui s'apprête à repartir avec ses livres.

— Au fait, m'dame qui est autiste chez vous ?

Elle s'arrête, se retourne vers la vendeuse.

— Mon fils. Il a quinze ans et on vient de l'apprendre.

Joey lui sourit.

— Il a de la chance. Vous avez l'air de vouloir lui faciliter la vie à vot' gosse.

— Pourquoi dites-vous ça ?

— On n'a pas souvent des mères de famille qui passent une heure dans le rayon.

---

[13] Steve Silberman, auteur de « Neuro Tribus-Autisme : Plaidoyer pour la neurodiversité »: conférence Ted Talk de mars 2015 « The forgotten history of autism »

44

— Maman !

Jeanne est à son bureau. Elle vient de finir les corrections du roman d'une jeune autrice encore inconnue : l'histoire d'une enfance violée, d'une petite fille qui grandit sans amour, désaimée par sa propre mère, abandonnée aux mains du mal par son père, mais qui réussit malgré tout à se reconstruire. Écrit dans un style brut, frontal, explosif, ce manuscrit la bouleverse au point qu'elle a bien du mal à se concentrer sur la forme et les coquilles.

— Mamannnn !!!

Paul hurle à pleins poumons depuis la cour. Elle se lève et se rend vers la cour où il joue au basket avec son frère aîné. Elle se demande ce qui peut valoir les cris stridents de son fils cadet.

Devant elle, Baptiste le ballon à la main et Paul, regardent la haie, immobiles. Là où il y avait leur trou, un petit bonhomme d'environ deux ans. Le cœur de Jeanne se met à battre à toute vitesse. Blond, les cheveux en bataille, de grands yeux bleus, la vision de l'enfant la projette quinze ans en arrière.

— Oh ! dit-elle, la gorge serrée par l'émotion.

De l'autre côté de la séparation, dans le jardin de leurs nouveaux voisins, on entend les appels inquiets de

Gabrielle. Puis une autre silhouette se dessine. Une fillette du même âge, qui vient derrière le garçon. Elle s'approche de lui et lui prend la main. Il se retourne et la regarde comme s'il se réveillait.

Dans une pleine conscience de l'instant, de l'histoire qui se rejoue, Jeanne s'approche du trou que les jumeaux ont fait et parle assez fort pour prévenir leur mère. Puis elle demande à Paul d'aller lui ouvrir afin qu'elle puisse les rejoindre par la porte. Baptiste n'a toujours pas bougé.

— Maman ? murmure-t-il tandis qu'elle s'approche doucement de lui afin de ne pas effrayer les bambins.

— Oui mon cœur ?

— Il a fait comme moi.

Sa voix est enrouée. Il se revoit au même âge, Marie et Armand sont présents, ils vont venir le chercher et lui faire découvrir les gendarmes, l'arrosage et les plantations.

— Pardon ! Oh non vraiment je suis désolée, ils vont me rendre folle !

Gabrielle arrive en courant, suivie par Paul hilare.

— On faisait la même chose avec mon frère, lui dit-il.

Jeanne enchaîne.

— Paul a raison. Baptiste a creusé un trou tout petit et c'était leur passage pour aller chez Marie et Armand les anciens propriétaires.

La jeune mère l'écoute à peine et est déjà auprès de son fils et de sa fille. Les trois membres de la famille Morel s'arrêtent de respirer lorsqu'ils la voient utiliser ses mains et parler en langage des signes. Elle se relève ensuite et se retourne vers ses voisins.

— C'est totalement idiot de ma part de les appeler et de hurler. Ils sont sourds et muets.

Sa voix se brise. Baptiste regarde fixement le garçonnet qui lui ressemble tant au même âge. Il sourit et lui fait signe de venir vers lui. Le petit garçon hésite, mais il est entraîné par sa sœur.

— Je peux les remmener chez vous ?

Jeanne est sidérée. Son fils qui ne peut parler à personne sans passer par elle au premier abord, sourit de toutes ses dents à Gabrielle, encore sous le coup de l'émotion.

— Euh… oui.

— Il y a un coin secret dans votre jardin, un coin à gendarmes. Ils vont adorer.

Les yeux de la jeune mère de famille se remplissent de larmes. Jeanne vient lui poser une main sur les bras.

— Paul et Baptiste vont s'en charger, viens donc boire un verre d'eau et te décontracter.

Le soir, quand Bruno arrive de Bruxelles, Baptiste l'attend pour lui raconter ce qui s'est passé, la rencontre avec les jumeaux Ariel et Angélique, ce qu'ils ont fait tous les quatre avec Paul.

— Tu sais, je suis certain que c'est Marie et Armand qui reviennent.

Baptiste est si sérieux lorsqu'il assène cette phrase que Bruno n'a pas le cœur de plaisanter comme il l'aurait fait d'habitude pour se moquer du côté surréaliste de l'affirmation.

— Ah ? se contente-t-il de lancer dans l'espoir que son fils aîné continue.

— Oui, Angélique et Ariel sont nés juste après leur mort, et… ils sont sourds. C'est comme s'ils revenaient pour qu'on s'occupe d'eux et qu'on reste liés.

Jeanne approuve, encore émue de cette belle rencontre.

— Les gars ont déjà appris quelques signes pour communiquer avec les petits. Il a raison tu sais, tu aurais dû voir ce petit apparaître dans notre cour…

Bruno se contente de serrer sa femme dans ses bras et de féliciter ses fils pour leur générosité et leur gentillesse. Ne pas avoir vécu avec eux cet événement ravive sa vieille jalousie. Plus tard dans la soirée, alors qu'il rumine et se traite d'imbécile, il en discute avec Jeanne.

— Je sais que c'est irrationnel et que je n'ai aucune raison valable de me sentir exclu, mais c'est peut-être ce qu'a dit Baptiste, qu'ils essayent de faire revenir Armand et Marie… Après leur décès et avec le confinement, on a tant souffert, j'ai cru que notre couple ne survivrait pas.

Jeanne tend la main vers son mari pour l'inviter à se rapprocher d'elle. Les mots qu'ils prononcent ont le goût amer des anciens reproches. Même si elle comprend qu'il n'est plus dans le même état d'esprit, cela réouvre des blessures encore vives.

— Mon chéri, on ne peut pas défaire les liens que nous avons eus avec nos voisins. Et sans doute, avec ces jumeaux, vivrons-nous encore quelque chose de merveilleux. Je ne veux pas que tu te sentes exclu, mais il n'y a que toi pour faire bouger les choses.

Bruno fixe le visage de sa femme. Les rides se forment au coin des yeux, des cheveux blancs qu'elle n'a jamais voulu camoufler forment un casque autour de son visage pourtant encore jeune. Vingt ans qu'ils s'aiment, avec des hauts magnifiques et des bas qui leur ont fait peur. Elle a raison, il le sait, mais sa jalousie est enfantine, elle est cette compagne de longue date qui rassure par sa constance et le bouffe de l'intérieur. Il repense à la dépression de sa femme, la force dont elle a fait preuve pour ne pas sombrer, puis à son pétage de plombs. De mauvais souvenirs qui les ont conduits au bord du divorce. Malgré tout, parce que leur amour a toujours été plus fort, ils ont réussi à s'en sortir. Son poste en Belgique leur a redonné le souffle nécessaire au manque et à l'envie. Depuis, ils font l'amour régulièrement, et de regarder sa femme se mouvoir devant lui excite son désir. Mais veut-il continuer ainsi ? Ils avaient évoqué un déménagement dans une maison plus grande, plus spacieuse dans laquelle Jeanne aurait son bureau et sa bibliothèque.

— Tu veux encore déménager ? lance-t-il à brûle-pourpoint.

Jeanne sourit. Elle aurait pu parier sur la suite de la conversation. Son mari est certes fin et intelligent, mais en ce qui le concerne, il s'arrange très souvent pour détourner la conversation et éviter d'affronter ses angoisses.

— Pourquoi tu demandes ça ? tente-t-elle malgré tout.

— Je ne sais pas, j'ai l'impression que les garçons et toi vous sentez investis d'une mission.

Le ton est ironique, et elle y décèle un peu d'amertume. Ils pourront en parler des heures qu'il ne changera pas d'attitude. Elle commence à s'agacer. Elle ne va pas s'excuser de vivre et encore moins de faire de nouvelles connaissances !

— Écoute Bruno, tu peux jouer la carte du sale gosse ou tenter de grandir un peu. Non, nous ne sommes pas « investis », dit-elle en mimant les guillemets. En revanche, nous vivons ici, nous ne sommes pas entièrement des sauvages et donc si deux mômes entrent dans notre jardin, la moindre des choses c'est bien de s'en occuper. Non ?

Elle sort du salon pour aller se coucher. Planté comme un idiot, Bruno prend conscience de sa bêtise. Et puis quitter la maison, le quartier, pour Baptiste, ce n'est certainement pas le bon moment. Il va entrer au lycée, il faut qu'il s'adapte et c'est déjà beaucoup.

45

Bruno monte les escaliers qui le mènent à la chambre parentale. Jeanne se prépare au coucher dans leur salle d'eau, il entend l'eau qui coule.

— Pardon, j'ai été con.

Elle sort en se nettoyant le visage avec une lingette en coton.

— Ça, je le savais déjà !

Il lui tire la langue.

— Tu vois, en plus tu continues, plaisante-t-elle avant de disparaître à nouveau. Bruno la suit.

— Après chéri, on peut déménager. Je n'ai rien contre. J'accepte de plus en plus de travail de corrections de particuliers et avec les ateliers d'écriture en plus, je me sens parfois à l'étroit.

— Et votre mission de sauvetage ?

Elle se retourne brusquement vers lui et lui donne une bourrade dans le ventre.

— Arrête, tu m'agaces à la fin !

Ils font semblant de se chamailler, puis il l'embrasse passionnément. Comme lorsqu'ils étaient jeunes, très amoureux. Son désir s'enflamme et, guidés par Jeanne, ils se retrouvent sur leur lit, nus.

— On devait se disputer plus souvent, lui murmure-t-elle plus tard.

Baptiste

Le vendredi matin, c'est papa qui me réveille. J'aime bien, je préfère quand c'est lui. Il me fait des gratouilles dans le dos, puis il me dit toujours une bêtise. Mais ce matin, j'ai le corps qui pèse trois tonnes, et je sais que le monstre est déjà réveillé. Avant je croyais que c'était parce que j'avais pas envie, ou parce que j'avais peur d'une interro ou qu'il y avait un changement dans l'emploi du temps. Maintenant, je sais que c'est tout ça, mais que le plus souvent c'est juste la fatigue. J'arrive pas à me lever. Ou si je me lève, j'ai trop mal au ventre. Je sais que je vais passer deux heures aux W.-C. Heureusement que les parents sont cool, je peux y aller avec mon téléphone, ça m'aide à faire passer le temps.

46

Au petit-déjeuner, Baptiste a sa tête des mauvais jours. Sans un mot, il s'assied, avale son repas. Bruno interroge sa femme du coin de l'œil. Ils savent tous les deux ce qui va suivre.

— Ça va ? demande-t-il à son fils.

— J'ai mal au ventre.

Le ton est neutre et presque léthargique. Baptiste n'en peut plus de souffrir toujours de ces maux. Les douleurs s'invitent n'importe quand et l'épuisent encore plus. Jeanne est toujours aux aguets : elle a écouté des podcasts qui parlent de l'autisme et l'un d'eux évoque la fatigabilité. Baptiste en a aussi entendu parler : sa thérapeute lui a suggéré de mesurer ses actions en cuillères et d'apprendre à limiter le nombre de cuillères utilisées chaque jour pour conserver un minimum d'énergie.

— Je vais envoyer un mail à la vie scolaire.

— Va te remettre au lit.

Les parents se consultent rapidement du regard. Six absences depuis le début du trimestre. Ce n'est pas énorme, mais cela met en péril ses apprentissages pour le brevet.

— Je passerai prendre tes cours.

Paul part, le sourire aux lèvres, heureux et serein. Bruno est ému de voir à quel point leur fils cadet compense les angoisses de son frère. Lorsqu'ils sont seuls, ce qui est assez rare, il tente toujours de s'assurer qu'il n'en souffre pas, mais la maturité de son gosse l'émeut. Sans s'oublier pour autant, il fait du bien-être de son frère une priorité.

Plus tard, Baptiste déjeune avec ses parents dans la cour. Ils profitent du temps clément et des prémices du printemps pour se faire un barbecue. De l'autre côté de la haie, ils entendent des bruits d'enfants qui jouent. Baptiste sourit. Il aimerait bien aller voir, mais il n'ose pas et ne voudrait surtout pas se faire remarquer ou sembler s'imposer. Tout à coup, il voit son père pencher sa tête, manquer se déboîter le cou en ouvrant des yeux ronds comme des soucoupes. Jeanne se met à rire et son fils comprend immédiatement que les jumeaux se sont à nouveau échappés.

— De vrais fugueurs ces deux-là, dit sa mère en se levant pour aller les voir. Baptiste, comment on dit bonjour avec les signes ?

Bruno observe son fils se lever. Sur son visage, une expression de douceur qu'il ne lui connaît pas, et un sourire de fierté et de tendresse. Il va vers les enfants et s'accroupit à leur hauteur. Bruno ne peut s'empêcher de penser qu'ils ne semblent aucunement impressionnés par la taille de ce grand, mais au contraire que c'est comme s'ils étaient venus le voir lui. Pendant que Baptiste fait quelques signes, Jeanne va chercher leur mère.

Gabrielle est déjà devant leur porte :

— Non, mais j'ai honte ! Vous allez croire que je les maltraite pour qu'ils s'échappent toujours ainsi.

Elle l'invite à la suivre dans la cour. Bruno est à côté de Baptiste, assis en tailleur par terre et tient un morceau de bois entre ses mains. Ariel et Angélique sont passionnés par ce qu'ils y voient : des gendarmes suivent le chemin tracé dans les sillons du bois. Leur mère les rejoint. Les autres comprennent qu'elle gronde ses enfants. Mais à la fin, elle les embrasse tendrement.

— Je n'arrive jamais à être fâchée contre eux longtemps. Je sais que cela n'est pas bien, mais je suis complètement gâteuse de mes propres enfants.

Bruno se relève et sourit.

— Ne vous inquiétez pas, on a l'habitude ici, dit-il en faisant un clin d'œil à sa femme. Ils peuvent rester un moment si vous voulez. Ils sont adorables.

Le cœur de Jeanne saute un battement, et une certaine joie étreint sa gorge. Pour un peu, elle sauterait dans les bras de son mari. Baptiste approuve et reprend le jeu des gendarmes.

— Je vous rassure aucun insecte ne sera maltraité ici, ajoute le père de famille.

Les deux femmes lui répondent par un sourire, et Jeanne invite sa voisine à venir prendre une boisson dans la cuisine.

— Mais on ne vous dérange pas ? Vous ne travaillez pas ?

Après l'avoir entraînée dans la cuisine et lui avoir servi un grand verre de citronnade, Jeanne regarde du coin de l'œil la jeune mère, dont les traits montrent la fatigue. Elle prend le temps avant de lui répondre :

— Si, si on travaille, mais parfois il y a des choses plus importantes dans la vie que le boulot. Si tu as un peu de temps, je peux te parler des anciens propriétaires de ta maison.

Elle se lance alors dans le récit de leur arrivée, de la rencontre et de la chaleur dégagée par Marie et Armand. En revisitant ainsi son passé, certains sentiments d'injustice ou de colère remontent à la surface : elle ne se fait pas de cadeaux et se souvient sans complaisance de sa lassitude lorsque Baptiste ne se comportait pas comme on attendait d'un enfant de son âge, du soulagement d'avoir un second fils « plus facile », mais aussi de cette différence invisible qu'elle et Bruno étaient les seuls à percevoir. Jusqu'au jour où Marie lui avait avoué son secret.

— Alors Baptiste est… autiste ?

Gabrielle hésite.

— Mais on ne dirait pas. Pardon, c'est certainement très cliché ce que je vous dis.

— Oui, mais j'avais cette idée préconçue aussi. Quand j'avais effectué des recherches sur l'autisme, je n'avais pas reconnu mon fils, j'avais laissé tomber, il y avait trop de symptômes qui ne lui ressemblaient pas, et si je suis honnête, je n'étais pas prête à accepter son atypie. J'ai eu tort, car l'autisme a autant de formes que de personnes.

Elle reprend son souffle, vidée par ses confidences. Dehors Baptiste est assis avec les petits voisins.

— Je pense que Bapt se sent proche de tes jumeaux.

Sur le visage de la jeune voisine, un sentiment de reconnaissance se dessine, Jeanne y devine l'émotion.

— Tu sais, il y a un lien entre ces deux maisons. Quelque chose qui nous dépasse. Mais nos enfants le vivent. On ne sera peut-être pas les meilleures amies du monde, mais dis-toi que tu peux compter sur nous.

— Merci, bafouille la voisine. Avec Georges, mon mari, on se sent souvent démunis. Il n'y a jamais eu de sourds ou le moindre handicap dans nos familles. Quand le diagnostic est tombé, cela a été comme si le monde s'ouvrait sous nos pieds.

L'émotion fait trembler sa voix. Dans le jardin, des rires et des petits bruits. Gabrielle sourit.

— Ces sons-là sont précieux, ils disent qu'ils sont heureux.

47

Demain est le grand jour. Baptiste passe son oral. Avec Jeanne, ils ont travaillé d'arrache-pied pendant plusieurs jours, pour préparer un exposé clair, simple de cinq minutes sur l'autisme. Chacun des membres de la famille a participé en posant des questions, en écoutant attentivement le résultat des recherches de Jeanne, en encourageant le phrasé de Baptiste, souvent haché par l'émotion.

Dans la cuisine, les Morel au complet prennent un petit-déjeuner tardif. Paul lance des vannes à son frère, qui réplique du tac au tac. Leur complicité émeut toujours leurs parents. Même si Baptiste a maintenant l'allure d'un ado, une voix grave et du poil au menton, il reste proche de son petit frère qui est son confident et son complice. Le langage des signes est devenu leur code secret, et ils se sont empressés d'en apprendre les bases grâce à Gabrielle, en échange d'heures de baby-sittings gratuites.

Ce matin, ils commentent, avec leurs mains, l'humeur bougonne de leur mère. En effet, Jeanne, toujours inquiète pour son fils, a cauchemardé toute la nuit sur l'oral. Elle est donc à moitié endormie au-dessus de sa tasse de café. Bruno qui aime aussi la taquiner en profite, ce qui l'agace encore plus.

— Bon, ça suffit vous trois ! Et qu'est-ce que vous vous racontez les deux-là avec vos mouvements ?

Paul et Baptiste explosent de rire.

— Rien ! essaye d'articuler le plus jeune, tandis que l'aîné quitte la table pour cracher le jus d'orange qu'il a dans la bouche.

Jeanne grommelle.

— Sympa…

— Ma petite maman.

— T'es notre maman préférée !

Au tour de Bruno de pouffer sous l'œil exaspéré de sa femme.

— Hein très drôle. Je vais me doucher.

— Vous avez progressé on dirait, leur lance leur père quand elle a quitté la cuisine. Vous apprenez sérieusement le langage des signes ?

Baptiste approuve.

— C'est génial Papa. Et puis c'est vrai que comme ça, on peut se parler sans que vous ne compreniez…

Il sourit de toutes ses dents et ses yeux reflètent une espièglerie qui ravit Bruno.

— C'est Gabi qui nous apprend. Comme ça, quand on garde les petits, on peut vraiment parler avec eux. C'est top.

Jeanne redescend plus tard, après avoir pris une douche salvatrice. Elle et Bruno partent faire leur marché hebdomadaire. En chemin, ils discutent de l'évolution de Baptiste et du bien-être qui se dégage de sa personne.

— Il sourit tout le temps.

— Il est de bonne humeur, plus serein.

Une espèce de légèreté se dépose sur leurs épaules.

— Tu ne m'as pas raconté le rendez-vous avec le futur lycée.

Bruno se sent coupable de laisser sa femme gérer tout ce qui constitue la vie de leurs enfants sans lui. Il se sent comme ces hommes qu'il exècre, ces hommes qui pensent que travailler est déjà bien assez, et qui laissent leurs femmes gérer tout le reste : les courses, le ménage, les médecins, l'école, les vacances. Mais Jeanne le rassure, elle assume leur choix et ne lui porte en aucun cas rigueur de son absence. Elle a rencontré le proviseur du nouvel établissement dans lequel Baptiste fera sa rentrée en seconde. En amont, elle a préparé tous les papiers nécessaires du psychiatre pour demander un PAI[14], et faire une demande MDPH[15] pour préparer les besoins et l'avenir de Baptiste. Elle a beaucoup pleuré, se remettant de nouveau en question sur sa capacité à être une bonne mère et à accompagner correctement son fils.

— Ils ont l'air compréhensifs et pas le moins du monde, impressionnés. Son adjointe m'a expliqué qu'il y avait plusieurs autistes dans l'établissement avec des profils vraiment différents. De celui qui a besoin d'être accompagné par une AVS à ceux, comme Baptiste, invisibles aux yeux du monde.

Jeanne continue.

— Le PAI prévoit un accès illimité à l'infirmerie.

— En mode super VIP, plaisante Bruno.

Sa femme lui déroule le plan : Baptiste dont on connaît maintenant la grande fatigabilité, mais qui a encore du mal à doser ses efforts, aura le droit de sortir pour aller se reposer ou demander à rentrer chez lui. Il bénéficiera aussi d'un tiers-temps supplémentaire ou d'aménagements particuliers pour les devoirs sur table et oraux.

---

[14] Plan d'Accueil Individuel : un document écrit qui précise les adaptations à apporter à la vie de l'enfant ou de l'adolescent en collectivité

[15] Maison Départementale pour les Personnes Handicapées

— Tout cela sera à réévaluer chaque année.

— Compliqué…

— Non pas tant que ça, le médecin scolaire m'a bien expliqué qu'en fait une fois le dossier de Baptiste enregistré, cela ne serait qu'une formalité. Genre rendez-vous avec le psy, nouveau protocole, envoi au médecin scolaire, validation, et hop.

— Comment tu te sens par rapport à ça ?

Jeanne lui sourit. Elle est heureuse. Et sereine. En travaillant sur l'exposé avec son fils, elle a appris que, en ce qui concerne Baptiste, l'autisme n'était pas une fatalité ni un handicap si on acceptait cette neuroatypie qui représente l'unicité de leur fils. Elle voudrait crier au monde entier sa fierté.

— Bruno…

Le ton de la voix, doux et en même temps ferme, interpelle le père de famille. Sa femme, dont il ne cessera jamais de s'étonner qu'elle reste avec lui malgré les douleurs et les obstacles, malgré ses propres défaillances, le fixe de ses yeux noisette. Il croit y deviner une lueur de défi.

— Je vais écrire un roman.

Pendant deux secondes, il a sa respiration coupée, il manque d'air. Son cœur bat si fort qu'il cogne dans sa poitrine comme s'il voulait s'en échapper pour aller se blottir entre les bras de Jeanne. L'émotion lui étreint la gorge.

— C'est évident.

Sa femme sursaute et le regarde comme s'il disait n'importe quoi.

— Mais oui, c'est évident, continue-t-il en s'approchant pour l'enlacer. Après tout ce temps que tu as donné aux autres et à leur travail, il fallait bien que tu t'accordes ce droit. Écrire ton livre, ton propre roman ! Oh, mais je suis si fier !

— T'es au courant que je n'ai même pas commencé ? lui lance-t-elle hilare devant son enthousiasme démesuré.

— Et alors ? ajoute-t-il encore survolté. Tu as certainement déjà une idée qui mûrit depuis longtemps pour enfin te lancer. Je sais que tu vas réussir, je le sais !

Elle rit. Il est si mignon quand il croit en elle comme si elle était un génie. Elle l'envie de l'aimer avec tant de conviction, et si peu de craintes. Il la propulse, il est l'essence de son moteur.

— Mais tu ne veux pas savoir le sujet ?

Il arrête la danse improvisée dans laquelle il s'était lancé.

— Oh, mais si ! Tu vas raconter l'histoire de notre rue. Ce lien extraordinaire qui nous attache les uns aux autres à travers la particularité tout aussi extraordinaire des enfants qui y naissent.

C'est maintenant Jeanne qui a les yeux embués et le cœur débordant d'amour. Il n'y a que son mari pour la deviner et la comprendre à ce point.

48

C'est le grand jour pour Baptiste. Au petit matin, il part au collège, ses notes et une clé USB serrée dans sa main. Il a craint d'être paralysé par son anxiété et de finir sa matinée aux W.-C. à se tordre de douleur. Mais la vérité c'est qu'il ne s'est jamais senti aussi prêt à quelque chose.

Aujourd'hui, Baptiste va parler de lui, il va redéfinir les contours de l'autisme pour un auditoire composé de deux examinateurs. Et il n'a pas peur. Hier encore, il a répété une dernière fois avec son père qui a tenté de le coller sur certaines questions sans succès.

Il trouve la salle, la porte est ouverte.

— Baptiste Morel ?

Il hoche la tête en signe d'approbation. On lui fait signe d'entrer. Il présente la clé USB, ouvre la présentation qu'il a travaillée avec sa mère et se lance. À l'écran, les portraits de plusieurs personnages célèbres : Anthony Hopkins, Einstein, Marie Curie, Marc Zuckerberg, Steven Spielberg, Greta Thunberg…

Baptiste inspire profondément, ferme les yeux le temps de contrôler le stress monté d'un seul coup et se lance :

— Vous connaissez sans doute ces personnes, dit-il en désignant les photos. À première vue, elles n'ont pas grand-chose à voir entre elles, et encore moins avec moi, et pourtant, elles et moi avons un point commun. Nous sommes autistes.

L'adolescent laisse l'information faire mouche. Et une fois qu'il est certain d'avoir retenu l'attention des professeurs en face de lui, continue :

— L'image très stéréotypée que les gens ont des autistes est soit celle d'un handicapé mental qui se tape la tête contre les murs ou soit celle d'un savant fou comme notre ami Einstein. Or, entre ces deux clichés, il y a un univers nommé le « spectre de l'autisme » et c'est ce dont je vais vous parler aujourd'hui.[16]

[16] Texte de Tom GALLARD : oral du parcours santé, Brevet 2023

Note de l'autrice

En septembre 2022, le diagnostic d'autisme venait clore le chapitre d'une longue errance pour ma famille. *Comme une intime évidence* retrace ce parcours dans une forme très (très) romancée.

Je ne suis ni scientifique, ni une spécialiste de l'autisme et je ne prétends pas le devenir. Je ne parle ici que de ce que je connais et ai appris tout au long de mes recherches à propos de l'autisme et de la neurodiversité.

L'autisme n'est pas une maladie. Il ne s'attrape pas, n'est pas contagieux et ne se guérit pas : on naît autiste, on meurt autiste.

Il n'y a pas plus d'autistes qu'avant, ils sont simplement mieux diagnostiqués, même si établir des bilans et poser des diagnostics reste encore un parcours du combattant, surtout lorsque la différence est « invisible ». Le corps médical est encore trop peu formé aux signes des TSA. Sans parler des délais d'attente pour obtenir des RDV avec des professionnels.

Good Doctor, *Rain Man*, *Atypical*, *Astrid et Raphaëlle*, les séries et films sur le sujet poussent souvent grossièrement certains traits jusqu'à la caricature, mais l'autisme n'est ni une caricature ni un cliché : il y a autant de formes d'autismes et de niveau de « troubles » que de personnes autistes.

Remerciements

Merci à Tom, Léo et Philippe : vous êtes mes essentiels.

Merci à Christèle, amie de toujours, qui m'a écoutée, soutenue et bousculée jusqu'à m'ouvrir les yeux. Mousquetaire et Pétasse for ever.

Merci à madame Hélène G. pour sa bienveillance et son soutien.

Merci à Juliette Sachs sans qui je n'aurais peut-être jamais osé écrire.

Merci à Laure et Alex, deux magnifiques personnes, dont l'amitié inattendue m'a tant apporté dans l'écriture de ce roman si personnel. Je vous kiffe les filles.

Un très grand merci à Valentine et Corinne, des éditions d'Avallon, sans qui ce texte ne pourrait pas rencontrer les lectrices et lecteurs.

Et enfin, merci à vous qui lirez ce roman. Parlons-en sur Instagram @camille.gallard_autrice ou par mail : camille.cgauteur@gmail.com .

Dans la même collection

Raoul Rigeade, *Les ombres portées* (n°116)
Cathy Borie, *Une femme dans les bois* (n°115)
Claire Musiol, *Avec ou sans enfant ?* (n°114)
Stéphane Nolhart, *Contre-Addictions* (n°113)
Alain Seyfried, *Un bonheur infini* (n°109)
Mona Azzam, *Romain Gary ou La Promesse du Crépuscule* (n°87)
Cathy Borie, *Aux larmes d'Ana* (n°82)
Cathy Borie, *Ana* (n°81)
Béatrice Hammer, *La couleur des yeux* (n°79)
Béatrice Hammer, *Amours plurielles* (n°76)
Cathy Borie, *De la poussière et du vent* (n°72)
Michel Quint, *Corps de Ballet* (n°71)
Stéphane Nolhart, *Blackbook* (n°66)
Sylvie Argondico, *L'inacessible étoile* (n°65)
Caroline Thivel, *Parle-moi encore* (n°63)
Claire Musiol, *Les bonnes nouvelles arrivent surtout quand on ne les attend pas* (n°61)
Mona Azzam, *L'éternité n'est pas éphémère* (n°60)
Claudine Candat, *Diabolo Pacte* (n°58)
Laurence Biava, *Quelque chose de Tenessee* (n°55)
Béatrice Hammer, *Soleil Glacé* (n°56)
Mona Azzam, *Camus, L'espoir du monde* (n°52)
Sylvie Argondico, *La latitude des chevaux* (n°50)

Béatrice Hammer, *À la lisière des vagues* (n°49)
Michael Camardese, *Phénix Coloré* (n°41)
Pascale Maret, *Une brusque envie de soleil* (n°39)
Naïma Guerziz, *Les tisseuses, au fil du bogolan* (n°38)
Maïa Brami, *Paula Becker, la peinture faite femme* (n°37)
Cathy Borie, *Dans la chair des anges* (n°36)
Béatrice Hammer, *La petite chèvre qui rêvait de prix littéraires* (n°32)
Céline Guarneri, *Ouvrir les yeux des vivants* (n°31)
Nicolas-Raphaël Fouque, *Même les salauds peuvent aimer* (n°30)
Béatrice Hammer, *Lou et Lilas* (n°42)
Stéphane Nolhart, *In Fine : La vraie vie de la Mort* (n°29)
Béatrice Hammer, *Les violons de Léna* (n°25)
Béatrice Hammer, *Kivousavé* (n°24)
Nicolas-Raphaël Fouque, *Les héritiers de Kaphtor* (n°22)
Béatrice Hammer, Green.com (n°21)
Claire Musiol *Fan (n) y et la mer* (n°15)
Béatrice Hammer, *Ce que je sais d'elle* (n°13)
Nicolas-Raphaël Fouque, *Kaphtor* (n°12)
Christiane Legris-Desportes, *Âme Stram Gram* (n°11)
Marine Wartel, *Le grenat du cardinal* (n°10)
Gaëlle Fonlupt, *Elle voulait vivre dans un tableau de Chagall* (n°9)
Maïa Brami, *Norma* (n°7)
Béatrice Hammer, *Cannibale Blues*, (n°3)

https://www.leseditionsdavallon.com
https://www.facebook.com/leseditionsdavallon
https://www.instagram.com/editions_davallon